2014

雲間華會

上海市松江区文学艺术界联合会　主编

山西出版传媒集团
山西人民出版社

图书在版编目（CIP）数据

云间笔会 / 上海市松江区文学艺术界联合会主编.-- 太原：山西人民出版社　2014.12

ISBN　978-7-203-08879-0

Ⅰ.①云… Ⅱ.①上… Ⅲ.①中国文学—当代文学—作品综合集—上海市 Ⅳ.①I218.51

中国版本图书馆 CIP 数据核字(2014)第 284787 号

云间笔会

主　　编：上海市松江区文学艺术界联合会
策　　划：王　勉
责任编辑：吕绘元
特约编辑：许　平
装帧设计：刘彦杰

出　版　者：山西出版传媒集团·山西人民出版社
地　　址：太原市建设南路 21 号
邮　　编：030012
发行营销：0351-4922220　4955996　4956039
　　　　　0351-4922127（传真）　　4956038（邮购）
E-mail：sxskcb@163.com 发行部
　　　　sxskcb@126.com 总编室
网　　址：www.sxskcb.com

经 销 者：山西出版传媒集团·山西人民出版社
承 印 者：山西省教育学院印刷厂

开　　本：787mm×1092mm　1/16
印　　张：24
字　　数：291 千字
印　　数：1-500 册
版　　次：2014 年 12 月　第 1 版
印　　次：2014 年 12 月　第 1 次印刷
书　　号：ISBN 978-7-203-08879-0
定　　价：48.00 元

序

一年一度,又到了出年刊的时刻。

文联的六个分会,按照惯例,每年年底,各分会都要出一本年刊。譬如农人,到了秋天,不管收获如何,总要收割。

年刊是一个展示的平台。一年四季的忙碌,春夏秋冬的耕耘,各分会通过努力,为松江文化的繁荣发展,留下了难忘的作品,定格着生动的光影,回响着激越的旋律,挥就着绚丽的画面,演绎着鲜活的人生,舞动着墨香的线条……一年的辛苦和付出,在这里留下了欣慰的足迹;一年的智慧和成果,在这里得到了集中的展示。

年刊是一个交流的平台。各分会的年刊,都是一个丰富多彩的窗口。尽管各分会有着各自的内容,尽管艺术门类也各有千秋,但文联工作的推进和发展还是有着自身的规律。而这个规律通过各分会颇有特色的工作,正富有成效地行进着。在行进中,大家又在坦诚地交流着,相互吸取着营养,取长补短,为我所用。我相信,当每个会员捧着一份年刊时,会有所思,有所悟,有所获。

　　年刊是一个总结的平台。年刊从各个侧面,总结了一年松江文联的工作,展示了松江文联的精神风貌。但年刊又是一面镜子,使我们清醒地认识到,在看到成绩的同时别忘了不足,在体悟进步的时刻别忘了问题。无疑,文联在为松江文化发展服务的过程中,还要进一步发挥自身的优势。百尺竿头,更进一步。

　　从这些意义上讲,2014年的年刊,既是这一年的终点,更是2015年的起点。

甲午年冬日于跬步阁

目录
CONTENTS

散　文

雲間筆會

雲間筆會

诗　词

寓　言

剧　本

小说

XIAOSHUO

刘　敏

走近我那遥远的旧村

期　待

　　爷就那样坐着，由草炭砌成的院墙上满是丝丝缕缕的黑色草根，像是古老的日子挂上的风尘。

　　爷还是不动，他在等待。有一群黑黑的影子，经过干涸的满是碎石子的河道，经过沟帮子上的坟地，默默地冲他走来。柳林被挤得摇摇晃晃。围在沟里的吕家牛栏，满是热烘烘的烂牛粪味。这时候，爷动了一下，厚实的声响从村道上低低地荡过来，像有十几只锤子敲打地面。他更加全神贯注，直到那声响从院墙上越过，他分辨出了声响里夹杂着的沉沉吆喝。他偏过头，因为声响，这太爷生活过的老院子有了活气，灰黑的屋宇硬实的蒿秆有了动静。天色也松了一口气，增进不少亮色。吆喝声更近了，贴近门口。大门随之呼啦啦打开，太爷用惯的铁链子从门闩上落下来，黑蛇一样盘在门口。三五团黑灰的影鱼贯昂然地踱进。赶牛人也是一团影子，默默地把缰绳系在木桩上。齐了。赶牛人的吆喝低沉，贴地而来，然后悄然后退，离开木桩，离开牛。院门重新沉重地关闭，爷像在昏睡一样。牛们开始做生命最后时光的巡礼，绕着桩子，烦躁地旋转，像是急于看到最后的时刻。缰绳越绕越短，牛角逼近木桩。我突然想到，在爷腔下的石礅四周，在这冒着血腥气味的院子中央，发生着太爷那一辈人才有的场面。爷就是为了重复这个场面而等待着，也是为了这个场面而活着。从杀第一头牛开始，他就尽心尽力，把老院子里杀牛用的家什收拾得井井有条。有几回累得昏昏沉沉，仍旧挣扎着招呼赶牛。院墙角上的炮台弹痕累累，历尽沧桑。爷在炮台粗大的影子里站起来了。他个子很高，躬着腰身，穿对襟小褂，热天里扎着裤脚，裤裆肥大下垂。他根本不理睬我，也不指望我帮他。握紧了尖刀，打量盘旋不止的几块黑影，然后放开步子，上身不动，两腿前移。也如一个影子贴近牛群，一切都像是一种虚幻的梦境。听见牛沉重的出气和倒地声。爷像一个幽灵，围住牛四处游动，直到牛们最后的叫声带着呛血的水音渐次低落，原本站立的黑影倒成一堆，爷才满身血腥地过来，靠住石墩，满意地瘫倒。我站开几步，仔细打量他，想知道他为何拼死拼活地杀牛，迫不及待地告诉队干，快快往这儿赶牛。院墙下头半人来高早被牛血浸透，他仍然吃力地挥动尖刀，气喘吁吁地杀牛、拖牛。他说过，他是躺在太爷的挑筐里渡过沙漠的。我成年之后，按他的说法曾去找过我们家族的发祥地。当我站在阿巴哈纳附近那黑灰荒芜的沙漠，我想象出了我的太爷太奶是如何领着他们的孩子，在一轮巨大无比血红血红的残阳衬托下，赤脚走过漠野荒滩。嘎尔纳尔沙漠实在是太大了，爷的几个兄弟相继倒下，为此太奶哭瞎了一只眼睛。在他们这支小队伍的身后，跟着几匹草原灰狼，远远地跑着一只沙狐。人和狼都默默地匆匆赶路，人一停下来，狼就回过头去看，像是要记住走过的路程。太爷发誓，如果筐里唯一的孩子去世，就全家都不走了，一块儿死在沙包子上，全当世上没这一家子。可爷就是不死。五天之后，发现了这片黑土地。太爷领着一家人，什么都不顾地闯进去。十年之后，就建起了这座院子。许多在沙漠里没经历完的事，就挪到了这里。后来跑胡子。爷梦呓般地说，你太爷在院子四角建了炮台，占住了屯子的地界和一条官道，过往的胡子就来借路，丢下银圆，扔下两杆拉不开栓的破枪和几排子弹，大天白日里也敢一摇一摆地过去。胡子们行踪不定，六月天也披着大棉袍子。最后边是两匹脏马，上头一男一女。男的是胡子头儿，远远地冲炮台拱手。女的必定是掠来的一方闺秀，低着头，默默走，赶赴动荡不定的日子去。

爷喘够了起来，不再回忆，也不再述说太爷。把牛卸成大块，用铁钩搭住，一块块拖开。西边的院墙头上，跳过一派金黄，迷迷离离的。院墙头上，几丛草梢，生动辉煌。

门重又掀开。队干带人进来，杠子、绳索、搭钩，顷刻收拾得地净场光。

"你说的话要顶数。"爷跟在队干后头，裤裆殷勤地甩来甩去。

队干站住，眯眼瞭着院内，检查是否遗落，继而扭回身："拉的屎还兴坐回去吗？当然算数。"

"还有十来头？"

"原定的么！"

"这小嘎的事，不会再出差头？"

我从墙边蹭过来，这回爷没撵我，他精心等待队干回话。队干却对这话极不悦："你怎这样磨，讲定了，你杀得百头牛，小嘎便进村学去教书，还要我日日重复吗？"

队干甩手去了。

我站爷对面，为啥要去村学？爷不回答，也不动，望着远处，

也不知他瞅什么。身腰脖子绷直僵立不动，下颏抬得挺高，像一匹巡视领地的公羊。

你嘎记住，他拾起铁链，搭住门环绕几圈，链子哗啷啷响。你太爷在这院里请过私塾的。

爷一说起过去的事，声音就十分苍老。

私塾先生在这石磴上坐了半年，也不教一字，日日倒从仓里往外量谷。你太爷脾气暴，倒没暴过先生。先生蹬倒石磴："我不中，你户里八辈也出不了一个先生。"你太爷气得摸了门链子去打，一头扎到门槛子上，抬回来就不能动。一口气咽不下去，就等自家里出个先生。他十几天不吃不喝，瘦成麻秆。嘎，你听懂了，八辈子出不了一个……

爷在院子里丢了魂一样来回走动。我已经平平静静地睡着了，梦见荒草齐房，白色的马和人游泳一样在荒草里游动，贴着草梢，飘来一种柔顺的气息。

爷咧着嘴，躺在石磴下头，痛苦地鼾声大作。

第二日拦牛时，我问，那私塾先生后来……爷立刻凶凶瞪我，沙沙沙磨刀。几头拦好的牛也悠闲地听着磨刀声。爷通常要磨两把刀，一长一短。他磨得十分仔细，骑在刀石一头，两手平按，身子很用力地躬着。磨上一阵，就敞开衣襟在肚皮上蹭两回。日子久了，肚皮上红刺刺锃亮一块。

刀快不快是试不出的，非贴身上不可。爷又冲刀刃吹口气，贴耳朵上听，听完，抓过破牛角筒，灌药一样给每头牛灌酒。灌过酒的牛，刀解起来特别顺溜。队干说，你这老爷子糊弄鬼，灌什么酒，别是你留了自个儿过瘾。爷便扔了刀，你来！队干瞅那牛血红的眼珠子，便退。忽地又梗起脖子，你凶，还没杀到百头，不干拉倒。爷就没了精神，自己去捡了刀。队干鼻孔里哼一声，晃晃身，在墙头上骑稳。爷咣当一声关了门，插上铁栓，吩咐我丢绳索。我慢了些，爷便骂，你还没进村学，怎么就杆子上挂灯笼——成了看物。爷把绳索挽一个套，丢地上，拥一回牛腚。牛蹄子一错，爷猛拉绳索，牛咕咚一声倒下。这办法多是对待凶野壮大的牛。柱子上的缰绳就把牛头吊住。爷抽出刀，牛头下的肉宽如布帘一样下垂，爷长刀戳进去冲下挑，短刀早已到了喉管处，那血倒水一样哗地淌下来。这一回爷手有点软。牛挣扎着又站起来，柱子被扯斜。爷在那一头大喊，扯住绳子。我用吃了十几年饭的力气，死扯绳头，绳子缠住牛腿，每踢蹬一下，我就凑近一步。绳子缠在腰上，勒得骨头像要脱节。爷从那头伸手一刀，我拖着半截绳头扎进尘土。爷弃了刀，双手搂住牛头，肩膀子扛住，迫使牛前腿跪下去，牛血从头到脚把他淋成血人。他仍不放手，直到牛轰一声倒下。

爷爬起来。队干在土墙上站住。杀牛又不是闹，你摔它做啥？

爷大汗淋漓，它不肯倒么。你不能手下麻利点儿。爷不抬头，下回记着哪。他绕过柱子，捧了汪住的牛血喝了两口，再不说话，傻傻地看院里红鲜鲜的血迹。

队干在院外吵吵嚷嚷，指挥马车靠近大门。

爷，我们走吧！

我招呼爷动身。院墙的影子已经从脚下爬过去了。他不动，好像刚才那一阵搏斗把他累糊涂了，站石礅旁打蔫。爷的长相一点不恶，细眉长眼，面目慈祥和善。

今晚六瞎子来村说书。我再次告诉他。

六瞎子跟爷相熟，每回来，必单给爷来一段瓦岗寨。村人们则要听王寡妇思春。村人说，六瞎子原来是太爷的二把炮手，被胡子捉去，烙瞎了眼。也有的说是他持枪强奸了赵家围子的大闺女，被人堵住抠瞎了两眼。不管怎么说，他肯定认识太爷。门口的大车被

牛骨头砸得叮咣响。队干里里外外吆喝。车装完了，队干说，你这老爷子也不把这老院子拾掇拾掇，你爹那一辈时，这院子可比现在旺实。爷还是不动，瞅着大门慢慢关上。应道，记着啦！

马车上了路，只有一根鞭梢在院墙头上移动，这时爷才迈了一步，在他腿下，奇迹般地立着一个牛头。

爷才不管我的惊讶，找根钉子从牛头的两角之间钉下，弯成钩，穿一根小手指粗的油绳，往肩上一搭，背起来就走。出了门往西是那片柳林。我看见牛头贴在爷背上，肥大的裤裆甩来甩去，一直进到林子深处。我知道，那里有太爷亲手竖起来的一座裤裆来高的青石小庙。

那一晚挺热。六瞎子说完书，跟爷来到老院子。一进门，说，腥。爷说是牛。让他坐石墩，他说瘆。爷说，是老屋老院子经得事多。六瞎子不进，退出去了。这院子凶险，他撇着嘴。爷说，为了嘎，非得这么着不中。

爷说完就瞅我。我衣衫褴褛，靠住院墙。爷的身前身后，被牛血润得发亮，也被天际映得金黄，像是殷红的火，爷就在这火上点起袋烟。

"老辈子留下的话，这一辈非得出嘎这么一个。"

"这算什么法？"

"队干答应的。"

"你死了，我可不来。"

"你说书累了，睡吧！"

六瞎子坐下，冲着刚升的月亮。那月亮焦黄焦黄的。

"老爷子，你还睡觉哇！"

队干从院墙暗处拐出来。

爷双手垂着站住。

"那个牛头你还得跑一趟。"

爷没有了刚才背牛头时的精神，摸出杠子，叫上我。

"送到青砖房去，那里水都烧滚了。"

"记着了。"

爷小声答应。我知道，爷这样小声小气都是为了我，为了那一百头牛。

我和爷踩着月光。柳林里筛下白色的光辉。青石小庙到了，牛头就立在小庙门口。我往里瞅瞅，里头供着一本书。拿出来一翻，那根本就不是书，是爷捡来的破纸钉成的毛糙的本子，上头一个字也没有。

"嘎，拜几拜吧！"

我直立着。

"原打算你去村学那天来拜庙，看这牛头稳不住，你先拜了吧！全当已经是了，取个吉利。"

我直挺着。

爷挥手一个脖拐，打得我跪下去，正对着牛头，我看见两个蓝蓝的牛眼瞪着我。

送完牛头，我在爷身后躺下。夜里总是做梦，梦见太爷站在老院子里，把一本毛糙的大书从院子里甩出去，风在半空截住它，一页页撕扯得呼呼响。太爷的声音远远地喊，接住它，接住它……

早上醒来，地上只有爷蜷缩着蒙头大睡。六瞎子不见了，在他睡过的地方，摆着一道画着黑道的黄符。爷像是早就知道，起来捧着挂在西边院墙上。

那一日，牛刚赶进来，队干说，这一回干完再不杀了。爷脸上立马就黑了。磨蹭着过去，这些牛杀完还差一头。那一头在哪儿？队干说，谁弄得来，没法啦！爷的腰躬得更深，像要把人扛起来，那不白杀了么！队干说不白杀，给你工分。爷说工分不中，讲定的，嘎的事讲定的。爷的眼睛睁大。队干说，只这些，县上不让了。爷说，真的就没法吗？没法！爷立刻头上青筋鼓起，手握尖刀，回手拎过那道黄符，你答应的事情不算数啦！爷把那道黄符点着，举在手里，向牛冲去。牛看见火，暴躁起来，爷不敢怠慢，直接冲牛脖子挑了一刀。牛直立而起，在院子里横冲直撞。爷挺起长刀，拎着直冒黑烟的黄符，奔牛撞去。那牛四蹄扒地，一头顶来，只听扑哧一声，刀把进入爷的胸膛，刀尖穿透牛头门心。我扑过去，冲爷跪下，爷此时已奄奄一息，手冲队干高高地举着。爷的嘴大张着，他在重复一句什么挺重要的话。队干两腿乱抖，不停地点头。爷的血浸透了他身后的土墙，把他破旧的褂子粘在了院墙上……

这个惊心动魄的场面，伴随了我很多年。

我记得那年搞运动时，一个下派的年轻干部，听到多年前的此事，写过一篇通讯，说是封建迷信害死人，发表在当时的地区小报上，为此，那个下派干部还被提拔到公社去了。

后来我真的进了一家师范学校工作，教了几年书，管了几年杂事。前两年，我还回乡去了一趟，见村中变了样，那个老院子已经不见了，但爷的故事还在，由村里的人们口口相传，流传了下来。少几辈的人听说此事，看古董一样地围住我追问。村中的小女教师还特地来请我给同学们讲点什么。我看着她热情洋溢的脸，眼前浮现出很久以前的那个梦，一本本的书在空中翻飞，风在空中截住它们撕扯……

傻 叔

　　小村坐落在一座山岗上。山岗东高西低，低矮的草房连成一片，远看去，像一头疲牛，卧在黑黄的土地上。我记忆中的风，摇响了秫秸组成的街边长卷。那时，亲族们还住在一起。爷那一代兄弟六人，我记事的时候，那一辈人只有三人在世。最高寿的是四爷，他对外头的世事充耳不闻，总是坐在炕上翻动着陈年老账，用黄豆计算一辈子的亏盈。奶从早起就围着火盆睡眼蒙眬。窗外是残破的土墙。蒿草有滋有味地探身瞭望，忘记了自身的苍老枯黄。这时，就在这时，我看见一个人，从村道的拐弯处出现了。他乱蓬蓬的头发迎风招展，一把干燥的胡子上沾着菜叶米粒黏痰。两臂岔开，像哭又像笑地飞奔而来。他一路风尘，带动的鸡鸭乱飞。窄小黑瘦的脸上，挂满惊险恐怖。抻长的方下巴，愚笨地蠕动着。一只鞋从脸前甩上天，砸翻一只逃难的老鸭。他扭回头，大惑不解地一路喊来。我提上裤子扶墙而立，只见半截子棉袍后头闪出李大鼻涕和自行车。那阵，村中极少有人看到这两轮怪物，弄不清为何人骑上去却不倒。这个人战战兢兢立在沟沿。……饶……饶饶……他的头点得像风中柳梢，非常中看。嘴里还在喊，饶……饶……口水老长老长，我这才看清，是老傻。李大鼻涕不肯通融，非要让老傻过沟来，让他再好生追上一回。老傻面对屠刀一般缩住身，两脚替换着往前蹭。还差一步时，李大鼻涕横手一扯，过来吧！你。老傻双手抽着，往前一趄，立马又撒腿跑下去。李大鼻涕早上了车，车铃响个不停。自行车令人厌恶地划过深秋崭新的风。我忘了解手，拎着裤子钻进屋。奶听了我的述说，像听一个远久的故事，摸过长烟袋，火盆沿上磕磕，按上一撮烟，凑炭火上点得咝咝响。四爷的黄

豆账已摊了半炕，半闭的老眼说明正在对往事想入非非。奶说，捡柴的老鬼还不见回来。她管爷叫老鬼。老鬼日日都在捡柴，从春至夏至秋至冬。春用铁耙，翻出垄沟中的碎草，夏是掰下的干枝，秋是庄稼秸秆，冬是柳根茬。老鬼连出门走亲戚也会夹回一把柴火。只要他一迈出大门，再回来，手中无论如何要捏根柴火。他好像就为了捡柴而活。这培养的我直到长大，生活在林区，柴桦子山一样堆着时，也仍然一出家门就两眼睥睨，见了柴棍就夹在腋下。老鬼的影响真是感人至深。

　　老傻终于滚了一身土才结束。踅回来，蜷着身，又圆又直的两眼游移在时间以外。他认真地手指来路，眼神里有奇异的光。来路上，李大鼻涕、二果和豁子并排着冲路沟撒尿，而后就聚在高屋里。高屋在老村中赫然屹立。我的年龄，无法告诉我这其中的奥秘，连老傻也是在我成年之后才有所悟。我应叫他叔，因为我奶是带着老傻走进我们家的。然后就像放一匹牲口一样，把他撒到街上。在老村的街上、牲口棚里，还有那高屋之中，他只能经风雨，却不能见世面。我不知老傻十岁以前、二十岁以前、三十岁以前住在何处，更不知他如何度过那些混沌的日子。他一定以为我懂得他的述说，也许想让我幼小的身子站在他的前头，为他遮挡什么，可是一有人叫，这傻叔就一心一意地去。我不明白，为何一有人叫就便去。家家已是炊烟四起，走过的老墙根上结满晶莹的早霜。傻叔的一条裤筒开了缝，半截黑黄的大腿晃动在冷风里。有一会儿他站下来，侧着身，极认真地思考那条裂缝，并抄一根木棍，在裂缝中捅了半天。豁子捏一块玉米饼在喊。我蹲在秫秸的夕阳里。傻叔的动作像一串不连贯的影子。他接过玉米饼，两手捂住，啃得满脸都是，尾着豁子进屋。那屋青砖到顶，老里老气。有一年来过一个县长，腰后别着短枪。村民们说那枪可以把不服管的人毙了，上头给

了他这个权。县长就说，这房是封建主义，应该扒掉。我是躲在树
空下偷看那县长的。以后我对那高屋就有了一种恐惧之感。屋里悄
然无声，像是根本就没进过人，或者屋子是通的，人已经从一头离
开了。一种奇怪的神秘，不可捉摸的微妙兴奋的等待。高大的白杨
梢头甩下几把干叶，扫得屋门干干爽爽地响，连老傻常有的呜噜声
也听不到。这静寂让人心里不安。我刚要站起来把目光投进去，突
然的老傻蹦出门外，怪声怪气乱喊，身后带一缕暖暖的青烟，青烟
活泼自信地四处乱溅。随后走出的李大鼻涕们挤上路，静观这非凡
的景色。我并没在老傻身后见到人和自行车之类，可他仍是着迷地
疯跑不止。到我近前，冲过来，我只齐他腿高。他不顾一切地蜷缩
在我身后，好像我倒成了一株大树，可以庇护他、安抚他。他匆忙
间将我挤倒，摔我一屁股屎。那道青烟仍在高兴地飘荡，我惊异非
常。终于一声爆响，满天红的黄的碎纸片，一朵青蓝的烟，美丽地
升上天空，让人满怀充盈不尽的流连，眼瞅着贴近白云，消失于寒
冷之中。老傻的后身炸开一个大洞，翻开的棉絮像盛开之后凋零的
亲切花朵。黑火药喷发出巴掌大的一块青紫，像是他原来就是一个
无血无肉的人。我听到远处的埋怨。放少了，再加几个会更好。二
果，你他妈连个老傻也摁不住。你们怎么不帮一手。豁子绑的什么
鸡巴玩意儿，半道还跑掉了一个。操，老傻的腰带太不结实，一拎
就断。我朦胧地感觉这些人办不成什么事，连几个爆竹都绑不好。
老傻结结巴巴冲我复述。弯曲如树棍的两手在半空里挥来挥去，唾
液从胡子梢上长长地跌落。同时回手去摸后腰，那里已经变得厚实
如饼，焦黑如锅盔一般。我看出了他血的流动和肌肉的反应。这时
奶来了，一身黑色的衣裤尖尖的小脚，小心地越过秫秸。头上几缕
白霜，瘦而白的脸上有梦幻般的慈祥。啪！扇嘴巴的声音极其凛冽
响亮。你个不死的。老傻手指村子东头，他……他……们……

你不去惹……

砰！

我真不相信奶那又小又薄的手会有那么大的劲，高大的傻叔竟
跌到秫秸上，嘴里仍是他他地叫唤。也许，老傻的心里能够把发生
的事情拼接成片段，但奶是不会听的。

我不知道我的笔这样写老傻是否妥当。几十年以前的事情恍若
隔世，但他毕竟与我有着某种联系。尽管我奶来得晚，可她总归照
管了我幼小的时光。我后来为此而深深地懊悔，并且知道，作为一
个女人，走出一家进入另一家所要承担怎样超重的苦难。我"训
斥"她时，她全然没有了在老傻面前的威势，默然背向。或许在那
一时刻，她意识到了我的身份，知道了是自己主动答应走进这家门
的，身后还带着老傻。我曾梦见她站在灶火前俯身向锅，黑脏的围
裙在锅沿上蹭来蹭去。当我醒来，我知道这并不是梦。可老傻，我
那叔辈的长者，躺在冰冷潮湿的土地里，会对几十年后，我的这支
笔再一次揭开他的衣服，让他赤身裸体于文字之中时，会如何诅咒
我。还有我奶，对唯一伴在身边的傻儿子会如何看待？这一切让我
在老傻被缚的屋外踟蹰良久，不忍前移。高屋的青砖来自何时何
处？第一批来此占荒的人们，如何选了这个地方，又从城里买来青
砖，建起第一栋砖房？两侧原有的厢房也早已不见踪影。现在堆了
两垛草和一个翻扣着被马啃得稀烂的马槽。房檐的漆色脱落殆尽。
李大鼻涕在摆弄一架老式留声机，据讲也是这屋主人的。只有两张
唱片，有一张裂了缝，每唱到这儿声调便一跳，像唱歌的得了咳
嗽，放出的声音，很像村中的老石磨在碾石头子，吱吱扭扭响。屋
中南北有炕，豁子坐炕沿上悠闲自得。我傻叔被双手缚在柱上，光
着上身。李大鼻涕开始动手剥他的裤子。我看见傻叔的上身筋骨发
达，白净结实。我成年以后进过澡堂，看过关东汉子，我也自恃力

气彪悍不与人服，但我从没见过傻叔那样的身坯，宽肩厚胸，两条肉棱子在后背岔开。李大鼻涕终于把傻叔的裤子解下。傻叔嬉笑着，涎水直淌。他如何被诱进，如何被缚在这里，我都没曾看见。李大鼻涕剥光傻叔也是在多年以前。当今天要由我这支笔来描绘这一历史时，叫人心中不安。脱掉的长裤让人想起蛇蜕掉的皮衣。傻叔的下身雄伟壮观，令观者赞叹不已。到此时，傻叔还是处世泰然，无所畏惧。豁子端着盘子，里头是些残汤，黏糊糊地浇上去。这时二果牵进一头母狗，诱那狗先上去嗅，而后，那狗伸出猩红的长舌舔起来。傻叔全身战栗，经受不住从未有过的考验。窗户上闪过一个背影，是两年前寡居的九芬。她或许看到或许没看到，傻叔立刻停止嬉笑，破口大骂，毫不结巴，连串的咒语诨语响彻云霄。他吐唾沫，乱踢乱踹，全力挣扎。不一会儿，他就吐了。是那条舌头还是那个背影使他痛苦不堪？一放开他，傻叔就冲出去，把所有能见到的狗都追打得口吐血沫。苍凉寂寞的村上晃着他匆忙的身影，而村中一切依然。人们仍在结婚生育，仍有死亡，有偷情。秋收复秋收。傻叔在春闲与夏歇之时，在冬日的长夜中，常停在九芬的屋后伫立不动。我竟在他眼里看见一种迷茫的痛苦神情。

那一年的冬天积雪盈地，像是苍天把一切亲情都撒给了下界。屋顶上的雪，终日里白光耀眼。木轮马车悠扬地从路上驶过。我的皮乌拉轻捷地走过雪地，思绪在此悠闲荡漾。想起雪中乡村的趣事，把爬犁从水沟上头摆好，一路冲下去，常有人被半道甩上沟沿。在这冰雪之中，我找到了世界的白净平和，柔弱的情感注入心中。远处的人影幻觉一样贴在天边。我多么希望有一辆爬犁来自天边去自天边，载我到一处没有村落的白雪世界。那里清静、旷远、柔曼，让我躺在那里思考，悄悄地把童年冷冻起来，与那些雪人一起，站在漫天飞雪中唱起童谣，唱起"小白菜呀！黄又黄呀！三岁没了……"含着泪水，等待树木返青，青草出土，等待春天的燕子尽剪春风，然后就让风一样的散漫环绕我，伴我向前飞跑……可奶凛威的声音响了起来："你这不死的东西又惹事。"

傻叔手指屋后，下巴抖着蹦话："雪……地……马……"

我这才意识到村中的冷静。李大鼻涕和豁子们在村后追逐七八匹壮马，马群是从村子西北跑来的。那里全是阴沉沉的天，压紧着雪地。这群马身上无一件羁绊，如同一群天马来到人间。李大鼻涕冲上去抓住一匹花马，身子虫一样贴在马肚子上，被带了十来步，飞扬的雪下，他烫了似的栽下来，帽子裹在马蹄子上踩得很歪。他又扑上去，死抓住马背不放。马兜了十来个圈子，他才骑住。豁子抓住了白马，白马是头儿。当豁子威风着奔向村里，那些马自动跟上来。直到上了笼头，也不反抗，温顺得让人心疑。它们被带上场院，变成了毛色暗淡的凡物。秫秸围成密实的院墙。他们给傻叔塞几张烙饼，让他守场院。他们去商量卖马。

那些日子，村民们很兴奋，家家都在议论这群马，掩饰着匆匆忙忙的惊喜，煞有介事地出主意，讨论卖的钱如何分。傻叔木然地看着李大鼻涕们使劲把挤来的村民轰散。就在一切都还在商量之中时，寻马的人来了，他们码着蹄印找到村上。于是所有的希望就混乱了，他们客气地找人探问，村人们支吾着，指出四面八方的主意。碰到傻叔，傻叔木然地听完，然后拿出几张烙饼放在地上，不时翻一翻，像是怕冻不透。李大鼻涕们仍在稳稳地寻买主。终于来了两个掮客，谈得高兴，酒也喝过，而后村中出现了一种奇怪的宁静。我在冷风里的远处，看见九芬在瞭望。傻叔垂着头，看那几张石头般硬的烙饼。就是在那一天夜里，我被一阵人声和嘈杂声弄醒，光着屁股跑出去。全村人被这响声惊动，只见场院上一片火光，接着一匹白马当先冲来，马上一人光着脊背，结实的肌肉透着光亮。许多年后见到城里的雕塑，就想起了马背上的傻叔。李大鼻涕在远处喊：

"截住他，快——截住——他——"

马和人像是都疯了，一道白光，平直地射来，划破了蒙蒙夜色。马队冲出村子，冲出雪原，很快就从视野里消失了。可我的思绪还在向前。马蹄踏过冰河、田野，过了柳林，向着仍旧阴沉沉的天宇冲去……

傻叔再也没有回来。好像根本就没有过他，他的那些事情，他无数次走过的乡道，都同他无关。

他会去了哪里呢？这么多年来，我一直在想。村子四周都是平原和村庄，中间隔着结冰的小河。一切都那么坦荡，想起来又那么遥远。我走的时候，离开老村，碰上的都是路，总是路，没有任何奇险，难道这些路他还走不通吗？我留心过路的两边，没有一处能够掩藏住一个人。他无妻也就无后，无后也就没人念及他。有时我想，如果没有那群马，他会怎样？他的生活包括生命，会在哪里终止下来呢？难道那马群就是为他而来吗？

无疑，不是他驱赶着马，而是那些马驮走了他，到了另外一个地方，那里除了白雪，没有村庄，没有李大鼻涕和豁子们，也没有自行车和年节时用的爆仗……

大约半年后，有个叫郭拐子的人来到家，说冬时曾见人收埋一个光背冻死的大个爷们。郭拐子喝了酒，小眼红着，说那人身上一层冰，裆里那个东西也冻成了冰柱，比马的都大……

像有把鞭子抽了我一下，我觉得傻叔又在往我身后躲来。我跳上炕，一把掀翻了炕桌。郭拐子一条腿不灵，匆忙间摔到炕下去了。

我顿时感到，傻叔是完全可以藏在我的身后的。

只是这感觉来得太晚了。

王季明

红　包

一

那还是上个月的事，那天我同以往一样，正在公司办公室忙碌，公司组人科杨科长打来一个电话。杨科长在电话里干咳一声说："你现在马上来党办一下。"我一愣，我想我是行办的，让我去党办干吗？见我在电话里没有回答，话筒里的杨科长似笑非笑的声音传了过来："呵呵，多年的媳妇熬成婆了，你马上来吧。"说完，挂了电话。

说来杨科长与我很熟，所谓熟，也只是大家都在公司，平时上下班，抬头不见低头见。这个熟，准确无误地说，只是点头而已。就杨科长而言，他是从来不正眼看我的，为何呢？我猜测，首先，他是科长，是个科级干部，而我呢，只是行办的一个主管。论级别，顶多是个股级，股级怎能同科级相比呢。其次，杨科长今年三十不到，而我呢，已经四十五了，从年龄看，他不知比我有多少优势了。再次，我进公司十多年了，而杨科长呢，进公司只有短短五年时间，这样一比较，我在杨科长眼里，肯定属于没出息的人。

那么就我而言呢，从心底里来说，我对此人并无好感。所谓没好感，倒不全是因为他从来都不正眼看我一下。据我观察，这家伙资质平平，无论智商情商都属中等，可我怎么也弄不明白，这样的人，怎能在五年时间内，坐上我们这个国企公司这么重要的科级位置呢？后来我才知道，原来他有一个亲戚是市政府的一个官员。当然并没确切证据证明，他之所以被提拔为科级干部与他亲戚有关，但也没证据证明，他被提拔与他亲戚无关呀。这样一想，我只能说，咱们公司好多事情都是心照不宣，是说不清道不明的。

杨科长说是让我马上去党办，事实上我还是磨蹭了好一会儿才去了党办。在上楼去党办的过程中，我反复在想，杨科长说的所谓多年的媳妇熬成婆了，是啥意思？难道我们领导突然想要提拔我了？

事实上真是这样。

当我一走进党办时，我看到公司负责人事工作的副总经理与党委副书记正端坐在会议桌前，他们左右各坐着杨科长与我们行办主任。党委副书记一见我进门，就笑笑说："来了，坐下吧。"

接着他们就说，根据党委研究决定，以我在公司十多年来的成绩，决定任命我为企业下属×基地党总支书记。我听了吓了一跳。我暗里迅速盘算一下，我只是个股级干部，下到基层×基地做党总支书记，这意味着一下由股级跳到科级，也就是说与杨科长平起平坐，这可是破格提拔呀。想到这里，我有些怀疑自己的耳朵，这是真的吗？当然这是真的，但是我嘴里说出的却是："各位领导，我感谢组织对我的信任，可我不行啊，党总支的工作我从来没有做过。"这时党委副书记说："谁也不是天生就会做党务工作的，但是凭你在公司工作这么多年的经验，以你的岁数，尤其还是个老党员，我们党委觉得你做这项工作是合适的。当然开始会有些难度，但是我们相信用不了多久你就会熟知各项党务工作。"

我没有说话，只是静静地听着。其实我们党政两位领导说了好多，我呢，由于心情激动，并没听进去多少，但是有一句话听到了。领导说："原先×基地的书记，整天价忙于自己的事情，高高在上，群众意见很大，希望你下基层后，与群众打成一片，充分发挥我们基层党支部与党员的先进作用。当然，有困难可以找上级领导。"

我们党政领导说完后，杨科长说话了："组人科下午就会对外公示，公示后一个星期，你就去×基地。行办的事情现在就可以移交了。"

记得领导与我谈完话后，我与杨科长一起出了党办，下楼时，杨科长拍拍我的肩膀说："祝贺你啊，你这是连跳两级啊，你由正股级到正科级啊，那么大岁数，容易吗？"一听这话，尤其是他拍我的肩膀，让我非常反感，但我没吭声。

见我无动于衷，杨科长一脸推心置腹地说："尽管领导说了下去要与群众打成一片，但是看在我们现在平起平坐同一级别的面子上，我告诉你，绝对不能与群众真正打成一片，一定要保持距离，这样才有威信，你自己估量着吧。"

杨科长这么一说，我猛地觉得，杨科长这人看似年轻，在我心目中资质平平，智商情商一般，但是他能说出这番话，可见我还真的看走了眼。这也正是平时他为何不正眼看我一眼的道理。

由此可见现在的年轻干部，还真的比我这样的老家伙厉害。那就叫深藏不露，也难怪他敢拍我肩膀。

二

事实上我下到×基地工作才一个月，大致摸清×基地下属六百多名员工情况后的一天上午，我刚上班，看到办公室门口站着一名穿着工装的女工。女工年轻，素面朝天，相貌平平。我见她在我办公室门口东张西望，显得战战兢兢时，觉得有些奇怪。再仔细一看，就觉得有些眼熟，但怎么也记不清她是×基地哪个部门的。

可以这样说，我下到基地工作一个月，从没有一名员工到办公室与我交流或者说反映情况，现在这名女工站在门口欲言又止的样子，很显然她找我有话说，于是我马上热情地说："你是……"女工见我招呼，这才灿烂一笑说："李书记，我是基地质监室的张好呀。"一听是质监室的张好，我也不知怎的，一下装着恍然大悟很熟的样子说："啊，是小张啊，进来坐吧。"张好羞涩地一笑说："不不，我不坐了，我知道您刚来不久，肯定忙着呢。"我说："不忙呀，我下午还真想到质监室去看看你们的质量管理呢，你是不是在工作上有什么想法呀？"张好一听，脸更加红了，说："我只是一般的质监人员，真有想法，还真轮不到我呢，那是主任的事。我来找您是送请柬的。"我一愣："请柬？"难道这名女工想请我吃饭，我脑子里飞快地盘算着。张好说："我送请柬是因为下个月我要结婚了，想请您在百忙之中拨冗前来参加我的婚礼。"说着，她从兜里拿出一张精美的请柬恭恭敬敬地递给了我。

接过请柬，我下意识地翻动了一下，脑子里在飞速旋转着。一名年轻女工，请我参加她的婚礼，嘴里能说我们上海小青年很少会

说的"拨冗"二字，可见我得好好对待。想着时，我打开了请柬，只见里面夹着一张显然是张好与她未婚夫的合影照片，一边还写着结婚的时间、地点等，我便说："好啊，恭喜你了小张。"

我刚说完，张好马上说："领导，您能来吗？"我有些举棋不定。张好看出来了，马上又说："没事的，如果您有空就来参加，没空就算了，好吗？"张好这样一说，我脱口而出："好的，那就到时看看我的档期吧。如果有，我一定来。"

说出这话，我就觉得自己讲话有问题，什么叫档期？还真以为自己是个大干部，是个大明星啊。张好笑了笑说："我知道，你们做领导的都是很忙的，有档期安排，所以我就提早一个月给您送请柬了，您说是不是啊？"我说："好，请柬我拿了，若有空我一定来，好吗？"张好一听，说："领导啊，您一定要来啊，我给您留下三个位置了。"我一听马上明白了，说："用不着三个位置的，即使来，我也只是一个人，家里人一般不会来的。"张好说："嗯，那好吧，只是我还有一件事想麻烦领导。"我又一惊，觉得张好跟我讲话，好像显得很亲近，不知怎的，我想起杨科长的话来："绝对不能与群众真正打成一片，一定要保持距离，这样才有威信，你自己估量着吧。"想到这里，我说："你说吧。"张好说："领导啊，您能不能做我们的新婚证婚人？"我一听，刚张嘴想拒绝，张好马上说："证婚词我从网上摘了下来，到时您只要念一下就行了。"我一听，有些哭笑不得，说："张好，证婚人就免了，好吗？因为你婚礼那天，我到底有没有事，能不能来，还很难说呢。如果没事，我肯定来；如果有事，我不能来，那证婚一事不就成了喇叭腔了吗？"我这样解释后，张好点点头，接着似笑非笑地说："谢谢领导了。"

说实话，我参加单位同事的婚礼少说也有二十来场，但是这些婚礼主要是熟悉的领导与同事，对于不熟悉的人，尤其现在是我手下的员工婚礼，说真的，我还真是第一次。这个婚礼到底去还是不去，我一时有些纠结。

张好刚走，我坐在办公桌前看着那张请柬。这时，门口又出现了一个人影，抬头一看，是我们基地办公室的一名女办事员，只听她说："李书记，我能进来吗？"我说："进来呀，还那么客气呀。"她笑笑，随即进了办公室，顺手把门轻轻关上。我说："呵，关上门，还有保密话跟我说呀。"女办事员说："李书记，我看见质监室的张好到你这里来了。"我说："是的，她要结婚了，给我送请柬了。"女办事员说："那么您打算参加她的婚礼了。"我说："看吧，如果时间允许，我就去，这也是与群众互动的好机会呀。"女办事员说："李书记，我知道张好进来就是送请柬的。恕我话多，我进来就是跟您讲这事的，无论您有没有空，都不要去。"我惊奇了："为什么呀？"她说："您是新来的领导，我呢，又是您的手下，我有责任告诉您，我们这个基地 80% 都是未婚青年，至少还有四百多人没有结婚，如果您参加了张好的婚礼，那么其他人结婚，您参加不参加呢？更重要的在于张好只是一般的员工，不是单位骨干，所以您没必要参加她的婚礼。作为领导，尤其是我们基地六百多号员工的领导，一定要有架子，不能下面人说叫您去您就去，没必要。当然，我这只是作为您的下属看见了，特地提醒您一下。"

女办事员的话，你很难说她没道理，可不知怎的，我突然又想到了杨科长说过的话。按理说，杨科长是个科级干部，而我眼前的这个女办事员只是非常普通的员工，可他俩讲话的意思，为何那么惊人一致呢？

我想了想，点点头，笑笑说："谢谢你的提醒，我知道了。"

三

晚上回到家里吃饭时，我把单位女工要我参加婚礼一事，以及办公室女办事员的意思都告诉了妻子，我想听听她的意见。妻子一听马上说："去还是不去，你自己决定。"我说："如果我决定了，告诉你一下就可以了，可现在我是迟疑不决，所以就想听听你的想法。"妻子直截了当地说："你们单位这名女工也真有意思，如果换作我，是不会叫你去的。"我说："为什么？"妻子说："很简单，如果你是个未婚领导，我坚决主张你去，这样送出去的红包，以后你结婚了，可以拿回来，这叫有来有去。现在你这样去了，送上红包，可是你怎么拿回来呢？或许你会说，我这个上海女人怎么那么斤斤计较，但事实就是这样的。"我说："你还真是斤斤计较呢，反正这是一次性的支出。"妻子说："不对，我觉得你们办公室里那个女办事员懂事。她说对了，你们单位还有那么多的未婚男女，有些还是骨干，到时他们结婚了，你是去还是不去？不去，人家会说东道西；去了，那你得送多少个红包呀，你想过没有？"

我想了想说："这是我首次到基层做中层干部，员工呢，也是首次叫我出席婚礼。我打听到我的前任了，他是任何员工的婚礼都不参加。现在我刚上任，有员工让我参加婚礼，我总觉得这是个好兆头，也是人家对我的信任，我看我还是去参加婚礼吧，这样也可以在婚礼上了解我们员工的家庭情况，至于以后的，再说吧，我会随机应变的。"妻子被我这样一说，就说："既然决定了，那就去吧，不过，你准备送多厚的红包呢？"我说："我那手下的员工是想请我们一家三口去的……"我话还没完，妻子马上说："我和女儿不认识她的，你呢，其实与这名员工也不熟，我们不去，你一个人去就可以了。至于红包嘛，没有1000元是不行的。"我说："1000元多了，我就准备500吧。"妻子说了："你呀，要么就不去，去了，你只拿500元，作为领导你没腔调。"

你别说我妻子，要说小气她会把一分钱看成人民广场那么大，要说大方，你看，像我这样一个人出席手下员工的婚礼，她竟然让我出手上千元，可见台面上的事情，妻子是看得很重的。

当晚吃过晚饭，妻子已经把红包包好，塞进张好给我的那个红色请柬袋里，说："我把红包放进你的公文包里，省得你到时去参加婚礼，手忙脚乱的。"

时间过得飞快，一个月的时间转眼就过去了。说实话，这一个月的时间，我共计处理了好几件事，比如好多员工上下班迟到早退，不遵守劳动纪律，还有员工在食堂与浴室吵骂打架，更有员工在外面赌博被公安局抓了起来，这些与生产并无直接联系的烂事，让我这个书记忙得焦头烂额。说实话，张好婚礼的事情，我忘得一干二净，幸亏那天下午我看见办公室的女办事员在办公室里化妆，我不由得多说了一句："你上班时间化妆，是不是赶着去结婚啊。"没想到女办事员笑吟吟地说："领导啊，您可以不去参加张好的婚礼，我可是要去的呀。"女办事员这么一说，我猛地一愣："张好，张好，哪个张好呀？"女办事员说："上个月她不是给您送请柬的吗？我不是告诉您，作为领导您不一定非要参加员工的婚礼的呀。"我一下想了起来说："我没说不参加她的婚礼啊。"女办事员说："领导啊，您也没明确说要参加她的婚礼啊。"我想了想："这倒也是。"女办事员安慰我说："没事的，我会跟她说的，领导忙就不参加她的婚礼了，我相信张好会理解的。"

四

我回到办公室后，马上打开公文包，一下子看到夹在厚厚笔记本里的那张鲜红的请柬，打开请柬，看到里面是妻子放着的千元红包。既然红包已经准备好了，我还是决定下班后去参加张好的婚礼。

一想到婚礼，我马上打电话给妻子，妻子一愣说：“我还以为你早已参加过婚礼了呢。”打完电话，我想了想，出席婚礼总要穿得像样些吧。幸亏我在办公室里放着一套考究的西装。这套西装平时不穿，主要是在上级领导下来检查工作，或者兄弟单位前来参观交流时穿的。想到这里，我马上把西装拿了出来，随即又从衣柜里拿出皮鞋、鞋油，坐在沙发前擦起了皮鞋。这些事情做好后，我看看时间不早了，便关上门，直接去了酒家。

张好的婚礼地点位于江湾五角场一个叫蔡家食谱的四季宴会厅。幸亏张好的请柬上画上了简易地图，否则我还真找不到这个酒家呢。

我坐地铁 9 号线到了宜山路，随后换上 3 号线坐了一站到虹桥路站下，再换上 10 号线到江湾体育场站下来。出了地铁站，我一下就看到了蔡家食谱酒家。

到了蔡家食谱酒家后，我一看时间已经 6 点了，于是马上走进酒家。酒家里灯火通明，我一眼看到张好与新郎正站在酒家门口不停地与来宾们拍照。我没凑热闹，而是悄无声息地进了大厅。放眼望去，大厅里至少有三十桌，那么哪桌是我坐的呢？我低着头慢慢地看着桌子上的纸牌，我在寻找有我名字的座位，但是一圈兜下来，我发现所有的餐桌上竟然没有我的名字。我纳闷了。这时，突然听到办公室的女办事员高声叫着：“李书记，您怎么也来啦。”

我笑眯眯地点点头说："我又没说不来呀，可是我找不到我的位置啊。"女办事员一听说："是吗？我替您找找。"说着她开始找了起来。我能看出来，她也没找到我的位置，我看到她迅速跑到张好跟前，说着什么。我看到张好一脸的惊慌失措。我一下明白了，张好绝对没有想到我真的会来出席她的婚礼。她呢，送我请柬也只是客气。我呢，当初接过请柬也没明确说明我一定来。

我正想着的时候，只见张好与女办事员挤过人群一下走到我跟前，张好满脸含笑地对我说："啊，李书记，真的谢谢您了，您在百忙之中还来出席我的婚礼啊。您就坐这里吧。"她说着指了指原先女办事员坐的位置。我说："这不是……"女办事员马上机灵地说："我那边有位置的。"

我点点头，坐下了，随即从包里拿出了红包，递给张好说："一个红包小意思，祝你新婚快乐。"张好接过红包，笑笑说："谢谢李书记。"我说："谢什么呀，你快忙去吧。"

五

参加完张好的婚礼后，第二天我正常上班，婚礼一事我也抛到脑后了。过了几天，我只是无意中听到办公室的女办事员说，张好新婚后与新郎去新马泰度蜜月去了。我也只是听听而已，因为我手里有很多工作要做。

也就是一个多星期后吧，那天，我刚上班，突然发现张好手里拿着个纸袋出现在我办公室门口。我一看是张好，马上热情地说："呵呵，新娘子上班啦。"她点点头，便走进了我的办公室，随手把门轻轻掩上。张好说："李书记啊，真的对不起了，那天婚礼我之所以没有安排好您的位置，我是在想，您一个领导干部是不会参加我们这样陌生的普通员工的婚礼的。"我马上笑笑说："我说过了，只要有空，我会来参加的。"张好说："您能来参加，给足了我面子。我没有其他事情，只是来谢谢您出席我的婚礼，纸袋里一些小东西，请书记笑纳。"说着她把东西往我办公室的沙发上一放就要走，我马上站起来说："张好，你送啥小东西，拿回去。"

张好说："只是小东西而已，您让我拿回去，就是不给我面子。"说完，张好拉开门走了。

张好一走，我又不能大声嚷嚷，只得走到沙发前看看纸袋里到底装的是啥小东西。打开纸袋一看，里面竟然是条中华烟与两瓶葡萄酒。我心里迅速盘算了一下，这些所谓小东西其价码儿至少八九百元。我看着这些东西有些发愣，是退回去还是收下？

看着这些张好所说的小东西的同时，我突然发现里面还有一个装饰精美的厚厚的信封。我拿起打开一看，这下彻底傻掉了，里面竟然是崭新的连号的1000元人民币，同时里面还附有一封信：

尊敬的李书记，我代表我的家人再次感谢您在百忙之中来参加我们的婚礼。其实本来我是不想请您来参加的，因为我们知道您新调来不久，但是在我结婚前夕，我们好多员工跟我打赌说现在的领导除了让员工死命干活，是绝对不可能有空来参加员工的婚礼的，更不会关心员工的家庭与生活。我也是这样认为的，不过作为一名普通员工我还是想试试，您作为书记到底会不会来参加我的婚礼，这是一。第二，您的前任书记，自然也是偶一为之参加员工的婚礼的。不过他每次参加员工婚礼时，红包里塞的都是从网上下载的千篇一律的祝贺信，这让员工非常不爽。作为员工而言，领导来参加婚礼，我们面上已经有了光彩，红包真的不重要，但是红包里塞上网上下载的千篇一律的祝贺信，也是令人非常郁闷的，但是您不是。为此我把您的红包退给您，那是因为您在百忙之中给了我面子，给了我尊重！再次谢谢李书记！

看着张好送给我的所谓的小东西，尤其是这封信，我突然想到杨科长与女办事员讲的话，陷入了沉思……

魏　勇

荒诞又现实的 1988 年

搭卖风

海斯一家中国之行的第一站上海终于到了。他们的中文水平虽然极差，仅会几句不伦不类的问候语，但他们自以为在美国曾跟一个中国温州人学过几天中文，一般的小问题能够应付，所以决定自助游，这样可较多地接触中国普通人的生活和社会风俗，也可省些钱和玩得随意。

夫人苏珊早就听说中国的丝绸又好又便宜，很想买几件真丝衬衣。服务员在给他们衬衣的同时，还递上了一副胸罩。苏珊指着胸罩笑着摇摇手，服务员则很坚定地塞给她。苏珊见状："NO，NO，NO!"急得直摇头。服务员便不管她听懂听不懂，耐心地解释说这是规定。俩人推来推去，谁也说不明白。海斯不耐烦了，催苏珊道："中国人不开通，大概害羞，怕你穿着透明的衬衣不雅观，所以劝你买下那玩意儿，这是好心，别浪费时间了，买了算了。""你要我戴几副啊!"苏珊没好气道。无奈,只得挑一副特大的,再也不敢买第二件了。

中午,他们来到一家普通的饭店,使那家店经理脸上大放光彩,特选派了一名店里最漂亮的姑娘为他们服务。

菜端上来的同时,服务员还给了他们一叠又黄又硬的草纸和一盘蚊香。"凡来店里消费的都要搭买草纸,你又要中华烟,而高级烟都要搭蚊香。"姑娘笑容可掬地解释道。海斯不知道她在说什么,眨巴着眼睛,拿着两样东西不知所措。姑娘没法,只得给他们示范着点上蚊香。海斯一拍脑袋:"噢——OK,OK!这是饭桌上用的香料,中国的中药 Very Good!——那纸是干什么用的?""餐巾纸呗!"儿子不屑地说。"质量这么差?""你不是说要适应不同国家的国情吗?"苏珊帮儿子腔。

于是,他们在圆桌的中央,在这寒冷的冬天里,围着点燃的蚊香,如祭祖一般,吃得津津有味。过了一会儿,儿子说:"这香料熏得人晕乎乎的。"海斯说:"要入乡随俗。可能起效果了,这或许是他们开胃之类的中草药呢。"

用完餐,他们刚想取自带的餐巾纸,但怕有看不起中国人之嫌,只得用草纸擦嘴。中国顾客起先都傻愣愣地看着,后来都禁不住笑出了声。他们还以为这是中国人的友好表示,所以"哈罗!哈罗"地回笑道。

结账时,一男服务员朝那姑娘挤挤眼:"那烟要付外币!"他便指着人民币对海斯说:"这个的不要,要你们的,明白?""去去!他们又不是日本人,怎听得懂?"学过几天英语的姑娘笑道:"美元的符号好像是 $ 。"

海斯在付钱时,自然而然地想,那要美元的烟一定是专供应外国人的。事实也是,没能耐的饭店那时是搞不到中华烟的。而海斯

所不知道的是，那年代外币很稀罕，也很牛，能到华侨商店去买许多当时所买不到的东西。

去广州前，他们到药店想买几盒友人介绍的当时风靡中国的上海人参蜂王浆。以往，药店只要避孕药具一进货，因是免费的，所以不到半天，准会被那些厚颜无耻、乳臭未干的小青头统统包了去，而那些年轻的店员又不好意思问不好意思说，致使那些真有需要的夫妻倒整天提心吊胆地过日子，店员们既挨骂又得不到好处。所以店里不得不做出规定：凡买一种药，就赠送十粒避孕药或十只避孕套，但必须搭买十粒安眠药。

此时，一女店员想，外国的避孕工具应该要比中国的灵得多，不需要，想扣下，也方便自己开开后门或体验体验。结果被店主任发现了，严肃地批评了她，说中国外国应一视同仁，并亲自对什么都不懂但却听得非常认真的海斯一家比画了一通。

回到旅馆，海斯说是否要请人来看下说明再吃药。儿子说："爸爸真笨，布莱克叔叔送的云南白药不也每瓶都有一粒红色珠子吗？大概中国的名药都有那关键性的东西，而这两种药正好每瓶各一粒。

苏珊表示同意。全家都迫不及待地想快点尝尝中国那神秘又神奇的补品。于是每人开了一瓶蜂王浆，加避孕药、安眠药各一粒，很虔诚地送下了肚。不一会儿，三人都感到有点昏昏欲睡。海斯竖了竖大拇指道："显灵了，名不虚传！"他们在心里都深信自己的体质从此会增强很多……

一小时后，去催他们上机场的服务员一见沉睡着的三个外国人，以为发生了什么刑事案件。公安人员迅速封锁了旅馆，并赶紧送他们到医院抢救。那个整理房间的女服务员权衡利弊之后，主动忍痛交出了那曾为此激动了好一阵的 1 美元小费，并一个劲地解释："不是我下的毒！不是我下的毒！"这反倒引起了公安人员的怀疑，把她给带走了。

抢购风

邻居周家姆妈，生有三子，个个虎背熊腰。一天，全县突然刮起一股抢购风，说是许多商品翌日即要涨价。于是，周家姆妈一声令下，三子便如离弦之箭向布店冲去，大有不怕牺牲、锐不可当之势。果真是好样，片刻间，三子便冲出重围，每人肩扛一匹原捆白布，在无数艳羡目光的注视下，雄赳赳气昂昂地奏捷而归。

晚上，他们一家喜气洋洋，相互吹嘘，大喝凯旋酒。有邻居欲分享一点胜利果实，他们便伸出被抓破的手，展示被撞青的背，摇头苦叹奋斗之艰辛，得胜之不易，使对方再难以启齿。

第二天中午，忽听他们家怨声不断、哭声不绝。细听之下，原是在人们重点抢购的商品中，唯独布匹恰恰是跌价。

但不一会儿，他们全家竟一个个面带笑容，匆匆奔向左邻右舍，拍着胸脯慷慨表示：大家都是老邻居，理应有福同享，有难同当，愿忍痛出让白布……

周 平

愧

下过几回决心不再轧热闹的他，在这个既不见太阳又不见下雨的秋日里，却又一次与他的她挤进了海滩边看热闹的人群中。

电视剧《海声与枪声》正拍得有滋有味。

沙滩上，躺着一具男尸。边上，一个穿旗袍的女人一动不动地坐着，脸上毫无表情。

"她怎么不哭？"她捅了捅他，问。

"是啊，她应该哭，应该悲痛啊！"他想。他希望能看到她流出点泪，哪怕一滴。然而，他失望了。

"唉——这就是咱们这些演员的水平呵，唉！"他摇着头，拉了拉她，"走吧！"

正在这时，站在摄影机旁边的大胡子导演得意地喊道："OK！"

"OK。这水平也能 OK？"虽然他对电视并不在行，但他确信自己的评判水平。"呸！"他狠狠地啐了一口，"惭愧啊，惭愧……"

亮着好几盏灯的房里，充满着暖意，秋凉的淫威只能无可奈何地在外边施展。他坐在舒适的沙发上，照例拿起一张晚报，翻到娱乐版（尽管他对中国影视失去了信心，或者说从来没有过好感，但他仍然必读娱乐版上的有关报道），突然，他的目光被一则独家采访吸引住了：《新导演初试露锋芒　扶桑女一举成明星》。文章中还配有一张拍摄现场的工作照。

"咦，这不就是咱们上次看到的那个剧组吗?"她给他端来了一杯浓得发黑的正宗中国茶。

"唔。"他抬起头，看了看她，指点着报纸，"这上头说，那女人是日本人。"

"日本人?"

"是呀，不过……上次怎么会……唉——不可思议呵!"他呷了一口茶，茶特别苦。

"管她是哪国人，等会儿电视里不是要放么。看着再说吧。"她可不喝茶，品茶太费神。她喜欢喝咖啡。

屏幕上，蓝蓝的海面衬出五个鲜红的大字："海声与枪声。"

"噢，高枝子，一听就知道是日本人。"她今天话似乎特别多，咖啡就是能刺激人。

"哗——哗——"海浪浑浊而汹涌。

海滩上，平躺着一具男尸，两只灰灰的眼珠死死地盯着布满乌云的天空；穿黑旗袍的女人坐在沙滩上，深凹进去的两眼一动不动，灰白的脸上毫无表情。

音乐，由凄惨渐变为杂乱、疯狂。

女人还是如雕塑一般，呆呆的，毫无表情的脸上显得已经完全麻木。

"妙! 妙!"一口浓茶赶紧入肚，他禁不住连连拍案叫绝，日本女演员的演技彻底征服了他。"多绝的演技，此时无情胜有情!"他

由衷地感叹。

　　她捧着咖啡，有些不解："那……那天你不是……"

　　"哎，惭愧呀，惭愧！"他颇为不好意思地敲敲自己的脑袋，"老朽喽！外国人，确实行！"又喝了一口茶，到此刻终于品出些味来了："怎么样，喝一口吧？"

　　"不。"她摇摇头，"我还是喝咖啡。"

　　第二天傍晚，他又翻开晚报，却看到了这样一则更正：

　　　　昨日本报关于《海声与枪声》的报道有误，女主角饰演者高枝子并非日本演员，特此更正，并向演员、读者致以歉意。

这晚临睡时，他的她发现他茶杯里的茶竟一点也没少。

　　"咦？"

王　斌

狂夫过年

一窗紫帘。

帘外是"千峰笋石千株玉，万树松萝万朵银"，帘内则"云鬟花颜金步摇，芙蓉帐暖度春宵"。拉开帘子，银装素裹的冰天雪地呼啦啦地装满了瓶荷的眼眶。

腊雪来了，它是过年的使者吧。

瓶荷这么想着，一阵忐忑悄悄地爬上了心头。沙野青还在东北，去赴笔会了，他几天没有音讯了，手机也关了。

沙野青是个诗人。他不光是平时不修边幅，也很少做家务，而且行踪不定，经常参加诸如笔会之类的活动，游荡四方。出行前，他倒向瓶荷说一声，却容不得妻子丝毫的反对。回来时，历来都是神出鬼没，不声不响，突然出现在瓶荷面前。更让瓶荷揪心的是，有时不打招呼就将手机关了，与他无法联系，似乎失踪了，一"失踪"就是好几天，也吃不定他什么时间又突然出现在瓶荷的手机里，大呼小叫地要她立即买飞机票飞过去，他想马上将一个很好玩的礼物送给她，

让瓶荷倍觉温暖；或者他急切地要枕着她的小蛮腰吟诗给白云蓝天听，让瓶荷无可适从；或者对着手机鬼哭狼嚎地唱着情歌，让瓶荷忍俊不禁……那次，瓶荷拗不过他，真的以最快的速度赶到了他的身边，在众目睽睽之下，沙野青捧着一个硕大的雄具木雕，单膝跪地，虔诚地像献给公主一样地献给她，弄得瓶荷羞涩难当。第二天，她又匆匆忙忙地飞回上海上班，折腾得她疲惫不堪，却又幸福不已……

　　瓶荷和沙野青已经结婚十多年了，尽管都已是四十岁出头的中年夫妻，却仍然疯得像个小毛孩。正因为如此，瓶荷爱死沙野青了，真的爱得无法呼吸似的。一点也不夸张地说，十几年来，他俩自始至终都燃烧着激情，燃烧着狂放，似乎一时也没有停歇过，而且越燃越新奇，越燃越野性。

　　那具木雕一直很招摇地摆在卧室百宝格中的显著位置，因为它是瓶荷最喜欢的一个礼物。这个礼物最有趣的是蛙口含着一个晶亮的水珠，构造艺术非凡。水珠上有"沙野青"三个字组成的波纹从一个小裂口渗出，雕刻得天衣无缝，非常隐蔽，不仔细端详是无法发现的。这件艺术品十分自然主义，但瓶荷欣赏它再也不会像当初那样感到羞涩和腼腆了，而是每看它一眼都怦然心动，阵阵惊悸，情爱升腾，轰然绽放……

　　瓶荷拿起手机，对着窗外，拍了一幅雪景，发给了沙野青。虽然她知道沙野青的手机还没有开机，但她想把这个过年的使者传递给他。

　　她想着，也许今天，也许明天，他就回来了。是的，两天后就过年了。瓶荷心里真的很想他。这些年，同事、邻里、朋友、家人都纷纷对过年有所抱怨。他们所报怨的，就像老舍写的那样："过年，在感觉中已经有些遥远，甚至没有太多的期盼。在繁忙的都市里，在行色匆匆的人群中，年味越来越淡，有的时候马上过年了，才想起来。最令自己怀念的，还是小时候过的年，虽然那是些久远的回忆，但一切又都是那样鲜活。"可是，瓶荷却没有抱怨，她觉得过年一直都像小时候过年那样，很鲜活。因为，这些鲜活都是沙野青带给她的。

这次过年，沙野青不知道又要出什么幺蛾子，耍什么新花招了。去年，他把她拖到了一条木船上，在陆家嘴中央绿地的湖中央吃年夜饭。虽然这里平时游人如织，或散步，或聊天，或拍照，或嬉戏……然而，此时非常宁静，没有一个游人，似乎专门腾出来给瓶荷与沙野青过年的。他俩泛舟湖中，被摩天大楼环抱着。壁立千仞，直插云霄，在刀削一般整齐的钢筋水泥丛林中，一块零星散落着形态各异的石头、榉树和灌木丛的泛黄草地，环绕着一泓绿水，湖面平静无波，周围静寂无声……在这个宁静的气氛中，一对恩爱的夫妻，畅饮美酒，浪漫得让人窒息。尽管天气很寒冷，可是他俩却很温暖，暖得内心滚滚发热，让瓶荷快乐无比。

不管沙野青今年过年会如何突发奇想，瓶荷觉得先去单位上班，然后再去超市购物，还是为过年先做一些必要的准备，说不定沙野青带着她说走就走，以防仓促而随，难免被动。于是，她认真地梳洗打扮了一下，便踏雪出门了。

瓶荷下班后去了超市，购了大包小包的年货。当她回到家打开门，便听到客厅里在悠扬的音乐衬托下，一个浑厚沙哑的声音吟咏着：

　　　　我要，
　　　　嫩嫩的，绿绿的，柔软软的
　　　　小草。

我要，
夭夭的，粉粉的，湿漉漉的
春桃。

我要
俏俏的，红红的，缠绵绵的
美人蕉。

我就要，我就要，我就要……
在你的山峰上绽放，
燃烧！

我就要，就要，就要……

原来，沙野青笔会结束回来了。他把笔会期间写的，并亲自朗诵给瓶荷的诗歌录音，在客厅里轻声播放，自己却躲藏起来。瓶荷听着他深情的诗朗诵，非常感动，热泪盈眶地寻找他，见他在卧室的角落里做鬼脸，便猛地扑过去，紧拥着他热吻了起来。

沙野青在家里只住了一天，果不出瓶荷所料，腊月二十九沙野青就带瓶荷出发了。

他们来到海南岛的一个偏僻山村，高价租下独建在半山腰的茅草农宅，在这里开始了浪漫的过年生活。

收拾妥当后，两人便精心地清洗加工食物，开始做年夜饭。大年三十晚，两人点亮烛光，妻子坐在丈夫的怀里，你喂我一口，我喂你一口，一边吃着年夜饭，一边回忆着初恋的时光，叙述着曾经发生的激情，快乐的心情随着回忆而起伏，随着追述而甜蜜，随着交流而激情飞扬，一顿年夜饭吃了整整六个小时。

除夕之夜的零点钟声敲响时，瓶荷和沙野青相拥着，打着电子火把（山林禁火），沿着崎岖的山间小径，在丛林中漫步。在虫鸣声中，在露水滴落声中，在偶然夹杂着兽叫声中，夫妻俩逛到了天明，中途还进行了野外的狂欢……这种甜蜜的浪漫延续到了大年初六，夫妻俩收拾行囊，依依不舍地乘飞机返回上海，虽然一身疲劳，却心花怒放。这心花比过年燃放的烟花还要灿烂！

嗨！年过了！

过年真好。因为家有狂夫！

散文

SANWEN

施新土

那个年代的远足

远足，这是一个过时的名词，当今人们，尤其是中小学生以春游或秋游予以替代。

远足，顾名思义，靠双脚步行较远的路途，并于当天返回，不像现在乘车快速又舒适。记得1954年清明节刚过，我们东阳中青中学初三甲班就举行了一次别开生面的远足，令人终生难忘。每每翻到那张题有"禹山志高，南江水长"的集体合影的旧照片，我就十分怀念恰同学少年的峥嵘岁月。禹山离我们学校10公里，是青少年非常向往的去处，因为它是一座神奇的山。据说因大禹曾在山上指挥治理洪水而得名。此山又称八面山，你无论从哪个方向、哪个角度观看山形体貌，它都呈"八"字形，可谓巍巍高山，八面威风。这是上帝馈赠的一份厚礼，为东阳增光添色，风景这边独好。

此次成行得益于我姐夫的帮忙。他是水手，他们村里的人经常撑竹排、木排沿东阳南江去义乌、金华贩卖毛竹和木材。这一天在班主任赵老师的带领下，我们班三十余名同学脚穿草鞋，手提香喷喷夹着霉干菜的玉米饼点心，登上了我姐夫他们的木排。大家刚刚坐定，禹山就突现在眼前。赵老师给我们讲开了禹山的故事，他说，相传禹山周围原是一片湖水，上起盘安，下迄金鸡拢，长有 50 余公里。里坞旁边有一座山，人称海尖。古代，这里汪洋一片，只能看见它的山尖，故以海尖得名。自从大禹凿开金鸡拢后，湖水便倾泻而出，形成现在湖溪、横店这一大片平畴。顺着故事，赵老师考证起南江两岸的地名来："看看湖溪一带的村名，传说颇有几分道理。你看，湖溪，湖边小溪；湖沿，湖之边沿；湖口，湖之坳口；中湖头，湖之中心；湖头陆，湖边陆洲；梁渡，渡口所在；任湖田，湖边有田；下湖沿，湖之下游；船埠头，码头所在……"同学们不禁鼓起掌来，大家都佩服赵老师不愧为一位优秀的地理老师。

木排沿南江由东向西顺流而下，两岸青山留不住，木排已过万重山，不知不觉禹山到了。我们向我姐夫他们道谢后，就开始登山。山高约 800 米，爬到半山腰，伤兵满营，很多同学脚上磨起了水泡，疼痛难忍。我们花五个小时，咬紧牙关才登上山顶，人人气喘吁吁，精疲力竭。当看到高大的苍松翠柏舞动着巨大的身姿迎接我们，见到满山遍野盛开的映山红用火一样的热情欢迎我们时，疼痛、疲劳、饥渴，顿时消失殆尽，取而代之的是一阵阵的欢呼声："我们胜利了，我们胜利了！"

山巅平坦而广宽，有庙宇，有民居，而印象最为深刻的是一个岩洞，洞口有一头金水牛，面部朝里，臀部向外。赵老师说，这是大禹治水时从天上带来的神牛，因为大水过后，农田成了沙滩砾石岗，如果没有神牛来耕田，那劫后的老百姓只有死路一条，神牛天生神力，一夜间将所有被洪水冲毁的良田都翻了个遍，恢复了原样。为了弥补劈山排水对人民造成的损失，大禹便让金水牛留驻山顶，以守护一方平安。平安有了，但老百姓由于山多田少生活很苦，民间流传着这样的民谣："开门望见八面山，一天三碗薄粥汤。"有位神仙对在金水牛前祈求发财的老百姓说，你们忍一忍吧，有朝一日，手执金钥匙的能人会牵出金水牛，神牛显灵，百姓致富。

离禹山远足已过去一个甲子了，但"手执金钥匙的能人"这句预言却一直留在我的心中。改革开放的春风吹上了禹山之巅，时势造英雄，手执金钥匙的能人终于出现了。第一位能人就是禹山脚下横店集团股份公司的董事长徐文荣，他是闻名全国的农民企业家，文化不高智商高，实力不大魄力大，不到 20 年时间，把禹山四周的一座座荒山秃岭，建成了影视拍摄基地，诸如香港街、广州街、秦皇宫、梦幻谷、清明上河图、民族村、文化村、明清宫……从第一部电影《鸦片战争》开拍至今已拍摄影视剧 3.5 万多集。每年吸引游客 500 多万人次，把一个原来只有 2000 多人口的小村庄建成了一座具有 15 万人口的影视城，国人乃至美国人都赞誉它为"东方好莱坞"。更有甚者，也是禹山儿女、横店人氏，寒门学子，复旦高才生，年轻的全国最大的民营企业家、上海复星集团公司董事长郭广昌先生，在母校东阳中学 100 周年华诞时，捐助复星教学基金 2000 万人民币。2011 年，为了回报家乡，他会同阿里巴巴、横店集团股份公司等企业，在家乡投资 80 亿人民币，联手打造中国木雕文化博览城及中国木雕博物馆，木雕之乡的明天将会更加辉煌。我幸运地能为有这样的同乡而自豪，真是禹山儿女志气高，南江之水情谊长啊！

交友"三处"

有句民谚也是古训，让我很是欣赏：在家靠父母，出门靠朋友。前者暂且不表，对后者想小议一二。

古人曾云，喜欢孤独的人不是野兽便是神灵。所以，凡不是兽又不是神，不愿孤独的人都是喜欢交朋友的。何谓朋友？朋友是成功路上的良师，帮你渡过一个又一个难关；朋友是低谷、苦闷时的一盏明灯，默默地为你驱赶心灵的阴霾；朋友是生活中的一杯清茶，虽然很淡，却会使你品尝到人生浓烈的味道。

所以，人不能没有朋友。巴尔扎克说："单独一个人可能灭亡的地方，两个人在一起可能得救。"因为一个人智力有限，所考虑的问题免不了有所欠妥，朋友的忠告使你少走弯路；一个人精力有限，不可能通晓天文地理，不同专业门类的朋友将帮你扩大知识面；一个人不可能遍游天下名山大川，去过张家界的朋友会告诉你那里的奇丽风光，去过埃及金字塔的朋友会告诉你古文明遗址的雄伟壮观。张潮言："上元须酌豪友，端午须酌丽友，七夕须酌韵友，中秋须酌淡友，重九须酌逸友。……对渊博文，如读异书；对风雅友，如读名人诗文；对谨饬友，如读圣贤经传；对滑稽友，如阅传奇小说。"

朋友是如此的重要，要交好朋友却绝非易事一桩。有的人交朋友一见如故，一往情深，朋友越交越多，"海内存知己，天涯若比邻"，而有的人朋友交得也不少，像走马灯似的，可总是交一个断一个，犹如兔子尾巴长不了，最终成了怨天尤人的孤家寡人。何故？前者懂得交友之道，而后者可说一窍不通。

交友之道是一门学问，其核心是一个"诚"字，除此之外还须懂得交友"三处"。

要多发现朋友的长处。金无足赤，人无完人。人总是有这样那样的缺点，我们要放下身段向睁一只眼闭一只眼的猫头鹰学习，睁一只眼睛多看朋友的长处，闭一只眼睛少看朋友的短处，这样既可以学习朋友的长处，以他人之长补己之短，又可以使受到夸赞的朋友心情愉悦，增进友谊。正如艾佛林·恩德希尔夫所言："唯有对人慷慨大度，赞扬人家的优美，我们才能赢得朋友。"

要理解朋友的难处。做人的一个重要原则是求人不如求己，不到万不得已尽量不给朋友添麻烦。但话又得说回来，世上又有谁能从来不求于人呢？求人办事不可能心想事成，因为帮忙得有个"度"，不能与政策相违，与原则相悖。于是，有的人就沉不住气了，会冲动地认为对方不够朋友。此时，最需要的是冷静而不是冲动，是换位思考而不是埋怨责怪，要以宽容之心去理解朋友的处境和难处，如能再主动向对方说一声："朋友，让你为难了，别放心上。"我想对方一定会为你的善解人意和宽宏大量而感动，会为有你这样的一位朋友而自豪。其实，作为朋友不就是想拥有一双可握的手和一颗理解的心嘛！

要不忘朋友的好处。善于结交朋友的人，都有一个好心态，为朋友办事不图回报，并尽快把它忘掉。相反，对朋友曾给予自己的好处，无论大小、多少都要铭刻于心。人生中有三个不能忘：父母、恩师、朋友。尤其是在你身处困境或危难时刻，伸出援手曾经帮过你的朋友，更是难能可贵。"山河不足重，重在遇知己。"诗人鲍溶说得何等好啊！这样的患难之交你能忘吗？正如纪伯伦所言："和你一同笑过的人，你可能把他忘掉，但是和你一同哭过的人，你却永远不忘。"

掌握交友"三处"，是一门艺术，要有眼光，要有度量，懂得它就懂得交友之道，懂得人生之道。这样的人生注定是快乐的，因为始终有朋友陪伴在你的左右。

许云琴

珍本《弘一大师遗墨》收藏小记

1962 年，壬寅岁五月，为纪念弘一法师逝世二十周年，由丰子恺编辑、马一浮（戏老人）题写封签，钱君匋题写扉签并任装帧设计，新加坡高僧广洽法师等施助，《弘一大师遗墨》出版。共 103 页，丰子恺作序，丰子恺女儿丰一吟执笔撰写后记，非卖品，限印 300 本，选用上好宣纸，图版采用柯罗版，堪称近代善本。

由于历史的原因，再加上限量发行，如今《弘一大师遗墨》存世数量已经屈指可数。我的藏本更因有钱君匋先生八十一岁高龄题字"云琴酷爱藏书得此珍本属题"，实属"举世无双"的孤本，弥足珍贵。钱君匋为丰子恺先生弟子，丰子恺为弘一法师高足。三代大师的师生情谊与文墨情缘汇聚一册，其难能可贵更是不言而喻。鄙人敬仰三位大师，皆为楷模、精神典范。我有幸藏此珍本，奉为至宝，珍爱有加。

开卷凝视钱君匋先生墨迹，回想初次拜访钱先生并得到他的谆谆教诲，此情此景，犹在眼前。

钱君匋（1906—1998）少好艺事，早年入丰子恺创办的上海艺术师范学校。20 世纪 30 年代以精于书法、篆刻、诗文、音乐、书刊装帧、收藏鉴赏等蜚声沪上。他开设的万叶书店出版了许多音乐、美术、文学等优良读物，犹如甘霖滋润艺术爱好者的心田，我就是阅读了万叶书店出版物得到启蒙，爱上艺术的。

20 世纪 60 年代初，我从师范学院毕业，分配去农村小学任教。由于现实生活的触发，写了一篇数千字既似散文又如小说的短文，投寄《解放日报》。十分幸运，我的习作被编辑先生选中，刊于《朝花》副刊，后来又连续刊用了几篇。报社编辑约我去市区编辑部面谈，我顺道去看望在上海新文艺出版社（上海文艺出版社的前身）工作的朋友。朋友告诉我："你久已敬仰的钱君匋先生如今在出版社任编审。趁此来沪机会，我陪你去拜访。"我怀着高兴与惶恐、忐忑不安的心情随朋友踏进钱君匋先生的办公室。钱君匋先生听了朋友的介绍，热情又随和地接待了我，说师范学院毕业去农村学校任教很好，并勉励我踏实工作，多读名著，勤思多写。这次见面后，我请朋友转达，请求钱君匋先生为我篆刻一方名章，还求了几幅条幅，钱君匋先生都满足了我的请求。

出人意料，"文化大革命"如迅雷暴雨侵袭大地，钱君匋先生是社会名流，自然被卷入风口浪尖……

1986 年，"文化大革命"风暴平息十年之后，天空格外明媚的一个星期天，朋友陪同钱君匋先生光临寒舍，我真是喜出望外。是年先生八旬高龄，精神矍铄，风采依旧，只是双鬓添了不少银发。他握着我的手说："趁我腿脚还爽健，来松江走走，去省松中（今松江二中）看看——那里曾是子恺先生兼课的学校。"我以河鲫鱼、毛豆荚等家常菜招待，钱君匋先生盛赞菜肴正合口味。便宴之后，钱君匋先生看了我的书柜，他发现我藏有《弘一大师遗墨》一书，凝视良久，从眼神里得知先生动了感情。我请先生在珍本上题字留念，他欣然同意了，只是因为身边未带印章，说带回上海再题写。不久我从朋友手里捧回先生题了字的珍本，抚摸页面，心情久久难以平静。

斗转星移，岁月流逝，钱君匋先生早已驾鹤西去，我也进入耄耋之年。《弘一大师遗墨》书香依旧，钱君匋先生的题字墨色光鲜不亚当初，先生的声音似在耳际。我真有幸，深感收藏全凭机遇，更是缘分。我要篆刻"子孙永宝之"的印章，盖在珍本上……

品茶具　述注事

乡邻顾太太携来瓷质壶、杯茶具两件，请我品析。薄胎瓷质白净细腻，釉面明亮滋润，无橘皮纹，器形秀美玲珑，工艺精致，为民国时期殷实人家婚丧寿亲去江西定烧的纪念礼品，瓷中的上品。瓷壶、杯上纹饰、题词、底款相同：一面正中以珊瑚红绘五蝠抱寿图案，环书"登域同寿"楷书贺寿语；一面墨彩行书题词"民国二十九年庚辰孟冬家母孙太夫人九秩寿辰纪念"，落款为"松江君彦、曜、粹谨识"；底款为红彩"丽华瓷业公司"。孟是每季首月，十年为一秩。由此断定茶具系 1940 年 10 月雷府三兄弟为其母孙太夫人九十寿辰定烧的馈赠贺寿诸亲宾客的礼品瓷。

雷姓为晚清民国时期松江的旺族，聚居西门外秀南桥堍。雷补桐（1861—1930）是晚清举人，光绪二十五年（1899）以二品衔被清廷派往奥地利任大使。雷君彦、雷君曜、雷君粹为补桐族弟，其中雷君曜为光绪十八年（1982）举人，工诗文，被众乡绅推举主持修纂《华娄续志》，曾任扫叶山房书局编辑、《申报》主笔，传世

著作百余种，以"云间颠公"笔名行世的轶事小说《清代官场百怪录》近期仍有出版社重印发行，其著作生命力可见一斑。

再说寿星孙太夫人，乐善好施，也是名重一时受人尊敬的人物。据说她嫁到雷家后，家道中落。为了重振家业，倾力培养三个儿子，宁可变卖嫁妆请严师辅教，使三子终成栋梁之材。孙太夫人教子有方，儿辈感恩敬重，亲族邻里尤加称颂。她家兴不忘公益，1930年三兄弟为母亲举办八十寿庆，孙太夫人坚持不设寿宴，将贺仪礼金建造年丰人寿桥，便利西渡民众通行。此桥至今横跨在市河西段河面上，继续造福乡人。孙太夫人慷慨大度，传说相邻亲友因危房或经营缺资登门求贷，她都会相助，并叮嘱求贷者修房选材不能贪图便宜，住房是百年大计，马虎不得。若有人因操办婚事上门借贷，她婉言拒绝，并坦言劝诫：婚庆应量力而行，能省即省，不必铺张……

民国时期，松江富裕人家婚丧寿亲定烧瓷器馈赠诸亲宾客留念成为习俗。兵祸沧桑，时代变迁，这样的礼品瓷已在人们的视野里消失，能完好保存流传至今已为罕见。这两件民国贺寿纪念瓷竟蕴藏着那么多的往事，顾老太太无不遗憾地表示，由于收藏意识薄弱，茶具在使用中品相遭损。今后要妥善收藏，为热心地方史研究者提供实物史料。

白蕉遗墨《兰石图》轴品赏

白蕉（1907—1969）本姓何，名法治、馥，字远香，号旭如，笔名白蕉，别署云间、复生、云间下士、复翁等，上海金山张堰镇人。金山曾为松江府管辖。松江古名云间，故白蕉作画，别署"云间下士"或"作于云间"。白蕉出身于一个并不富裕的中医家庭，自小接受西学新学，又二度被送到当地颇有名声的门馆学习，受到良好的教育。少年时，他经常借阅邻家珍藏的书帖观摩学习。家中植兰百盆，朝夕观赏，曾取兰就灯描影自娱。童年时代的爱好与勤学苦练，为他日后书法画兰夯下了厚实的基础。他的书法推崇"二王"（王羲之、王献之），兼取"欧虞"（欧阳修、虞世南）等家，擅行书、草书，甚为徐悲鸿先生看重，相互赠书酬画，至交谊深。

白蕉先生以兰花自喻，自持高洁。社会不公，君子几多磨难；恶草肆虐，幽兰遭殃。"文化大革命"期间含冤离开人世，1979年上海中国画院为其平反昭雪。

此《兰石图》轴构图独特，兰草与荆棘为伍，悬崖重压下傲竹两三枝，这样取材构思，为寻常画家所不敢。若以先生坎坷的人生背景，则用心良苦，寓意深远，不尽之意在画外，令人遐想无穷。画上题诗七绝，耐人寻味：

耕猎频年守研田，大华一秃损清眠。
腐心更在霜豪外，日暖江南四月天。

耕猎，耕作狩猎；研田，研通砚，即砚池；频年，意为连年；华通花；腐心，形容痛心之极；霜豪，意为寒霜严酷。诗言志，题画诗是画家的心声。

至于题诗的写法，早在20世纪40年代先生在上海举办个展时，就被书画界誉为"于二王功力最深，当代一人"。观此画轴题诗，可见白蕉先生书法造诣之一斑。

邱剑云

无花的感言

指标之感

近日读到一则故事，说是晚清名臣胡林翼在湖北巡抚任上接见过一位前来报到的县令。其时天气太热，县令耐不住"火炉"之苦，便大摇起随身所带的扇子来。胡林翼见状不悦，冷着脸问："很热啊？"回答是"特别热"。胡大人说，不如除下帽子。县令听命如仪，但仍觉热，继续摇扇。胡大人来了气，说："干脆把袍子也脱了吧。"县令又遵命而行，拜谢大人恩典，说"确实凉快多了"。胡巡抚见此人如此不知官体辱没衣冠，终于无法忍耐，拂袖而去。

后来听了胡太夫人的分析，胡大人才发觉自己的失当之处。胡太夫人说："此人三次应试不中，五十岁才考得一官，哪知道应对上官的规矩，如若知道大热天扇扇子也会惹恼上官，他是绝对能忍住的。况且，领导对于下属，尽可直言批评，怎么可以戏弄人呢？"于是，胡大人再次召见此人，当问到对方做官为了啥的时候，听到的回答是"要赚3000两银子"，丝毫未提"为国效劳，为民解忧""为官一任，造福一方"之类的豪言壮语。胡大人立马"心鄙其言"，但这一回他冷静多了，没有拉下脸子来，只是问他这3000两的指标因何而来。待对方说出一番话来，胡大人终于转鄙为喜，点头不已。

县令说什么了？1000两捐给祠堂，1000两分给穷亲戚，因为自己出身贫寒，幸得祠堂津贴、亲戚资助才能有苦读之后的今天，还有1000两用来供养妻子。如此诚实，可谓难得。更难得的是此后，县令赴任一年有余，辖地无扰民之举，无上访之事，无未结之案。当县令又一次面对胡巡抚的时候，巡抚大人笑问："3000两已经到手了？"答曰："不但赚了3000，还有300两盈余，这钱在指标之外，请大人处理。"随即呈上银两，长揖而退。胡林翼感慨不已，倘若不听母亲大人之言，就错失一个好官了。

初听胡林翼此言，殊觉不妥，目的为赚钱的官怎算好官呢？如此赤裸裸的表白，本就不该通过面试的。但转而一想，与那些满嘴漂亮话，背过身去净取昧心钱的卑鄙无耻的官人，这位县令却又是多么可爱啊！

首先可爱在不装腔作势，不隐私藏奸。

其次可爱在不贪得无厌，绝不再赚指标之外的钱财。

再次可爱在所定指标绝对偏低。按说"三年清知府"，尚且"十万雪花银"，若要"不清"一点，那得往上翻番或翻几番呀！县令纵然官低一档，也不至于一年就进账3300两吧。由此可见，这位县令所说的赚钱，与发财完全是两个概念。而今某贪官有一句口头禅："当官不发财，打死也不来。"可惜这种话，其上官听不到。即使上官听到了，倘若是"英雄所见略同"，那就更祸国殃民了，难怪有些地方零容忍肃贪。

其实，官员也是人，也得为稻粱谋，赚应得的钱不等于发不义之财。胡林翼心目中的那位好官的赚钱观值得提倡。

喝茶之感

《报刊文摘》上摘刊了一则短文，题名《科长解字》。照录如下：

> 科长写了一个"金"字，"这个字怎么解释?"小张："人中之王就是领导，领导要把两碗水端平。"科长喝了口茶："错，这个字是说，只要成为人中之王，就能腰缠万贯。"
>
> 科长写了一个"合"字，"这个字怎么解释?"小张："一人一口，不可多吃多贪。"科长喝了口茶："错，这个字是说，只许一个人开口，一个人说了算。"
>
> 科长写了一个"会"字，"这个字怎么解释?"小张："操办会议要让来者如云。"科长喝了口茶："错，这个字是说，开会要人云亦云，不要标新立异。"
>
> 科长写了一个"从"字，"这个字怎么解释?"小张："二人同心，同进同退。"科长喝了口茶："错，这个字是说，两个人要有主有次，一个服从，另一个跟随。"
>
> 科长写了一个"众"字，"这个字怎么解释?"小张："团结起来，劲往一处使。"科长喝了口茶："说了这么多，你一点没长进。这个字是说，不论有多少人，总要有一个人高高在上。"

其实，文题应为"科长考字"才是。他先是考，再是解，在考的时候，早就胸有成竹了。文中两个角色，一为科长，二是小张，从科长张扬的语气推论，小张必是科长的属下，而且是没背景的属下，若是与科长上司有些渊源，甚或就是上司派过来的，借科长个胆儿也不敢考的。很明显，小张也在解字，但他不是主动当拆字先生，而是给拆字先生当反衬的，科长的解字是一种纠错。这就显出了智商之高。

科长这个人，我觉得很有趣，就这么个不入品的小吏，居然对官本位如此热衷。一个科长尚且如此，科长之上又之上的那些长官又该如何，让人不可想象。

至于小张，大概是读圣贤书不少、沾马屁气很少的小青年，拆个字仍还走不出理想化的圈子，可惜可恨的是，就在堪当造就的时候，却遇上了满腹官论的顶头上司，不但被迎头泼了一盆"错"水，还下了他一个"没长进"的劣评，让人不由得担心这小青年今后向何处去！但可以肯定的是，他在科长手下必无前途。倘若以科长为榜样一步一步走上"长"途，却又必然影响百姓前途。取舍之间，窃以为还是跳出这位科长的一亩三分地为好，因为科长借释字对他进行的五字之考，答案统统不合格，"说了这么多"，还是榆木疙瘩，孺子不可教也，朽木不可雕也，失望到什么程度可想而知。

最难懂的是科长每回纠错之前，总得喝口茶。当然，这和普通人喝茶不一样，这叫有派。或许另有原因？是因为此时不便公款喝酒而代之以喝茶？是因为品茶是雅事，喝口茶可给自己添点雅性？是因为喝口茶再说话，容易拿腔拿调显示修养？是因为要借喝口茶的时间充分酝酿如何把话说得有水平？是因为此前刚做完报告口干舌燥，下来休息后再要说话就得喝口茶润润嗓子？种种推测似乎都不无可能性。不过，似乎还有一个最大的可能性：科长自以为"正确答案"出台须得郑重其事，先秀一把喝茶，让人不知他葫芦里卖的什么药，心里痒痒，而引起格外的注意，然后揭晓答案，以达到语不惊人死不休的效果。

科长的策划或设计就是这么不同凡响。

考题之感

1998 年 10 月，香港廉政公署执行处面向本处所有工作人员公开选拔一名首席调查主任。最后有四十多人进入了笔试环节，蔡双雄也在其中。

蔡双雄做起来轻车熟路。可是，最后一道 20 分的题把蔡双雄难住了。题目是这样的：请简述唐太宗李世民为了保护环境采取了哪些措施，并详细论述其合理性。蔡双雄平时读过许多关于李世民的书，但是，绞尽脑汁也想不起来李世民曾在环保方面有什么施政措施。

蔡双雄只好在试卷上写下了这么一行字："我实在想不起来李世民在环保方面曾有过什么举措，对不起，这道题我不会答。"

两个星期后，考试结果出来了，这一道题只有蔡双雄得了满分。

选拔委员会是这样解释的：唐太宗时，还没有环境保护这种说法。李世民一生，他也没有为了保护环境采取过任何措施。这道题最标准的答案就是"不知道"。

这是《读者》杂志上一篇短文的摘要，题名《香港廉政公署的考题》。既是考题，却无答案，自认"不会答"的人得了满分，而且是唯一的满分。也就是说，其余的答题者都多多少少地胡扯了李世民保护环境的举措。

看来香港公务员书面考查之中，不乏因担心落选而硬凑答案的竞争者。从根本上说，这道题考的不是知识面，而是诚实度。特别欣赏出题的考官，居然想出这么一招——这是更能选对人的内涵设计。

不禁想起孔子说的："知之为知之，不知为不知，是知也。"应验在蔡双雄身上，便是老老实实地承认不知，结果却符合了答案的要求。用过去的一句老话说，就是"老实人不吃亏"，岂止是不吃亏，还"额角头碰着天花板"了。当然，蔡双雄起初并不知道有此结果，而是他一贯的德行如此。蔡双雄无疑是一位智者，可惜在诚信缺失的年代，这样的智者凤毛麟角。

有一年，中央电视台举办青年歌手大奖赛，在综合素质考核时，一位演唱出色的年轻女歌手面对一道选择题默然不语。主持人问她为何不选择，回答说妈妈在她参赛前跟她说过，回答不出的题目就说不知道。此言一出，评委席上掌声一片。掌声是一种赞扬，赞扬她不瞎蒙。而今，我们在这里那里的电视节目中见惯了所谓的"智力考问"，一些不知所问的答问者往往以蒙为能，一旦蒙对了便手舞足蹈，欢悦无比。谁不知道不蒙只能失分，而瞎蒙却可能蒙对。从竞争的得失而言，显然是蒙一蒙有利，而这位女歌手却宁可失分而不肯瞎蒙，实在是难能可贵。

章绍岩

如 厕

去江宁路银发国旅办手续，轨道 9 号线换乘 1 号线，再换乘 2 号线。肚子骤然疼痛，坚持不到终点。我知道上海地铁不及杭州，难觅公厕，但实在难以憋忍，我断然从九亭站下车，冒险寻觅。幸好，指示牌标着：1 号出口有公厕。我加快步伐，果然有，女厕开着，但男厕紧锁，贴有告示："本厕所设备损坏，暂不开放。4 号出口外有公厕。给您带来不便，致以歉意。"措辞既礼貌又周到，无可挑剔。我调头往反方向的 4 号出口急奔，上得路面，左转还是右弯？我情急之下做出判断，天佑我也，但三间紧锁，贴有"坏"字，我心揪紧。第四间总算开着，奇脏无比，我深感幸运，一脚跨入……

人一旦从"不堪"中解脱，除一身轻松外，亦会顿生比较、联想——

那年在澳大利亚旅游，长途乘车后，到一景区想先方便一下。女厕开着，男厕门口竖有警示"请勿入内"。怪怪的是，女厕门前排有男女各一溜长队，一位卷曲着满头白发的老妇——估计是厕所管理员，端坐在两排队伍之间。她指挥着每批五人，男女间隔轮批放入。从服饰上看，男女老幼各阶层各种职业的游客都有，大家乖乖地服从安排，似乎都成了听话的幼儿园小朋友。偶有实在内急的，会上前悄声求助，她也会微笑着给予人性化安排。有人急躁了，她会先说抱歉，说明男厕堵塞，她已及时报修，工人正在里面修理，即刻就好了。和蔼态度，让人难以生气。突然，人群中哄然大笑，缘于老妇人说："我很重要，不是吗?"大家变得轻松起来，但人人眼里都透着对她敬重的眼神。

我没入女厕，因为男厕修好了。两位维修工向老妇人报告厕所排污管已畅通，并在老妇人递上的维修单上签了字，特别注明，几时几分修理完毕，以体现及时。如厕的男子纷纷向并排的女士们道别并致谢意，排队的一会儿，似乎都成了朋友。老妇人搬起椅子，重回她的管理室。

"我很重要，不是吗?"很经典，可用一辈子。

孙子和爷爷

74 岁的爷爷疼爱孙子，一口一个"小宝贝"；4 岁的孙子喜爱爷爷，成了爷爷的"小尾巴"。当识得 1、2、3、4……时，小宝贝发现："我和爷爷差 7 岁。"他居然懂得 74 把 4 拿掉。全家惊叹。

不顽皮不是男孩子。爷爷的眼镜不见了，全家一阵好找，才发现它被套在小狗狗的脑袋上，狗狗被撺得在客厅里瞎奔乱闯。惹恼了他爸，逮住小家伙拍打了几下屁股，他又哭又叫："爷爷说的，打人不是好孩子。"让人哭笑不得。

奶奶累了，他会用小拳头给奶奶捶捶背。没给爷爷捶，爷爷假装生气了。他会哄爷爷："你是男孩子，男孩子不跟女孩子争的。"语气老练，男子汉派头。他会给爷爷编故事，而且缠着非听不可。他说，天上的白云为什么没有了？是小朋友的手太脏了，又不肯洗，白云公公追着赶着帮他们擦手，白云变成乌云了。爷爷笑了："有意思。"

一进公园，他就像一头疯狂的小鹿，兜着圈子奔，爷爷气喘吁吁，跟不上。他以胜利者自居，开心极了。他很会和小朋友交朋友，一会儿工夫，就融入了孩子堆里，你追我逐，把爷爷晾在一边。

他最爱汽车。坐在他爸爸开的小车里，他会沿途报着遇到的各种车的品牌：奔驰、宝马、法拉利、雷克萨斯、兰博基尼、保时捷、斯柯达、吉利、广本、马自达……他还把各种品牌车的图形教给爷爷，逼爷爷学，还随时考爷爷："这是什么车？"搞得爷爷出门很紧张。爷爷也有他的办法，买各种玩具车作为奖励，日积月累也有百多辆了，他那卧室几乎成了"停车场"，哄得小孙子寸步不离，直说："爷爷最好。"全家人都说爷爷最会拍小孙子马屁，爷爷矢口否认："我拍的是'牛'屁。"孙子属牛，爷爷从未忘记。

小孙子有个缺点，吃饭挑食，不吃青菜和虾。一次进饭馆用餐，他爸好说歹说为他饭碗里夹了些青菜和虾，他端起饭碗就往桌子上的菜盆里回倒，弄得一片狼藉。爷爷猛地一拍桌子，既是吓唬他，也是真有点生气。这一重重拍桌声，惊得邻桌食客都往这边看，爷爷都不好意思了。小家伙先不吭声，继而不咸不淡来了一句："你这么用力，碗会掉下去摔破，你可要赔的！"自己不悔悟，反倒打一耙，可恶。邻桌被他逗得哈哈大笑。

有时爷爷还真需要小孙子帮忙。自从电视机安上机顶盒后，爷爷经常按错了键搞得"黑灯瞎火"。小孙子还真有求必应，任劳任怨，东撤西按，一下子就能把爷爷从困境中解救出来，不过总会留下一句："爷爷，你真笨。"

情系莲香楼

女儿居于深圳南山区滨海大道，与香港隔海相望，晴日天蓝海蓝，一览无余，宛如对门邻家。小辈孝心可嘉，每每网上订好机票，邀爸妈深圳小住，而香港旅游购物，已成"保留节目"。繁华商业中心已去过多遍，我们老两口提出，这次想去香港老街走走。女儿说，须等你外孙双休不上学，由他陪伴带路。外孙中中是位"地图控"，爱看地图、背地图、对地图，东西南北皆在腹中，路熟、景熟、历史变迁熟。

香港老街顺山势起伏逶迤延伸，陡坡甚多，站在高处，可望见另一街巷的过往行人。不宽的街道纵横交错，易陷迷宫。远离了"超市"的迷惘，我们欣赏着一个个单门面的特色小铺，心态平和，思绪回归，走走听听，甚是惬意。外孙中中建议，累了，我们去莲香楼喝茶。

莲香楼是一所过百年历史，有着"莲蓉第一家"美誉的老茶楼，位于中区威灵顿街，高悬木造金漆招牌——"莲香楼"。底层是外卖椰汁年糕和唐饼的铺面，中间有宽大木楼梯上二楼茶室。上得二楼，竟然座无虚席，早6点晚11点，据说天天如此。大厅四周装饰有中国古文诗句、山水字画。不设贵宾房，欢迎搭台拼桌。

我们三代四人，与一位香港老爹拼桌坐定。老爹是位老茶客，频频与四周茶客打招呼，声称今天来晚了。服务员都是老人，拎着

开水壶穿行于各桌之间，添水抹桌。手推点心车在狭窄的过道中难以行进，每有刚出笼的点心上来，茶客一拥而上，勾单索取，虽是争抢，倒也笑容中透着和善，不见冲突。

莲蓉蟠桃包、老婆饼、豉油鸡、泰味酿鸭掌、嫁女饼、马拉糕、虾饺、酿猪肝……入乡随俗，女儿只顾"抢"，我们负责吃。再加上陈年普洱茶相佐，唇齿生香。

香港老爹微笑看着我们。知晓我们老两口是上海来的，直夸上海好，说我们有福气。他说没去过上海，只去过深圳。听我女儿介绍我是退休中学校长，老爹更显崇敬，举杯向我敬茶。他说上海中学生为国争光，报上都刊登了，连英国佬都到上海学习办学经验，真给我们中国人长脸。他隔桌唤来一位茶客，拖着椅子加入了我们这桌，经介绍，也是一位退休教师……真是"'茶'逢知己千杯少"呵。中中告诉我们老两口，莲香楼1889年创立于广州，香港莲香楼则于1918年开业，起初是分店，后来在经营上脱钩了，但可以说是同源异枝。两位香港茶客点头连称"同根生，同根生"，伸出大拇指直夸中中"懂得多，有学问"。老爹转身离席端了份煎酿鲮鱼回来，一定要送给"小哥儿"尝尝，说"吃鲮鱼更聪明"，已是高中生的中中竟也脸红了。

老爹热情地为我们介绍莲香楼的特色口味。"你慢慢品味那莲蓉，都是采用当年产的湖南湘莲制作的，特级花生油精制搅拌，很细，很香。"醇厚的茶水清除了前一味的余韵，我们又细细地品味起后一种美食，感受另一种妙趣。外孙中中趁机有礼貌地向老爹们请教了香港的地势布局。

临别，我邀请老爹们一定要来上海看看："上海城隍庙的小吃还是有名的。"我留下了手机号码。我的香港同行表示："一定。"他说香港人都知道上海小笼包和城隍庙五香豆。老爹介绍自己姓沙，再次夸我女儿孝顺，"这是我们中国人做人的根本"。他特意紧握着我外孙中中的手说："每周一、三、五、日上午我都会来莲香楼喝茶，想我老爹，就到这儿来看我。"

港湾的风暖暖的。

香依味

航班延误，司空见惯。我与驴友莉莉夫妇闲谈打发时间。我要求他们讲讲年轻人的故事，莉莉与夫君对视了一眼，微微一笑："很平常，您要听吗？"

文诚路您知道？中式快餐店香依味开在这儿，离我们嘉和商务楼咫尺之遥，我们是这家店的"常驻顾客"。环境清净，明亮；菜的味儿还可以，不特别油腻；关键的关键是价格低廉公道，适合我们这群小白领。

偶尔有个通宵加班，应姐带上我们这一伙妹儿们去香依味早餐，犒劳我们。应姐，我们的头儿，剩女。一出大楼，吸上一口新鲜空气，换了个人似的，清醒了，兴奋了，我们这帮穿着公司统一服饰——黑色西装上衣、小短裙的姑娘，宛如一窝离巢的燕子，叽喳不休地飞进了食府大堂。"自己拣，我买单。"应姐的语言总是那么简洁、利索。话音未落，八宝粥、油条、香菇菜包、豆浆……大家嚷嚷着，透着欢笑。一年轻男顾客正准备结账，被潮涌的我们挤到了一旁，谦让着，侧着身体，笑着微微摇头。

"姑娘们，谁带着钱？我钱包落在办公室里了……"真是一个晴天霹雳：摇头的，用英语连喊NO、NO的，翻兜口袋表白的，惊叹应姐竟有请客不带钱这番能耐的，要多夸张有多夸张……应姐无奈地一摊手，转身想回公司去取钱。一只手臂挡住了她，是那位还没结完账的小伙子，仍然微笑着，比刚才更灿烂："你们先坐下来吃着，我先垫付，回头你们取来还我就是了。"应姐见那小伙子西装革履，估计是附近公司的白领。"这怎么好意思？""没关系，我还要为同事打包一份早点，一时半会儿还走不了哩。""那……不好意思了，姑娘们，快选，快吃。"应姐代表大家接受了这番好意。刚付好钱，小伙子手机响了，公司急呼小伙子回去。小伙子歉意地招呼着要离开，应姐立即起身索要名片。小伙子掏出名片夹，又放回了口袋，嘿嘿一笑："我真成了债主，要等你们上门还债不成？今儿我请客，下回香侬味见，你请我。"话音还没落地，人早出了店门。

姑娘们待小伙子从视线中一消失，就爽爽地大笑起来，把一夜的疲劳都笑跑了。"让陌生人请客，说明我们有魅力。""你们快成武媚娘了，羞死你们。"应姐教训着我们，自己也笑出了声。

几天后，姑娘们发现应姐怎么天天到香侬味吃早餐，心细的就开始琢磨了。

"后来呢？"我问。

"天天香侬味，刮风下雨不误。"

"再后来呢？"我问。

"香侬味呀！"莉莉神秘地一笑。

"再后……遇见了没？"我似乎听出点了什么，好奇地问。

"遇上了，十天半月后吧。人家剩女大姐都不急，您老先生急什么？"这小妮子居然揶揄起我来了。

我继续刨根问底："噢，他们谈上了吧，有情人终成眷属了？"我想要这故事的美好结尾。

"谈得可投机呢，最终，结婚了。"莉莉这坏妮子故意一停顿，

"和——他哥！弟弟为哥牵线成功了。"

我听懵了："那位小伙子，他呢?"莉莉笑得前俯后仰，把她先生往我面前一拽："这位就是他，和本小姐结婚了，应姐介绍。"莉莉坏坏地笑着。

"怎么会?"我似懂非懂。

"那又是个故事。哎，要检票上机了，以后再聊。"莉莉争着和夫君抢拎行李。飞机冲上天空，蓝天白云，让人心爽。

"从此，公司里的男孩子女孩子，总往香侬味跑，他们管这店叫'想一位'，说碰碰机缘。"莉莉在飞机上美滋滋地告诉我。

刘长海

冰雪凝结的美学境界

——读刘敏的中篇小说集《猎鹿人》

阿拉松江作家刘敏的中篇小说集《猎鹿人》出版发行以来受到广泛欢迎，还成为华语文学网上热门电子书读物。我抚卷沉吟：刘敏真是用冰雪凝结的美学境界感动了读者。

刘敏如今身居国际大都市，为生计奔波于浦东与松江之间，其实，他却心系北国林海雪原，思绪穿梭于松嫩平原与乌苏里江。他实在是一个地地道道的东北汉子，是在世世代代生活的黑土地上长大的。他说祖辈的"血脉和情感，他们的仁厚和坚韧留传给我，使我对这块土地无比眷恋"。

刘敏用冰雪营造了悲壮的美学氛围。我读《猎鹿人》里一篇篇沉陷在冰天雪地里的小说，犹如找到一堆熊熊燃烧的篝火，顿时感到热烘烘的温暖与希望。不论是志愿军转业的垦荒兵团战士，还是先驱东北抗联的士兵，或者知青拉练队"准备打仗"的同学，还是工厂猎鹿队的工人。他们都是冒着风雪跋涉山林险境，零下几十摄氏度的严寒锻炼出来的刚毅英雄。你瞧：抗联战士"杨青山歪着头，坐在国境线的江面上，像一尊石佛，一直没有倒下……"（《关东大风暴》）再看发生在解放初期苍茫岁月的那场追捕，兵团战士闯进了二十年前的抗联密营，发现一具当年留守战士的遗骸。"死者身挨着墙头的房柱，好像房柱是他的依靠、他的希望……"举灯看去，白桦树房柱上用刀刻写的字，竟是抗联的《露营之歌》（这是出自抗联第三路军总指挥李兆麟将军和于天放、陈雷之手的抗战名曲），兵团战士王亚梅还在念：

> ……
> 朔风怒吼，大雪飞扬，
> 征马踟蹰，冷气侵人夜难眠。
> 火烤胸前暖，风吹背后寒。
> 壮士们！精诚奋斗横扫嫩江原。
> 伟志兮！何能消灭……
> 夺回我河山。

看到此情此景能不揪心动容吗?！刘敏塑造的无名英雄形象留给读者多么深刻的印象。

刘敏还用冰雪抒写浪漫的艺术情怀。他很会讲故事，感情又那么丰富，所以笔下的人物虽然历经艰难，经受痛苦的折磨，甚至死亡的威胁，却都改变不了向往美好生活、期待幸福降临的浪漫情怀。你看那个年代，《青春》小说里的知青在拉练途中，零下二十几摄氏度，怀揣着多少美好的梦想呵：赵大康夜读《资本论》，研究福尔赛世系表，煤油灯下写读书心得；上官珍计划用五年时间，写出类似《青春之歌》那样的小说来；于佳林是浙江宁波人，他立志要独立完成气象观测，捕捉黑风暴的踪影……小说结尾处，赵大康买了一把红枫树枝子扎成的大扫帚。"树枝上的红枫叶热烈奔放，蓬蓬勃勃，拿在手里，像举着一只正在燃烧着的火把。"这是象征还是召唤？刘敏忍不住站出来发问："这些已经抛洒的青春年华，始终没能实现的理想，还有漫无边际的爱意情缘，能不能成为时代的画册，被永久陈列？或者作为青春独特的光泽，成为非物质文化遗产而传之久远？这样的经历，今天，可还有人记得？"我们记住了那些声音、那些情感、那些注定要沉入生活底层的故事，记住这些和你我一样的小人物，不仅仅是伤痛，还有凤凰涅槃浴火重生般的洗礼。

刘敏在冰雪里描绘神话般的鹿的爱情悲剧。这篇颇具魔幻现实主义色彩的小说《猎鹿人》，用拟人化的手法描写公鹿丹和母鹿青青梅竹马式的爱情及迫于人类残杀而以死相拼的悲剧。你看："碧草蓝天，波浪翻滚，公鹿就像在草梢上奔跑。它背向阳光，看上去光芒四射，它的身影迅疾划过，像一片金黄色的流云。"小说运用穿插交错的手法，一段人间活动，一段鹿的生动描述。以公鹿丹的高傲与纯洁善良对照人间的贪婪与凶残丑恶，以现实的喧嚣杂乱对照神话的平静单纯，两者交相辉映，揭示了人间悲喜剧与公鹿丹母鹿青的惨剧，根源在于人与自然的相处关系失去和谐平衡！人与鹿的对峙场面："在两棵参天大树之间，一边站着的是举枪瞄准的猎人，一边站着的是昂头向天的公鹿，公鹿前边的林子，站着另外一头母鹿。"公鹿丹为了证明自己善良不愿与人为敌，竟自残撞断左犄角。"公鹿丹紧靠住树身，不使自己倒下，只剩一只铜铸般长角仍然高傲地昂着，全身毛色被鲜血染透，红艳惊心，闪闪发亮，使原本昏暗的林中天地一片金黄灿烂！"但是，哈拉气还是瞄准扣动了扳机。枪响的同时，公鹿丹腾空跃起，像柄长剑一般凭空射来，只听到咚的一声，公鹿丹用仅剩的一只犄角顶穿了哈拉气的肚子，又扎进树里。

《猎鹿人》的封底语说："如果我还是惴惴不安，那是因为，往事并不能如烟而又怎能随风而逝。"于是乎，刘敏拿起笔把那"无处安放的青春岁月"写成小说告示人间。由于灵魂"始终徘徊在黑土地北大荒"，所以刘敏用冰雪风暴林海来渲染。别具一格的风采，独特的视角，笔触粗犷而又不失细腻之处，作品拨动弄疼了读者的心弦。这就是刘敏用心写就的《猎鹿人》，它让我在多年之后都无法释怀，念念不忘。

草根情怀　灵异之光
——评榛子小说的创作特色

读榛子小说如同听说书，又好似听评弹，静静地倾听那琴弦之外的清音。在如此喧嚣躁动不安的尘世，寻觅一处僻静竹林深处，泡壶绿茶，听他调侃式的讲阿拉上海人的故事，一笑解忧愁。

民间疾苦，历来是每个正直有良知的作家关注的焦点。《良药》里榛子满怀同情地叙述不留名的女车工的悲剧，工厂改制，"八万五，买断了她的工龄，也断绝了她的希望"。女工"查出了恶病"，又上当受骗，9万元吃了三年假药。最后，女工"瘦下去，瘦下去，一天比一天丑陋，女人的血肉，一丝一缕逃离这个世界，有些慌不择路"。结果，五把车刀伴着她缩在骨灰盒里。

榛子小说聚焦于大动荡大改革浪潮下的微澜，那牵肠挂肚的儿女情长、生老病死这样的草根情怀，在一个家庭里却是刻骨铭心甚至惊心动魄！榛子说得好："所有的故事都像一棵大树，年代越长就越枝繁叶茂，根深须密。"正因如此，他从土地深处创造挖掘出故事，用文字构建充满人性光明的世界。他那些结结实实的人物故事，却是用灵异笔锋刻画出来的。在《渴望出逃》里，他以第一人称的手法讲述了老一辈的爱恨情仇：荞麦和骡子的爱情悲剧留给子女的阴影，成了无法挣脱的怪圈！当过矿工的榛子才会书写出"煤矿是靠煤黑子的脊梁来支撑的！"只有切身体验过煤黑子生活的人，才能喊出："我们敬畏自己挖煤的爹如同敬畏神祇！"煤黑子都希望看到亲人来接井，这种富有人情味的习俗竟然被一纸通知"不许可接井"取消掉了。处在如此压抑的生存环境，谁都是"在很小的时候就向往出逃"。可怎么也逃不出去啊！这是一种普遍性的无奈和悲哀。

王安忆评介榛子的小说："这常规外的哀喜，正是现实里的灵异之光。"我读《凤在上，龙在下》感到上海曹家渡五角场变活了，似乎自己转了一圈又回到原地。榛子捏出了一个新人物——刘阳，这是个异数，不是常人。他在性别取向上存在误差，心里喜欢常贵珍，却又暗恋人家丈夫张家临，又不拒绝与沈小琴交往。如此错综复杂，牵丝攀藤，互相扯拉，剪不断，理还乱。最后，刘阳逃出怪圈，生活才归于正常轨道。榛子其实是在影射生活被大变革弄乱了，刘阳险些出了轨。人间悲喜剧在大背景下，显得更有灵异之光，转晕了向。

榛子以草根情怀、灵异笔触书写他的小说。"在一个深刻的灵魂里，即便痛苦也不失其美。"黑格尔的话没错。榛子内心悲悯而外表幽默，他为女工悲哀，为矿工伤心，为弱者呼号！真实让文学回到原点，谁在寻觅？谁在流连？渴望出逃，又很难纳入潮流，这就是榛子的小说。

大姐是老松江

春日夕阳透过窗棂，洒落在地板，如锦缎丝绒般。我坐在大姐面前，望着她精神焕发的样子，静静地倾听她讲述参加革命的往事……

那是 1944 年，大姐读中学时就参加了抗日先锋队，积极参加抗日救亡运动，1946 年 7 月加入中国共产党。一个十六岁的小姑娘毅然辞别父母离开家，和大哥一起参加了新四军，走上了为中国人民解放事业而奋斗的艰难征程。

我望着老态龙钟的大姐，不觉一阵心酸。她身体佝偻了，腰也直不起了。她一讲起火热的战争年代，那激情燃烧的岁月，嗓门就高昂起来，眼里闪着泪花。她想起了炮火中英勇牺牲的战友："不容易啊，都是年轻有为的好同志！"1949 年春，她随军南下，分配到松江地委宣传部，当了苏南日报记者，成了新华社松江分社助理编辑兼记者。她采编了很多稿件，及时反映解放后松江地区的新气象新风貌。不久，她又调松江县妇联，成为松江最早从事妇女工作的主任。

我清晰地记得，20 世纪 50 年代初，我住在县委家属院里。大姐成天奔走于农村，双脚几乎跑遍了松江的各个村落，熟悉那里的乡亲，一口松江方言与村民们拉家常。有一次，我跟着她下乡，亲眼看到大姐召集妇女们到打谷场上开会。她那齐耳的短发，一身列宁装，英姿飒爽地指挥唱歌的样子，至今让人记忆犹新。县委老干部们回忆起她还赞誉道："刘长媛同志在那个年代真是又漂亮又能干噢！"

大姐先后在松江县妇联、卫生局和科委担任领导工作，不论分配到哪个岗位上，她都是勤奋工作，严格执行政策，从不以权谋私，不摆老资格。她两袖清风，一身正气，六十五年坚守茸城，是位受人尊敬的老松江！

大姐育有一男三女，但从不因四个孩子和家务而影响工作。她独自一人抚养四个儿女，含辛茹苦，但从未放松对子女的教育，至今，孩子们还说："就怕妈妈找我谈话。""文化大革命"时，孩子们上山下乡，奔赴东北大兴安岭，远征云南西双版纳。儿行千里母担忧，大姐经历了怎样的牵肠挂肚呀！

"文化大革命"时期，大姐未能幸免于难，遭遇了不公正的待遇和遭受了打击，但她坚定信念从不退缩，不愧为坚强的共产党员。20世纪80年代，按照党的相关政策，大姐的爱人平反昭雪，全家老小终于获得了精神上的解放。

如今，大姐四世同堂，儿孙孝顺，尽享天伦之乐。孙辈们更是青出于蓝而胜于蓝，还出了两个哈佛大学的高才生。大姐虽为耄耋老人，但精神不错，乐观豁达，每天阅读《松江报》，收看中央电视台的新闻，依然关心松江乃至全国的建设和发展。每每看到她那认真的样子，我不禁被这位老松江逗笑了。

沈敖大

海派文化的松江胎记及其他

松江历史文化研究会的领导要我谈谈海派文化探源的问题，我很有些畏难，因为海派文化的研究，执牛耳的自然是上海大学的海派文化研究中心，最有话语权的是包括令人敬仰的李伦新先生等在内的专家学者、作家诸公，我对海派文化的关注，只是近年的事，无甚研究，更是"卑之无甚高论"；再者，这是命题作文，用鲁迅先生的话来说，作命题作文"实在苦不过"。所以，现在坐到这里，我真有些战战兢兢，汗不敢出了。

好在近几年海派文化研究硕果累累，那就认真拜读学习。果然，获益良多。心想，站在这些研究成果的肩膀上，恐怕立论可以"高"一些了吧？可惜，恕我套一句丁锡满先生的话——搔破头皮，拍肿脑袋——这在丁锡满先生是自谦，在我却是真实的描绘——还是不得其要领。能做的，只是谈几点思索：

思索之一，海派不是筐，不能什么都往里装。

我搜索了一些关于海派文化的论文，林林总总，蔚为大观，都有真知灼见，却也发现所谓海派，外延可谓大矣，有海派建筑、海派画作、海派京剧、海派电影、海派园林、海派烹调……几乎囊括了上海地区的所有文化现象，这使我很困惑。如果在上海，什么都可以冠以"海派"名目，"海派"也就归零了。恕我斗胆问一句，鲁迅以"杂文"名，他在北京写的杂文是京派杂文，在上海写的杂文，运用了不少上海话，诸如"拆白党""白相人""一塌括子"，那就可以叫海派杂文？恐怕不能这样归类吧。之所以出现这种现象，关键在于，缺乏海派文化的界定。于是，海派成了个筐，什么都往里装了。

思索之二，京派、海派之争是一场口水战。

20 世纪 30 年代的京派海派之争，可谓激烈之甚。重温该次争论，我发现了一些有趣的现象。

一是争的不是文化流派的优劣，而是聚居北京聚居上海的文人群体的人品优劣。换言之，争的焦点是两个地域的文化人而非文化流派的优劣。

沈从文指斥的"投机取巧""见风使舵"指的是文化人，"邀集若干新斯文人，冒充风雅"指的是文化人，"思想浅薄可笑，伎俩下流难言"指的是文化人，"一看情形不对时，即刻自首投降，且指认栽害友人，邀功牟利"指的也是文化人，"与小刊物互通声气，自作有利于己的消息""偷掠他人作品，作为自己文章，或借用小报，去制造旁人谣言"指的也是文化人。而上海地区文化人的反唇相讥，喻北京文人为"大家闺秀""小脚女人""落伍"，京派文人好像"离开厨房较远的人吃羊肉一样"，尤其是鲁迅"京派是官的帮闲，海派是商的帮忙"的著名论断，指的都是文化人。争的是在京在沪两帮文化人的品质优劣。

二是沈从文代表不了京派，施蛰存代表了海派。可笑的是沈从文代表不了京派，这位中学都没读过的大文豪只能是乡土文学派。"他创作的主调是以淳厚的边域农业文明来批判被污染的城市工业文明"，而施蛰存却是不折不扣的海派。

三是京派、海派之争派生了海派文化。京派、海派两个地域性文化人人品优劣之争，争论的结果是双方都"灰头土脸"，积极一面是双方有机会看到本身的负面，审视自己身上的缺点。同时，也自然衍生出两派各自的文化作品。可是，在随后的日子里，在京的文化人未坚持以京派名，而在沪的文化人将海派点石成金，变贬义为褒义，弃当年海派内欲、颓废等负面现象之外壳，扬时尚、进取、海纳百川之内核。从这个意义上来说，是符合时代潮流的高明之举。

思索之三，海派文化的定义。

正因为当年京派、海派之争侧重的是两个不同地域文化人的品质优劣之争，所以带来了海派文化界定的困难。虽然我们重举海派大旗，却至今缺乏定于一尊的定义。有人说海派文化的特色是创新，那么，哪一种城市文化不创新？有人说海派文化的特色是融合西方文化，那么其他城市且不论，五口通商以后，广州、厦门、福州、宁波，哪一个"口"不融合西方文化？既然都创新，都融合西方文化，那么海派文化的特色在哪里呢？

"名不正则言不顺"，当下就是因为海派的界定这个"名"尚未"正"，才会出现"言"的"不顺"，才会出现一些论者把王安忆定为海派而王安忆却说我不知道什么是海派文化这种现象。

海派文化也许可以这样表述：是以中华传统文化为主体，以吴越文化为基础，带有松江文化胎记，带有商业气息，融合中西方文化，具有上海地域特点的市民文化现象。

思索之四，松江文化的胎记。

关于海派文化定义中的"中华传统文化为主体",这是中国所有城市文化的共性,毋庸论述。而"吴越文化为基础",则体现了移民文化的海派基础,因吴越移民上海而形成,已有大量的论文做了论述,我也不想学舌。我想重点阐述一下松江文化的胎记这个问题。

松江文化的胎记,是海派文化区别于其他城市文化尤其是广州、厦门、福州、宁波等城市文化的个性,表征如下:

一是古松江地区一以贯之的传统的移民文化胎记。唐安史之乱,宋靖康之变,元末烽烟四起,北方士大夫及百姓,大批迁移至南方,松江就是避难胜地之一。以元末为例,杨维桢、钱惟善、陶宗仪等一大批文人寓居松江,不仅给松江文化带来了繁荣,而且为明代松江文化进入鼎盛期奠定了基础。松江设立行政建制以后是如此,松江的前世和今生更是如此。近年松江广富林遗址的发掘证实,松江这片土地上,四千多年前已涌入了来自黄河流域属于龙山文化期的王油坊移民,他们与土著融合,共创了广富林文化。从松江府华亭县脱胎的上海,不仅承继了这一移民的胎记,而且较之母体,更是有过之而无不及。尤其是开埠以后,租界的设立,上海海纳百川,"纳"的不仅是国内其他省市的大量移民,而且"纳"了西方的"移民",造就了上海这一中国最大的移民城市,这是毋庸置疑的。这是海派文化松江胎记的一个方面。

二是古松江的文化氛围为海派文化的胎记。松江长期以来系原辖七县一厅的经济文化中心,诚如《松江历史文化概述》一书所称,松江的文化具有辐射性,所以其所辖七县一厅,其语言包括民谚,风俗包括习惯,在上海开埠前,具有惊人的同一性。翻开相关史志,比比皆是。这是因为这七县一厅,大致就是割原华亭县的辖区设立的。上海地区的语言、民谚包括风俗习惯,因开埠以后的江浙(即吴越地区)粤徽等移民的又大量入居而有较大的变化,但胎记仍存。其他诸如沪剧这一剧种的发源形成和发展，也与松江密不可分。海派文化就是在这基础上吸收西方文化，融合商业色彩而异军突起的。

思索之五，活跃在海派文化活动中的熠熠生辉的松江籍文人群体。

一是 20 世纪三四十年代，众多松江籍人士活跃在上海文化界，为海派文化的形成做出了贡献。我们可以看到，在海派文化的形成过程中，活跃着不少可以说举足轻重的松江或寓居松江甚至非松江籍而坚称"松江人"的作家、文艺界人士，其中有姚鹓雏、胡公寿、白蕉，有教育界的马相伯，新闻界的史量才，出版界的施蛰存、赵家璧，翻译界的朱雯，文学界的罗洪，他们为上海地区海派文学的形成、发展卓有贡献。与沈从文批海派相颉颃的论战主阵地，就是史量才主办的《申报》，而其中举足轻重的海派代表人物则是施蛰存。

二是海派名人施蛰存。沈从文不能以京派名，但施蛰存却是如假包换的海派。在上海，鸳鸯蝴蝶派式微之后，张资平等以自办乐群书店创作性爱小说，以都市男女为主题，为了商业目的，利用色情因素，编造低劣的两性故事，同样走向末路。此时，在上海文坛上崛起的便是新感觉派小说，被称之为"第二代海派"。施于 1932 年主编《现代》杂志，有意识地运用心理分析学说来创作心理分析小说。施的心理分析小说，在 20 世纪 30 年代的上海文坛堪称独步。在《现代》杂志的旗号下，集结了刘呐鸥、穆时英、杜衡、徐霞村等人。

有意思的是，对于京派、海派之争，施蛰存心知肚明。孔明珠在她的纪念施先生的文章《长相思》里写到施蛰存的原话："海派是沈从文叫我的，他的意思是骂我，看不起我，骂我是保守派，海

派当时是贬称，可是他不知道，我们也看不起他们京派的。"该次论战，施蛰存并未参与，但几十年后他用一句松江话一言以蔽之——"扛嘴皮"。

我们可以这样给海派文化完整地下个定义，海派文化前继明末市井小说、清初才子佳人小说、民初言情小说，以中华传统文化为主体，以吴越文化为基础，以松江文化为胎记面向都市市民文化消费市场，融合西方文化，以全新面目面世的上海地域性文化现象。

上海为啥叫上海

这标题有些绕，上海就叫上海，有什么"为啥"的？诸君勿急，让我慢慢道来。

当下有个提法：松江是上海之根。认同这一提法的人越来越多，但也有持异议者在。前不久在松江举办了一场上海探源的学术讨论会，与会专家发表了不少高见，基本认同松江是上海之根这一命题。我想从一小角度切入，来谈谈上海之根，算是拾遗补阙吧。

上海为啥叫上海？对这个问题我一直是稀里糊涂，生于斯长于斯，屈指七十余年，对自己生长的地方的名称的由来，从未搞明白过。记得读初中时，上海育新初级中学的语文老师叫常泽民，他告诉我们，"上海"是个屈辱的名称，就是把当地人绑上船，输送国外当苦力去，扔上船出海，就叫上海。

老师的这一说法，常在我脑际萦绕，上海是这么得名的吗？弹指六十余年，直到退休居住松江，这一疑问似乎有了答案。

那是读了顾清所著《松江府志》，查阅了一些工具书以后，才弄明白的。

我查阅了我国台湾地区出版的《中文大辞典》，查"上海"时查到了"上洋"这个条目。它的释义有两条：1.上海之别名。运用的例子是《剪灯新话·逢华亭故人记》："上洋人钱鹤皋。"2.赴海外也。

这说明，就像松江别名云间一样，上海也有别名，叫上洋。而上洋的意思，是赴海外。

于是我查"上洋"，这经过颇费周折，后来终于在顾清《松江府志》里查到了。说上海县在"府东北九十里，旧日是华亭海……以地处海之上洋，故名曰上海，亦称为上洋云"。

从顾清的叙述，结合松江府的一些史料，我们终于可以了解上海为啥叫上海：原上海县这个地方，距离松江府治即今松江区有90里的水路，最早的时候还是一片汪洋，那时候就叫华亭海。后来渐渐成陆，变成大市（大的集市），宋代在这里设立了提举司和榷货场，称为上海镇。后来升格为县，叫上海县。就是因为上海这个地方处于"上洋"——即《中文大辞典》所说上海赴海外的始发地，所以就叫上海，也有称为上洋的。这里"上"是个动词，上华亭海、赴海外的意思。

我们可以想象，松江先民在上海县西郊刚成陆的滩头登船或乘木筏，高呼"上海啦"的场景。

上海原为华亭海，成陆后归华亭县管辖，后从华亭划出三个乡，组建上海县，上海的先祖就是华亭人，上海是由当年华亭人命名的，上海喊得响亮，上洋渐渐湮没，所以上洋成了上海的别名。

上海开埠以后经济文化越加发达，民国时建上海特别市，而由华亭县升格的松江府则降格为县，而后又升格为区。世事沧桑，变化可谓大矣。

从上海为啥叫上海，是不是也可以证明松江是上海之根呢？我看没有问题。

《上海府县志丛书》标点差错

近为某刊撰《松江邦彦》中之人物，查阅了由上海古籍出版社出版之《上海府县志丛书》之《嘉庆松江府志》，发现了一些标点的差错，有些甚至错得离谱。今兹略举一二，求证于方家。

《嘉庆松江府志》卷三十五古今人物传五中之徐阶传，一段文字标点为"下儒臣议，阶独条不可。改者五，不必改者三……"此处叙述的是张孚敬提出删除孔子王号（文宣王），修改祭孔礼数的主张，徐阶反对，提出"不可改"的五条理由、"不必改"的三条理由。标点应为"阶独条不可改者五，不必改者三"。

又，张松传中"课第一时。夏言枋政……"应为"课第一。时夏言枋政……""课第一"，是考核得第一；"时夏言枋政"，是指当时柄政的是夏言。

又，富好礼传中，"好礼力争，谓无死法，鋐以其庇。乡人衔之，出守重庆"。这里讲的是华亭御史冯恩弹劾权臣汪鋐，汪鋐要置冯恩于死地，富好礼力争，说处死冯恩于法无据（"无死法"），汪鋐认为富好礼庇护同乡（"乡人"）所以含恨，把好礼逐出京城，撵到重庆去了。标点应为"好礼力争，谓无死法，鋐以其庇乡人，衔之，出守重庆"。

又，王佐传中，"为南安令邑，濒海民顽梗多盗"，当为"为南安令，邑濒海，民顽梗多盗"。

又，郁山传中"吾便葛巾藜杖，浩然归复，何所损？"当为"吾便葛巾藜杖浩然归，复何所损？""浩然归"是坦坦荡荡回家乡，"复何所损"是"又有什么损失呢？"

又，胡岳传中，"出为四川佥事，芒部寇川南岳，督兵入山"。文中之"岳"，并非"南岳"，而是指胡岳。当为"芒部寇川南，岳督兵入山"。

又，李儒传中，"遇疑狱，以意求其情伪，辄中他听断，亦不留狱"。此段述说李儒断案有方，遇疑难案子，能根据情理推断真伪，去伪存真，一推就准（中），其他案子的听讼断案，也不拖泥带水。应为"遇疑狱，以意求其情伪辄中，他听断，亦不留狱。"

至于小差错也有一些，如某人对陈氏继母也很孝谨，应为"待继母陈，孝谨"，竟标点为"待继母，陈孝谨"。

标点古文诚为难事，差错难免，但只要谨慎从事，上述差错还是可以避免的。

当然，我学识有限，或许也有错纠，祈方家正之。

范锦文

锻炼三章

冬练全凭一个勇

前几年的一个晚上，上海电视台生活时尚频道播出了一个画面：塔吉克斯坦人在圣诞节前后有一种冬泳的时尚，不管大人小孩都光着身子到冰冷的河水中去游一次泳。最让人感动的是一对中年夫妇还把一个刚满周岁的小男孩抱着往冰水中浸。我想这是一种时尚，或者说是一种习俗，在这种时尚的背后是一个民族的精神——勇气和勇敢！

在现实生活中，我也曾经目睹过类似的壮举：北国，清晨 6 时，外面一片银白世界，满眼玉树琼花，气温在零下 30 多摄氏度，我单位有一位彪形大汉，广西籍军人，总是光着膀子，穿着短裤，在雪地中用雪使劲地擦身。我感到十分惊奇，于是上前向他请教：

"这样擦身不冷？"

"不冷。"回答十分干脆。

"天天练？"

"天天练。"语气惊人的平静。

"都零下30多摄氏度了，这样坚持练靠的是什么？"

"全凭一股勇气。"

是呀，我想没有一股勇气是无论如何不敢去擦雪的。

这几天，朔风紧吹，天公把晚来的严冬送到了申城，可是运动场上冬练的人影仍然不断。塑胶跑道上依然有区少体校的青少年在练长跑，他们身穿运动服，三五成群，步履轻盈，虎虎生威，口中不时呼出团团白气。

与此相映成趣的是一群老年朋友，在水泥场地上站成两三个方阵悠悠地打拳舞剑，天天如此从不间断。

我想，冬练需要勇气，那么，对待工作与生活也何尝不是这样呢！

天高气爽好登山

重阳佳节，正值天高气爽金桂吐香时节。在喧闹的城市中待腻了的老年朋友，不妨走出家到郊外登高赏景，亲密接触一下大自然，呼吸一下青竹翠柏的清香。

登高何地是佳处？莫过于佘山国家森林公园。山上修篁满坡绿树成荫。上山有宽敞平整的石级路，从山门口上，可直达山顶，有三百余级。重阳节里，可约三五好友结伴而行，也可偕全家老小出游，皆是一件人生美事。抬抬腿弯弯腰，一步一级往上走。一路上可见修竹摇曳，可闻松涛阵阵。高兴时哼几句小调，需要时拍几张靓照。累了就在路边的石凳上坐坐，渴了就到青竹搭成的茶室里品茗，自在又逍遥。

登上山顶，已觉气微喘身发汗，再寻一方平坡与子女嬉戏，或老年朋友相互叙叙。喝点水，吃些零食，休息片刻，再登高赏景，

美不胜收。

北有月湖一泓，湖面微波荡漾，波光粼粼，时有鸟儿在湖面上飞翔。再北望，那是北干山鸟类保护区，点点鸟影，在山的周遭盘旋翔集。更远处，便是上海最现代最刺激的游乐场所——年轻人向往的欢乐谷了。

西边是西佘山，为九峰之首，上有闻名遐迩的亚洲第一教堂，巴洛克风格的建筑高耸入云，既蔚为壮观又肃穆庄严。

东边是新开发的楼盘，依山傍水，占尽地利之便。

向南望，呈现在眼前的是松江大学城，昔日的村落已变成了欧亚风情的楼群，两条清晰可辨的沥青马路似两根青丝把几所大学的校区串在了一起。在大学城北边，紧挨着的是耗时数年，精心打造的广富林遗址博物馆，现已正式对外开放，吸引了无数的上海市民前来寻根拜谒，探究上海悠久的发展史。

这时湖面吹来阵阵轻风，几缕银发随风起舞，我不禁仰起头微闭眼，深深吸上几口气，真是风清气爽。这清风可洗净五脏六腑中的浊气，顿觉神清气爽，浑身通泰！

一生爱水又戏水

我出生于江南水乡，从小喜爱家乡小河流淌的清清绿水，七八岁时就学会了游泳。一到夏天酷暑难忍，便约了一群小朋友背着大人到河中去消暑。一到水中便欢天喜地，忘情地玩水，捉鱼摸蟹。大人发现我去戏水，便严加训斥，我却屡教不改，我行我素。长年累月，练就了一身好水性，后来还居然救活了一名落水的小女孩。

记得有一年夏天，中学放暑假，我已是十四五岁的人了，我们七八个男孩去游泳时，不知谁家小女孩也跟了来。我们正玩得尽兴，突然开过来一艘汽轮船，激起的水浪把站在河滩头上的小女孩冲下了水，小女孩连喝几口水，眼看就要沉下去了。我一看情势不妙，便起身上岸快速跑过去，再纵身跳入水中，把小女孩拉到岸上，此时小女孩已不省人事。我急中生智，拉住她的两条小腿倒挂在背上，终于空出了她一肚子的水，她哇的一声，醒了过来。从此，我声名远播。

大学毕业后，我报名去了大西北。那里戈壁荒滩，见不到河，只有弯弯的渠道中流淌着浅浅的雪水，大热天也只能到那里去擦澡，水鸭子从此变成了旱鸭子。有一年在我工作的地方，于群山荒漠中终于兴建了一座水库，南北有四五十米宽。喜讯传来，我们乐不可支，一群南方的水鸭子终于有了戏水的佳处。有一位广东籍的郭姓壮士带头，他军旅出身，身体魁梧强壮，便有七八个志同道合的南方青年相随，说要横渡水库。虽说是炎炎夏日，由于水库内的汪汪碧水却是天山上的雪水融化下来的，脚伸下去，刺骨寒冷。到了那里，先热身再试水，试一会儿再爬上来，在水库边上小跑步，如此这般，做足了预备活动，终于在郭壮士的率领下，一个接一个下水库游泳，一字儿排开，好互相救助。游了一会儿，我们顺利到达彼岸，大家欢呼雀跃，庆祝横渡的胜利。

改革开放后，已年过半百的我幸运调回老家工作。在以后的十年时间里，单位组织旅游五六次。每到一处，我本性难改，一定戏水。游青岛，去海滨游泳场戏水，玩了三天，游了三次；去浙江千岛湖，湖水碧绿纯清，我一下游轮，便脱下鞋袜走进水中泡泡脚再洗一把脸；到大峡谷漂流，坐在竹筏上仍不过瘾，我便跳进水中抓住竹筏游起来；到海南天涯海角，我赤裸双脚到海滩上拾贝壳追赶冲来的巨浪。

一生爱水又戏水，不管何时何地，只要有水便是我的乐园。

现在条件好了，买张游泳卡，一年四季都可到室内游泳池去游泳。一生爱水，我的皮肤出奇的好。青年时，脸上不长青春痘，冬天不生冻疮，夏日里不长浓胞。皮肤上偶尔划破一道口子，无须敷药，也会自然长好。步入老年，两鬓染霜，头发花白，脸上却不添皱纹，这大概是一生戏水带来的效果吧。

王元祚

美国三题

相隔八年，我和妻子两次去美国探亲，住在女儿家。第一次是在费城郊外的樱桃丘镇，这次是在纽约长岛的家，两次加起来住了有一百多天。前一次女儿利用假期，陪同我们到加拿大多伦多（她舅舅家），美国西部洛杉矶、圣迭戈、内华达、大峡谷、拉斯维加斯等地旅游，这次又坐豪华游轮到加勒比海波多黎各的三个小岛，在海上航行了九天。

虽然说三四个月在美国，一次是秋季，一次是初夏，衣食住行、耳闻目睹总有不同于国内的感受和见闻，但终究是走马观花，蜻蜓点水，表面印象而已，这里选三则见闻，似雪泥鸿爪与朋友分享。

俯瞰白令海峡

第一次坐飞机去美国，是从上海到日本东京转机到底特律，再转机到费城，好像是美国西北航空的波音大客机，每排十个座位两条走道的，乘客有三四百人。原以为是直线飞过太平洋，从美国西海岸进入。其实不然，飞机沿着东海、黄海朝北，经日本海在俄罗斯东侧向白令海峡方向前行。因为飞机机舱内的大屏幕上，实时动态标示着航行路线。坐飞机的乘客都有体会，刚离开地面不久时所见，城市的楼群如积木，街道像棋盘，汽车仿佛玩具。渐渐升高，乡村的河流道路如飘忽的细带，而群山如地图模型里的微缩盆景。飞机在万米高空时看到的只能是无尽的云海。当飞机到达白令海峡时，机翼下面是白茫茫一片，除了冰雪还是冰雪，仿佛没有尽头。没有动物，没有生命，只有蛮荒和寂静。

在白雪皑皑的北冰洋白令海峡，一边是俄罗斯的东方国界，一边是美国阿拉斯加冻土地域。从美国历史知道，当美国还是英国殖民地时，国土面积只有现在的一半大小，主要是东部和中南部的十三个州。独立战争后，赶走了英国殖民者，通过购买等手段，才有了如今美国的国土面积。阿拉斯加就是美国以总价 720 万美元的价格从俄国购买来的。这里被无尽的冰雪覆盖，处于北冰洋的边缘。飞机从阿拉斯加折向东南的美国内陆。在美国三个月中坐了十一架次飞机，大小不一，小飞机短距离飞行不到一小时，像公交车一样，只有几十人，乘客好似上下班工作途中乘一下，只带一瓶水和一小包饼干。

大峡谷所见

站在美国西部科罗拉多州大峡谷山顶悬崖边上，是上一次在美国一个秋日朗照的下午。

秋日的美国西部，晴空万里，蓝天白云，气候干爽宜人。汽车行进的公路两侧，多是寸草不生的旷野，无边无际，那感觉就像是在新疆广袤无垠的戈壁荒野上。到大峡谷下车后，导游先安排我们进一家电影院，观看反映大峡谷风貌的纪录片，那些惊心动魄的画面令人震撼。原来，这些画面都是依靠小型飞机或滑翔机来完成的。飞机时而贴着悬崖，时而降入谷底，时而绝壁几乎触到了飞机的翅膀，险象环生，令人目眩，一颗心提到了嗓子眼，让人几乎窒息。

从电影院出来，导游引导我们向大峡谷悬崖边上走去，一路倒是十分平坦。待走到峡谷边缘，则是万丈深渊，深不见底。这一大片隆起的高原地势险峻绮丽，地质岩层多由花岗石构成，层层叠叠，色彩夺目，以深棕红色为主。大峡谷全长400多公里，蜿蜒曲折，像一条桀骜不驯的巨蟒，匍匐在此。它有6—25公里宽，我们面前的这一段就很宽，看过去估计有十几公里。峡谷两岸北高南低，平均谷深1600米。这是地球上最神奇的裂缝，是大自然花费了几百万年的时间，创造出这一壮丽磅礴的奇观。据说有红色的河流在谷底汹涌向前，形成"两山壁立，一水中流"的奇景。不过我们无法看到，只能回忆刚才电影中所见。

美国作家约翰·缪尔说："不管你走过多少路，看过多少名山大川，你都会觉得大峡谷仿佛只能存在于另一个世界、另一个星球。"从美国回来后的第二年，看到有关报道，美国人异想天开，在大峡谷的山顶悬崖边，造了一个"U"字形的透明天桥。参观的人要进入这个悬在天空中的弯道，须穿他们定制的鞋，参观完后鞋子归本人留作纪念。参观者站在这透明天桥上，无异于从空中俯视大峡谷。

到过"世界的十字路口"

有人说过，这个地方被称为"世界的十字路口"，其实就是纽约时报大楼门口那条马路和百老汇街交叉的十字路口。这条路叫第七大道（美国许多路名都以数字排列），也叫时尚大道。

那天参加完女儿大学本科隆重庄严的毕业典礼后，女儿女婿陪我们逛街来到这里。这里高楼林立，纽约时报大楼也是几十层高的建筑，那报名的标志也有好几层楼高。因为《纽约时报》为美国最有影响的报纸，此处也成为一景，吸引着世界各地的游客纷至沓来。我们隔着马路，以纽约时报大楼为背景，拍了好几张照片。这时，有几位骑警骑马而过。那些马油光锃亮，威风凛冽；骑警在马背上神气十足，器宇轩昂，成了纽约的一道风景，引来路人纷纷合影留念。那些骑警仿佛也不再是管理交通和治安的公务人员，他们看上去和善友好，乐于充当游人的背景。当然，我们也不放过这个难得的机会，频频举起相机。纽约时报广场好几层楼高的特大电子显示屏幕，也是一个著名的去处。每天几十万人从这里经过，看到世界各地的情景。这里也曾投放过介绍上海的电视片：早晨的黄浦江畔，晨练的老人、石库门老建筑、大饼油条豆浆冒着热气的早餐……这里还有被世人熟知的就是每年新年零点钟声响起时，一个巨大的水晶球从空中缓缓降下，纽约人和世界各地的游客在此狂欢迎接新年。

见过世界金融之都、商业之都纽约的繁华后，我不禁发出这样的感慨，纽约虽好，但今日之上海也毫不逊色。女儿在上海外滩和陆家嘴拍的照片，带回美国给她那些金发碧眼的美国同事看后，大家瞪大眼睛几乎不相信这些代表了今天的上海就是证明。

景　青

塞纳河风情

　　就像黄浦江是上海的母亲河一样，塞纳河也是巴
黎的母亲河。上海的黄浦江随时都能亲近，但我与塞
纳河相隔万里，想亲近她那只是一个遥远的梦想。然
而，祖国的日益强盛和改革开放政策给了我圆梦的机
遇，2013 年 10 月我终于有幸踏上了法兰西大地。

　　那天，我们参观了埃菲尔铁塔后就来到塞纳河畔，
开始了泛舟塞纳河的游程。据导游介绍：塞纳河是法
国北部的一条大河，全长 780 公里，流域面积 7.87 万
平方公里。发源于科多尔省首府迪戎西北的塔塞洛山，
流经巴黎盆地，穿越巴黎市中心。巴黎就是在塞纳河
城岛及其两岸逐步发展起来的一座古老的城市。塞纳
河自巴黎而下，曲折西流 370 公里，最后注入英吉利
海峡，将巴黎与勒哈费尔大海港连接起来，使法国的
海运事业因此而发达起来。

　　塞纳河对巴黎的形成和发展起着决定性的作用，
对水运、电站、工业、生活和旅游有着特殊的作用。
塞纳河下游系统经马恩河可与欧洲的另一条著名河流

莱茵河相通，再经瓦兹河可连接比利时的航运水道。借助天然条件，法国的内陆水运四通八达，为法兰西民族带来无限的生机。

水光潋滟，涛声阵阵，一条极具风情的大河在眼前延伸。沿河两岸矗立着的许多建筑都为惊世之作。庄严神秘的巴黎圣母院，荟萃了十二个世纪文物精品的罗浮宫，著名的埃菲尔铁塔，闻名遐迩的奥赛博物馆，安葬拿破仑的荣军院，世界艺术珍品亚历山大三世桥……历史文化、艺术珍宝、浪漫富庶，在塞纳河的两岸展现得酣畅淋漓。塞纳河的巴黎段，共架起年代不同、风格不一的三十六座桥梁。桥与河珠联璧合，相得益彰。这些桥，要么在诉说巴黎的历史文化，要么在炫耀巴黎的富有辉煌，要么展示巴黎的经典艺术。坐船过桥，伴随而来的是一次次的感叹、一声声的惊讶、一阵阵的震撼。沿河两岸没有一幢摩天大楼，建筑物大多是三四层高，看上去很陈旧的巴洛克风格的建筑，承载着巴黎厚重的历史文化。嘉树成荫，绿草茵茵，花香鸟语，一支支小乐队在芳草地上演奏，一群群市民在广场上翩翩起舞，无不张扬着巴黎的高雅与浪漫、法兰西民族的奔放和热情。

塞纳河从气势、流量来说，不要说我国的黄河、长江，即使上海的黄浦江也要稍胜一筹。她之所以闻名遐迩，盖因她具有独特的地理位置以及两岸的经典建筑。她在浇灌着法兰西大地的同时，见证了无数的金戈铁马和征战杀伐，又有多少的英雄豪杰曾面对她而扼腕痛惜！她见证了卡佩王朝、波旁王朝和路易王朝的兴盛和幻灭，也注视过埋葬封建王朝的法国大革命以及拿破仑叱咤风云、不可一世的一生。同时也呵护、滋润着世界名都巴黎。没有塞纳河就没有巴黎的繁华和妩媚，没有巴黎塞纳河也不可能如此著名。可谓河城相依，荣辱与共。

如梦似谜廿八都

乍听廿八都这个地名，如坠云雾之中，不得要领。后听人说那是一座地处衢州江山市境内的古镇，于是在我脑海中为她勾画出一幅碧水荡漾、家临画舫的江南古镇风貌。近日，我到江山市的江郎山旅游，在游览了以险、奇、秀、美著称的江郎山景区后，导游把我们带到了散落在大山环抱里的廿八都古镇。

穿越山溪淙淙流淌、古色古香的廊桥，一个另类独特又十分神秘的山区古镇闯入了我的视野。一条主街道贯穿全镇，宁静安谧的气氛笼罩着小镇，这里最大的优点是人少而且没有一辆汽车。周遭郁郁葱葱的山林使这里的绿化覆盖率高达 90%以上，空气之清新，游人身心之愉悦也就可想而知了，小镇的人们过着"不知有汉，无论魏晋"的世外桃源般的生活，这于方今为喧嚣和紧张所困扰的都市人来说是求之不得的。

廿八都始于唐宋，兴于明清，衰落于 20 世纪中叶。相传，唐末黄巢起义军辗转于地势险要、山脉绵亘的浙闽仙霞山脉的崇山峻岭之间，并开辟了仙霞古道，凭险设关。因大山重围，地处三省交界，独特的地理位置又使廿八都四周关隘拱立，成为历代屯兵扎寨、兵家必争之地。又因廿八都是由闽入浙第一镇，素有"枫溪锁钥"之称，至今还能让人感受到古战场的遗风。从导游那里得知：早在宋代宁熙四年（1071），江山设都（相当于如今的乡镇），共有四十四都，此处排行二十八，故称廿八都。廿八都地处浙赣闽三省交界处，故又有"鸡鸣三省闻"之说。参观山镇的天然民俗博物馆，使我对那里的民俗文化有了初步了解。每逢春节、元宵、端午、中秋等重大节庆，这个平时安谧宁静的小山镇顿时沸腾起来。对山歌、跳民舞、跑旱船、放花灯、牵木偶、踩高跷、滑石头等民俗活动此伏彼起，热闹非凡。廿八都 2007 年成为国家级文化名镇，2008 年又评为中国民间艺术之乡。

一条名曰凤溪的小溪绕镇而流，流淌的都是清澈的山泉水，当地人自豪地说："这泉水随时随地都能饮用，矿物质含量高，水质比纯净水还要干净。"全镇只有三千六百人，却有十三种方言、一百四十二个姓氏，相传因历朝历代的散兵败卒流落定居于此所致。不同地域的文化相互碰撞、融合，既不排斥也不同化，形成了有别于其他任何地域的特殊文化现象，被人称之为"飞地文化"。镇民的穿着打扮、说话口音、饮食习惯、婚丧嫁娶、建筑风格、思想观念等，都打上了廿八都这个特殊地域的文化印记，成为这座千年古镇独特的文化标记。

在饮食方面，豆腐风炉仔、凤溪鱼、山药黄糜糕、豆蔻猪笋、腊肉鱼干、石斛炖石蛙、冬笋炖排骨等菜肴是山镇人的家常菜。在小镇用餐，我们就专挑外面没有的菜肴品尝，果然风味独特，唇齿留香。临别小镇时，我买了几块山药糕和原汁原味的腊肉鱼干，准备回家后再慢慢享用。

廿八都是一个遗落在大山里的梦，是中华大地物华天宝又一个小小的佐证，这个特殊的小山镇将永久留存于我心灵的胶片上。

夜游濠河

苏通大桥开通后，上海与南通近在咫尺，但我一直没有机会去那里走走看看。2013 年年底，借一个年会的机会，了却了去南通的心愿。

狼山和濠河是南通的两大景点。狼山海拔虽然只有百余米，然因苏北缺山，那狼山就成稀罕之物了。加上又濒临长江，可见南通是个可供游山玩水的城市。听说濠河的夜景很迷人，于是，抵南通的当晚，我就与同行们租了一电动小舟，开始了夜游濠河的旅程。之前我一直对"濠"字不求甚解，只得临时手机上网查阅，方知"濠"乃"壕"的异体字，作壕沟解，在这里就是护城河的意思了。

电动小舟悄无声息地耕犁着平静的水面，如诗似梦的两岸景色渐次展开。在与船老大的攀谈中得知：这条护城河开凿于后周显德五年（958），距今已有千余年的历史。濠河周长20多里，最宽处有215米，最窄处只有10多米，是我国迄今保存得最完整且位居城市中心的护城河。"这条河开挖或改道过吗？"我问船老大。"没有，除了疏浚过几次，这千年濠河可是原汁原味的啊。"船老大回答得斩钉截铁。听此话，我好欣慰。方今，中国原汁原味的东西是越来越少了。濠河夜景，虽比不上上海的黄浦江，但自有一种小巧和迷人的风姿。船老大还告诉我，最繁盛时濠河上有六十多座桥梁，其中跃龙和起凤两座桥梁最为壮观，可惜都毁于兵火，现仅存十来座。那晚我们共穿越了八座桥梁。白天看起来很寻常的河桥风景，到了晚上就变得魅力十足，盖因那五彩灯光起了微妙的作用。水面、桥梁、倒影和两岸风景可谓流光溢彩，如诗似梦，给人提供了许多想象的空间。五颜六色的灯光在微澜涟漪中晃动，使平静的水面变得摇曳多姿。灯光不仅勾勒出桥梁的轮廓，通过水里灯光的反射，与桥上灯光上下呼应，将桥身映照得或金碧辉煌或流光溢彩或晶莹剔透，人的心情也随之起伏，或亢奋或感叹或宁静。一路上还有音乐喷泉和水幕电影相伴，越发使这条濠河变得扑朔迷离起来，人也仿佛在时光隧道里穿行。我想，千余年来，这条河流见证

了南通的荣辱浮沉，兴衰交替。唯有到了改革开放年代，她才会与许多城市一样，焕发出生命的活力，才使贫穷落后的苏北有如此的新貌和魅力。听导游介绍，南通是江苏除苏州、无锡和南京之外的第四大经济体。苏通大桥的建成通车，使南通融入了上海经济圈，可谓如虎添翼！

"清清濠河岸，琅琅读书声。"南通素来重视文化建设，有"文博之乡"之美称，单是博物馆就有三十多家。南通又是全江苏高考录取率最高的城市，其所辖的启东中学，有一年高考有一个班级的学生全部被清华和北大录取，在全省乃至全国传为佳话。

这次到南通，即便浮光掠影，但这座城市依然给我留下了深刻的印象。忽然想起了一件还算风雅的事，作为拙文的结尾：据说当年乾隆帝殿试南通籍状元胡长林，乾隆出了个"南通州北通州，南北通州通南北"的上联，要求胡长林对下联。那胡长林不愧是个才子，略加思索，就对出下联："东典当西典当，东西典当当东西。"笔者不才，顺着胡才子的思路，倒也想到了两个下联，一是"男青年女青年，男女青年生男女"；二为"大赌注小赌注，大小赌注赌大小"。但推来敲去，总觉得与胡长林的下联相去甚远，算是附庸风雅了吧。

钱明光

出　国

　　机场与菜场真是截然相反，在菜场，鸡毛蒜皮的小事都会大声喧哗；在机场，再大的悲欢离合也都看似在低声无语中进行。

　　在机场，我见过好多大人送孩子出国的难忘场面。一方面，大人们尽量装出很轻松的样子，不哭，有的还露出尴尬的笑容，为的是不让难过和忧愁伴着孩子远行。年轻人在告别过后视线中断的一刹那也不敢回头，为的是让送行的人们放心他能独行。十多年前我送女儿也是这样的。送走后，我在回家的路上手脚冰凉。当女儿在飞机滑行前打来只有四个字的电话"爸，我走了"时，我也只回了"好！多保重"后，眼泪就无声地涌了出来。此去茫茫，我唯一的女儿不知前面是什么样的命运在等着她。

　　但我女儿比起 20 世纪七八十年代出国的人毕竟好多了，那些人落地后有的已经囊中羞涩，有的居无定所，有的语言不通。现在的年轻人出国又比我女儿那时好了不知多少。

　　朋友的女儿出国前来我家玩，朋友让我"叮嘱叮嘱"。我拿出把老虎钳让她帮忙，让她把这些螺丝轧一下，轧多少算多少，她轧了不到 1 斤就已经累得不行了。我对她说，这大个的螺丝轧好的才 5 元钱 1 斤，有人专门在菜场干这活，靠轧螺丝维持生计。饭间一个电话，有人在地铁站让我转接点东西，我让她陪我一起开车去。那家长送了东西就要回去，为省几元钱就一直站在线内十多分钟没有出站。回程时我对朋友的女儿说，那人的女儿在国外我见到过，出手大方，一身名牌，母亲却在上海打两份会计的工。我对她说，你在国外花钱的时候，每次都计算一下需要折合轧多少斤螺丝。

　　我继续说着，我女儿在西班牙的房东来上海时说，她已经不准备再接纳中国年轻人来居住了，现在的年轻人吃完饭碗筷随意丢在桌子上，一句话也不聊，招呼不打就上楼了。记得女儿当时刚到她家，她就让我女儿马上打个长途报个平安，然后就几点到几点不准用电话，什么该怎样什么该那样地说上一通，女儿还以为这房东刻薄而感到委屈。在国外，你首先得学会尊重人，礼貌待人和礼让人家。

　　在国外，你还得适应外国人的思维习惯，正如那房东，心肠很好，只不过直率地告诉了你"居住守则"而已。我外甥女当时在美国读研，老师问她这题懂了吗？她说差不多了。那你能上去演绎一遍吗？她说，试试看吧。结果老师没让她上去，事后的分数是 3+，中国人委婉谦虚留有余地的表达方式让外国老师认为你缺乏自信，缺乏自信就是没有完全弄懂。3+ 是不能有奖学金的。开始我外甥女还认为老师对她有偏见，两个月后才悟出真谛。

　　我还说，在国外特别看重一个人的诚信，说谎是大忌。有人在北欧开了家餐馆，护照要续签，填了张表。移民局看到送来的表格与给税务局的表格经营数据不一样，结果被拒签，怎么解释都没有用。实际上只是因为此人认为这些数据不重要，在填写时没有认真核实，真正冤枉之极，但从一个侧面说明了诚信的重要性。

过了几天，在浦东机场，朋友的女儿意气风发地踏出了国门。她很有礼貌地对我说，老伯伯的话会一直记住的。我不知道她是否真的记得我对她说过的话，但愿如她所说。

砻糠灶

"侬会烧砻糠灶?"有人问我，我点点头。"侬哪能会烧砻糠灶?"好几个人听后围过来问，足见烧砻糠灶之难。

那年秋天，我作为公社机关干部下乡蹲点，住在卖花桥的一仓库内。凌晨4点，正是深秋落霜的时辰，寒气侵人。我和老钱被薄被空屋冻醒了。"走! 到隔壁豆腐坊去吃头窝豆浆去，有营养的。"老钱硬拉我起床。

豆腐坊里热气腾腾，做豆腐的人穿着马甲光着手臂还在流汗。有几位老人围着一旁的八仙桌喝着早茶。滚烫的一锅豆浆火一停，冷风一吹，上面就形成了一张豆腐衣，用一竹竿轻轻地从中间往上挑起，就是一张与锅一样大的豆腐衣，再轻轻地放到竹竿上晾干。砻糠灶烧制的豆腐衣又薄又韧，"包铺盖"里面的肉和荠菜都能依稀看见。烧制的豆腐，那个细腻、那个白洁、那个口味，是现在煤烧制的豆腐所无法比拟的。怪不得乡下老人一直说，扎肉润糯柴爿烧，饭糍香脆大镬烧，豆腐要用砻糠烧。

自此，我们每天凌晨4点起床吃豆浆，5点多去三秋现场。在豆腐坊，我常待在砻糠灶肚口看。老钱叮嘱我，砻糠灶不要去动，弄不好红红的灶肚火会全部泻下去。我答应着不动，其实在观察砻糠灶的原理和操作要领。

砻糠灶与老虎灶不同，灶肚是一个 1 米多长的像楼梯一样的斜面，由一块块铁板水平地依斜面镶嵌而成，间隔寸许。每级之间是镂空的，便于进气和出灰。生火时，把稻草薄薄密密地铺在斜面上。铺得太厚烧结成灰后会影响进气，太薄了砻糠倒下去会漏掉。点火后，砻糠倒得太早会把火压灭，倒得太晚会把稻草灰烧结层压穿漏下去。一般灶头用火钳掌控火候，砻糠灶用的是一根细钢钎。我反复观察，钢钎是不能搁在铁板上的，只能与斜面平行地压压砻糠灰偏厚的烧结层，以便更好地进气。

几个师傅忙上忙下总有忙不过来的时候，我就偷着拿钢钎拨弄灶火，老师傅看我是蹲点干部开始也不敢阻止，后来灶火火势依然也就无话可说。时间长了，我慢慢地也就学会了添砻糠、捅灰、控火势。再后来，我起了几个大早，生火也学会了。

那时，农村大忙的中间和末尾，公社都会举行质量、进度大检查，就是把有关的各级干部集中起来，按设定线路实地兜田头察看，一两个大队兜下来，再集中一地边休息边喝茶边听汇报边点评，然后再兜。这个集中地一般都在大队茶馆。有一年我在民乐大队蹲点，公社大检查线路要求在大队最西面的白马集中。那里田亩多劳力少，进度相对慢，大队干部压力很大，再接待不周就更麻烦了。可那里没有茶馆，我便自告奋勇说，学校放了农忙假，地点可在学校，大队部旁那个闲着的砻糠灶可用，边上的轧米坊有砻糠，我来烧水吧，你们到就近茶馆借茶壶来就可以了。几位干部将信将疑地让我试烧了一次，看我行，就通过了这个方案。待到那天顺利地完成了接待，公社领导又表扬了这里的田头质量，大队干部们都很兴奋，连连夸奖我，想不到一个白脚爪的知青会烧砻糠灶，奇了。

我当然一脸灿烂，充满了成就感。

此事已经过去四十多年了，砻糠灶不见了，那种豆腐也吃不到了。

松江人的乘风凉

于当今孵空调一词相近的，过去叫乘风凉。孵空调私密性很强，看电视、读报纸、玩电脑、打瞌睡、品香茗，随你一人或几人，反正在一间房里，基本不与周边和外界联系，乘风凉的场面却极为壮观，几乎是家家户户每个人晚饭后的必然行动。

晚饭后，忙活了一天的人们在夕阳西下、天色将暗、高温稍退的时候，忙着洗碗洗衣，拉着小孩洗澡，抽空在乘风凉的场地上洒上一层水降降地表温度。天色一晚，各家都把长躺椅、竹靠椅、木方凳拿到街上弄口，然后，一个个换上干净的短衣短衫摇着葵扇折扇离开房子到外面乘风凉。所以，乘风凉与孵空调尽管词意相近，方向却是相反的。

乘风凉可以有各种各样的内容。有的劳累了一天出了一身的汗，此时时断时续地摇着扇子闭目养神；有的老人在昏暗的露灯下下着象棋；有的在向几位青年或少年讲着书场里听来的七侠五义、薛仁贵征东等故事；有的稍离人群远一点，拿着个收音机在自得其乐地听书。最后一个出来的往往是家庭主妇，几个妇女扎堆一起，叽叽喳喳地诉说着各自的婆媳关系。

什么样的环境容纳什么样的生活。像长桥街、庙前街那样较宽的弹石路，椅、凳会放的无法让黄鱼车通过，而黑鱼弄、莫家弄、杜家滩、竹竿汇等稍窄的街面，骑着自行车有时不得不下车推行。

如果都像现在这样汽车到处都是，那晚上肯定是禁止通行的。那时候，青年人缺少谈恋爱的地方。你想，上海外滩临江的防洪墙一到晚上人挤人肩挨肩的，被誉为恋爱墙，实在是没有地方可去的悲情使然。荡马路就成为谈恋爱的主要形式，后来成了谈恋爱的代名词。但松江城里马路不多，荡马路要从乘风凉的人群中走过，这就是个考验。无数双眼睛会从看到你的长相到送走你的背影，无数张嘴会有无数的议论。什么长了短了高了矮了胖了瘦了，什么般配不般配，什么谈谈换人了，什么那人是那个单位那人的什么亲戚的什么人，真的，当时谈恋爱首先要过"众目睽睽"关。那时，乐都路两边都是稻田而且没有路灯，到那里荡马路是会被认为"不正经"，家长怕坏了名声是决不允许子女去的，当然也有胆大的，在那里骑自行车兜风，这属于政策上打擦边球了。

而广大的农村因为劳动的强度和劳作的习惯，晚上乘风凉的时间不会长，他们避暑的方法就是白天休息时在阳光晒不到的地方乘阴凉。因为农村风大，老人会告诉年轻人尽量不要在竹林和叶子稀松的树下乘阴凉，说"麻花的日头，晚娘的拳头"，意为摇曳的树叶会产生小孔聚焦的现象而使日头更毒。

后来松江扩大了许多，马路变宽变多了，广场有了，荡马路也方便了许多，还专门有了纳凉晚会。电风扇多了后，乘风凉的人就变少了；空调有了，乘风凉的人就更少了。

挑步担

不要说城里人，长期在农村生活的人也大多不知道什么是挑步担。挑步担是指城镇边缘的农村，在枯水季节，无法船运，农村又急需肥料，或者此时其他大队无法装运而清管所特批给城边生产队的计划外临时粪，需要人直接从城里的厕所挑到生产队的储粪池。

挑步担是很吃力的。看是城郊，到城里闲逛是很近的，但要挑着重担走，就显得够远了。挑步担有两种方法：一种是一步到位。大家一起走，中间打头的说休息，大家就休息；打头的再一声吆喝，就再一起走，不能有掉队的。另一种是接龙式，每人挑一段，扁担不换换粪桶。这种方法我最反感，因为各家的粪桶绳长短不一，让我这矮个很吃力。

我在生产队横竖都是挑。大忙了挑秧，秧种好了挑稻，三夏三抢三秋忙好了，开始轮着有省力生活做做了，我却要到蔬菜田里挑水浇水，到城里挑粪上船。挑，我是不怕的。那时，与我搭档的老农凌晨两三点钟去也是园茶室吃早茶，我天亮后自己一个人摇着船到达某厕所，当时我对通波塘到西林塔所有厕所哪一天满了了如指掌。当时没有通信工具，但我们没有寻不到的。

我对挑步担很怕。那年年初三，队长要我挑步担。因为挑步担是不能叫老农去的，于是派了六个青壮年。因我熟悉清管所的流程，所以队长把粪票给了我；又因为我与吊粪的那右派关系相处得不错，每担粪吊得不容易吃亏，队长也理所当然叫我去。我们的行程是从竹竿汇中段的供电所厕所出发，经过窄窄长长的竹竿汇石板路，穿过中山路大街，进入黑鱼弄的弹咯路面，挑过很高的凤凰山桥，进入菜花泾的泥路，在菜花泾路的中段抄小路往北，挑过乐都路，进入农益八队，在这个生产队里继续往北，不到二里泾时再转向东，就到达我们的目的地了。

那天清管所柜台前又像往常一样挤满了人，在等待着调配临时粪，我径自上前，自傲地说出三个字"计划粪"。拥挤的队伍马上自动让开一条道，有人悄悄地嘀咕，他们怎么会有计划粪的。我听见了，神气地回答，我们要为军工单位生产战备菜。

挑担，特别是挑长路，扁担的好坏是很重要的。扁担宽，肩膀就不容易痛，又要软硬适中，挑时就有荡势，这样不容易累。挑长路又要会有节奏地哼，这样呼吸就会匀称，但这些都是理论上的。那天我在竹竿汇石板路上挑就两次"急刹车"，两个小孩嬉闹着从小弄堂里冲出来，就在我面前，我若反应慢，他们就会撞上粪桶，新衣新裤就会溅上粪滴；一辆自行车超过我与我前面的大娘撞了跌倒，我刹不住也会与他们摔到一起。过中山路很有趣，我的哼哼声把节日穿着新衣的男男女女弄得早就闻声而避。凤凰山桥又陡又高，一步一步往上挑确实很难，弄不好前面的粪桶就会与桥面相碰。挑这几级台阶总会让人内衣湿透，我就常在心里默默地背诵样板戏里的词句"存在于再坚持一下的努力之中"来鼓励自己。

挑步担也有轻松的时候，那就是空担回程，挑着空粪桶一路看风景一路慢悠悠地走。当然，一个更难更重更累的行程也在等着自己。

一

刘晓辉

岳庙里的记忆

渐渐地，"她"走远了；蓦然回首，发现"她"一直没有走出我的记忆。

"她"就是我童年游玩的天堂——岳庙里。

我的家在岳庙旁边的一条叫寿安街的小巷里，从家出来到岳庙最近的路只要几分钟，因为来去方便，岳庙自然成了我儿时游玩的主要地方。

那个时候，岳庙是十里长街上最热闹的地方。老松江人都知道岳庙里，这个岳庙里指的不仅仅是一座岳庙，而是岳庙和它周边的一圈，用现在的话说是岳庙商圈。松江人说"到岳庙里去白相"，相当于上海人说"到大世界去白相"一样，在松江人看来，松江岳庙里比上海大世界更好玩，因为它方便又省钱，所以那时候大人们哄孩子经常会说，带你到岳庙里去白相！

那时看岳庙好大。从临街的岳庙圆洞门进入，先是两边的吃食店。西面是稻香村糕团店，里面的点心琳琅满目，赤豆糕、鹅头颈、双酿团、糯米汤团、酒酿元子……特色甜食应有尽有；东边是面点，大饼油条、生煎馒头、老虎脚爪、酒酿饼、小馄饨、阳春面……最诱人的是 2 分钱一个的生煎馒头。逛岳庙时，只要兜里有钱，我就会买一客解馋。生煎是现煎现买的，买好了筹码要在煎锅前等，边等边闻煎馒头的香味，那种垂涎欲滴的感觉，多少年都无法忘记。再走进去，是卖各色小吃的摊，油豆腐粉丝汤的摊头人最多。粉丝在大锅里烫着，要吃时，摊主舀上一勺专门熬制的高汤，倒进大碗，把滚烫的粉条盛进碗里，再在旁边的锅里夹一个油豆腐，用剪刀嚓嚓嚓剪成三四块，放进粉丝汤里，洒上三四种调料，这碗简简单单做成的粉丝汤好吃极了。还有豆腐花，嫩嫩的豆腐花装在一个木桶里，买的时候，摊主从桶里舀一勺白白的嫩豆腐，加上虾米、紫菜、榨菜，再洒上酱油和红红的辣酱，一碗下肚，嘴里鲜鲜的，肚里暖暖的，真舒服。令人难忘的还有糖芋艿，芋艿焖得像糯米一样酥软，红色的、稠稠的汤，摊主把烧好的糖芋艿焖在一个桶式的锅里，锅盖一打开，一股带着桂花红糖味的诱人的香味飘出来，人未吃心先醉了。遇到春节和元宵节，尤其是七月十四庙会，这些小吃摊会在岳庙广场上摆出长长的条桌和长凳，把香喷喷的油豆腐粉丝汤、豆腐花搬到外面来卖。糖芋艿是挑担卖的，属于流动摊贩，多数是走街串巷叫卖，节日岳庙里人多时就停在岳庙广场定点供应。那时没有城管，顾客争先恐后地买，摊主从容不迫地卖，生意特好。那时也没有地沟油、瘦肉精、苏丹红等那些可怕的东西，吃得特别放心和开心。

　　岳庙里的小吃应该是我对街市美食最早的记忆。现在也尝试着想做做油豆腐细粉汤、豆腐花、糖芋艿这些小吃，可哪里还做得出岳庙里的那种味道呀！苦苦思索原因，主要不是技艺，而是食材。没有了质量可靠的食材，这些原始的美食也就难觅踪影了。

　　走过小吃店，便是岳庙的中心广场。广场的东侧是一排敞开式的屋子，不知是不是供百姓烧香拜佛的场所，没有门，只有屋顶和墙，墙上都是彩塑的神像，神态各异。我经常会站在那里，抬着头伸长脖子专注地去观察一层又一层布满墙壁的塑像。因为没有人讲解，我无法读懂这些佛国人物，只认得最高处的观音菩萨，她站在白色的云端上，俯视着人间。看着这层层叠叠的神仙们，我有时会走神，如梦如幻地游走在天上的神秘世界里。屋的中间放了不少康乐球桌，这是当时松江人比较喜欢的娱乐活动之一，在这里打球的人很多。因为这个地方不属于小孩，所以，我对这个地方的记忆很稀疏。后来，这里开了一家茶馆，叫也是园，旁边还有一家糖果店。

广场的正中是岳庙的正殿，这座大殿在当时我的眼里是一幢巨大的建筑，它的门槛差不多就有我半人高。大殿前是平台，有石级上去，石级的中间是一块浮雕，上面雕的是龙纹。平台的正中有一座黑黑的铁塔，铁塔的底层有开口，我常在铁塔周围玩，对塔里有什么很好奇，记得有一次我把头从底层的开口处探进去看过，结果沾了一头香灰。现在想起来，这大概是供烧香用的香炉吧。岳庙香火旺盛，碰到初一月半，更是不得了，香火味要飘到几墙之隔的我家里，所以小时候，我对这个味非常熟悉，倍感亲切。一直到现在，只要一闻到这个味，就会想起小时候在岳庙里玩的时光。若干年后岳庙被拆，这里建起了图书馆。庙拆以后，香火一直没有消失，执着的人们以庙前两棵银杏树为标志物，继续开展烧香活动，香火绵延不断。也许是与这块地有缘，长大后，我在文化系统工作，可以经常来图书馆，每到初一月半，图书馆门前香火袅绕的时候，我会很享受，享受这个味带给我的儿时美好的回忆。

印象中，岳庙大殿的门口有好多小摊，大多是卖香火和茶水的。茶水摊卖的不是大碗茶，是玻璃杯装的，倒满金黄色凉茶的杯子上盖着一块玻璃，很干净的。也有卖荷兰水的，薄荷味，很好喝。跨过大殿高高的门槛，里面供的是东岳大帝。东岳大帝在大殿正位的神坛上端坐，皇冠上一排珠帘垂下来挡住了他的容颜，座位前还有一道布幔，我弱弱地仰望东岳大帝，感到神坛周围笼罩着一股神秘的气氛，让人望而却步。所以东岳大帝到底长什么样，我没什么印象。倒是站在大帝两侧的四大金刚比较"亲民"，可以让我们近距离接触。这四大金刚分别站立在四个方形平台上，平台大约1米高，我常常爬上去，在金刚们的脚边玩。尤其是大热天的时候，这里十分凉快，比现在孵空调舒服多了。这四大金刚到底有多高多大我说不准，但我清楚地记得他们的脚有多大，那穿着古代武士靴的脚，足足有一个两三岁小孩的身体这么大。这四尊彩色的神像，十分精致，司风、调、雨、顺之不同职责，他们的装束、表情各不相同，十分威严，但绝对不狰狞。我最喜欢的是抱着琵琶的"调"神，缠绕在他身上的飘带顺势飘逸，十分好看。仰视他们的时候，真的有几分敬畏。

我小时候喜欢画古代人物画，虽然画得不好，但十分痴迷，这大概与我经常去岳庙里看那些泥塑木雕的佛像有关吧。可惜这么好的、近乎是艺术品的雕塑，后来也难逃劫难，随着岳庙的被拆除，他们也消失了。多少年后，我看到了好多新建的四大金刚，但是，感觉都没有岳庙里的四大金刚精彩。

大殿的西侧是又一处神庙，门朝东开，是东岳庙的偏殿，里面供的是杨老爷。杨老爷是松江人十分熟悉的神仙，杨老爷的故事听过好多，说他是黑山羊变的，是专门管人间生死的神。当时我的理解，杨老爷就是阎王爷。不过，这个阎王爷是个好神，铁面无私，惩恶扬善，深得老百姓拥护，所以到杨老爷殿烧香的人一直很多。

一进杨老爷殿，左侧的墙上是一幅大型砖雕，和现存方塔公园的明代照壁相似。正对门有一排侧房，房前有棵大树，树干上常常拴着一只黑山羊，据说是杨老爷的化身。每次进去，山羊前总围着许多人，也经常有人给它吃钞票，说山羊能认识钱。到底是真是假，我没有试过，因为我舍不得钱。看好山羊往里走，一路上都是阴曹地府中的鬼怪塑像，和真人一样大，造型可怕，有的在用锯子锯"罪犯"的身体，有的在用刀割"罪犯"的舌头，血淋淋的，让人毛骨悚然。据说这是地狱里的听差们在对曾在人间做过恶的新鬼执行酷刑，用以警示活着的人。每每走过小鬼们行刑的地方，好奇心会促使我停下来观看，有时会大着胆子从栏栅中钻进去，近距离看鬼怪们狰狞的面孔。走过这条令人生畏的长廊，最里面的是杨老爷的正殿，这间殿堂没有窗户，阴森森的，特别暗。墙脚边摆放着一条船，说这条船是杨老爷他老人家出行时要坐的。我偷偷摸过船体，凉凉的，感觉真是阴间里的东西！关于这条船，民间也有好多传说，大多说的是杨老爷坐着这条船在江海上收人，尽管被收走的人的故事各不相同，但这些人的性质相同，都是坏人。

杨老爷殿之所以香火旺盛，道理很简单，就是这个殿用最通俗也是最具震慑力的方法告诫人们，要做好人，行善事，如果谁做恶事，死后定遭报应。这种神化了的朴素道理，让老百姓口口相传，警示着自身和后代。民间的劝善教育其实不需要高深的理论，只需要美丽的传说、纯洁的心灵和一颗虔诚的心……

岳庙里地方不大，但是一到传统节日，这里热闹非凡。供大家娱乐的玩意儿很多，有的玩意儿现在已经看不到了，比如衔牌算命。玩的过程我聚精会神地看过好几回。算命先生在桌面上摆着一排写着不同文字的算命牌，是叠齐着码在桌子上的，里面的字看不到，有人要算命时，算命先生会让他专门驯养的鸟站在码齐着的牌上，这鸟也真是训练有素，像模像样地在牌背上来回走几步后，用它尖尖的嘴叼出一张牌，丢到桌面上，然后，算命先生就根据这张牌上的字给你拆字算命。据说，算得蛮准的。这位算命先生的名号叫一家风，远近闻名。

还有，岳庙里的小书摊。那是小孩们又一个喜欢的地方。花上1分钱借两本书，坐在书摊边的小长凳上看，尽管看书的人很多，但很安静。我在那里看完了几乎全部的中国古典名著小人书，可以说，我的文学启蒙教育，是在小书摊上完成的。

岳庙里好玩的东西还有很多，比如套泥佛头、拉转盘、猢狲出白戏……每年七月十四庙会期间，岳庙里总是挤得水泄不通，松江人有一句形容岳庙里挤的土话叫"岳庙里轧来"，相信老松江人不会忘记这句话。

一晃，半个多世纪过去了。最近，我去岳庙旧址拜访了一次，大殿在几年前已经恢复，金碧辉煌，很有气派。不过现在的大殿有了围墙，进去要买门票，5块钱一张，进口处两位老阿姨很负责地把守着，凭票进入。我站在门口往里看，大殿前面只有烧香人，香火味浓烈，烟雾腾腾，已经找不到当年岳庙里的那种感觉了。

几十年前叫岳庙里的那个地方，永远消失了，但是几代松江人对岳庙里的记忆却不会消失。不管过去多久，这种记忆始终美好。

欧 粤

面食趣谈

松江是稻作地区，在唐朝以前单种水稻，麦子是在宋朝时由北方传入的，因此松江人吃面食的历史不算太长。

松江人不把面食当主食，但在节日饮食中却与糯米一样也会充当主角，如元宵节中午吃馄饨，立夏日用新麦磨粉做麦蚕，六月初六吃馎饦，七月初七吃巧果等。如今馄饨、巧果仍普遍食用，但麦蚕和馎饦却已不大为人们所知晓。

麦蚕是用小麦粉拌糖，搓成寸许长，形如蚕宝宝，用水煮或油煎而成。俗以为孩子吃了麦蚕可以避免疰夏，即防止夏季发生中暑等疾病。

《嘉庆松江府志》载："六月初六，涤器于河，食馎饦，云解疰夏疾。"何为馎饦，说得简单一点就是汤水面饼。民国时期，六月初六天贶节食馎饦的习俗在松江仍很流行，只是城中居民大多改为吃馄饨，而乡间如故。江南人制作面食的技能是由宋朝南迁的北方人带来的。当时北方的面食统称为饼，有蒸饼、炉饼、

汤饼之分。

蒸饼是笼屉蒸的，早在晋朝时人们已发明了发面的方法，形状由扁平变成圆形，这就有了馒头，但当时并不叫馒头，而称蒸饼。民间传说，诸葛亮在征伐西南地区时，见到当地人用人头祭祀，就让他们改用馒头来代替，人们就把馒头发明人的头衔送给了诸葛亮。宋朝的宋仁宗名祯，"蒸"与"祯"谐音，为避讳，于是在宋朝蒸饼就改称为炊饼。《水浒传》中武大郎的职业是卖炊饼，卖的就是今天的馒头。

炉饼是在火上烤或烙的，撒上胡麻（芝麻）的叫胡饼、麻饼、胡麻饼。炉饼就是今天的烧饼。

汤饼的原始做法是把面揪下水煮熟，如今天我们吃的面疙瘩之类。后来做汤饼是用一只手托面，另一只手撕面，在锅边按扁，放进水里，所以又叫饦。发明擀面杖后，不再用手托了，就称之为不托，也写作馎饦。馎饦在北方，后来发展成了面条。

松江人吃惯了米饭，一般不喜欢以面食当主食，俗话说"吃煞馒头不当饭"。近年来，不少北方人定居松江，成为新松江人。北方人遇到家中来客，通常以饺子招待，以表示敬重，而本地人不习惯，一般将饺子看作是点心，以为主人待客连饭也没有，太怠慢了。这就是稻作地区和粟作地区饮食习俗上的差异，只有知道了习俗的不同，才不会产生误解。

长寿之乡巴马

久闻我国广西有个长寿之乡叫巴马，那里总人口二十二万，其中百岁老人就有六十六人。1991 年，在国际自然医学会第十三次年会上，被确认为"世界第五个长寿之乡"。据报道，巴马人中几乎没有癌症患者，巴马医院是全国最冷清的县级医院。

怀着好奇的心态，我与几个好友相约，日前去了趟巴马，想一探究竟。

巴马瑶族自治县自然风光旖旎，县境内主要为岩溶地貌，多奇峰怪石、溶洞和泉水，基本没有现代工业，大部分地区保持着原生态，是国家级的贫困县。

首先要感谢大自然的恩赐。巴马的土壤与别处不同，富含人体所需的锰等微量元素，生长出来的植物也都富含人体所需的这些元素，吃进肚里都是养生的，当然延年益寿。流出来的水也特别，水中普遍含锰、锌、硒等微量元素，PH 值偏碱性，被称为"长寿之水"。加上当地没有工业，空气好得出奇，负离子含量是一般城市空气的好几百倍。除自然条件以外，长寿与当地人的饮食习惯和常年劳作也有密切的关系。他们以玉米、豆类、薯类为主食，很少吃肉，且饮食有节，从不吃得过饱；起居有规律，一生不辍劳作。看来原始的自然环境和原始的生活方式，虽然比较清苦，却延长人类的生命。

在长寿村，我们见到了几位百岁老人。他们穿戴整洁，坐在客堂间的木沙发上等待与到访者合影、交谈，同时收受客人的红包，这是近年来百岁老人的一项创收。据陪同我们的小唐介绍，有位一百多岁的黄老先生，凭此收入已过百万，但因为不再劳作，少了活动，生活习惯变了，人一下子没有了精气神。

随着长寿之乡逐渐被外界知晓，全国各地的渴求长寿者或是身染绝症者蜂拥而至，坡月、长寿村等地已被外来人口占领，其中以长三角，特别是上海人居多，约占总数的一半。他们或是与当地人

商议好，利用当地人的宅基地，盖幢五六层的楼房，将其中的一层
给当地人居住，其余的使用三十年后无偿送给当地人。当地人不出
一分钱就能住进楼房，三十年后楼房归己，子孙的房子也解决了，
何乐而不为？有的人则借住在出租房，房租每月三五百元至三四千
元不等。一般住每月1000多元的出租房，条件就很不错了，会有
人帮助打扫卫生，清洗被褥。听人介绍，夫妇俩每月开销两三千元
就能过比较体面的生活。

　　在传为治疗癌症胜地的百魔洞附近，到处是外来者的身影，俨
然已成为外来人的天下。他们或聚集在一起唱歌，加强呼吸，怡养
心情，打发时光；或搬了躺椅，抱了毛毯，躺在百魔洞中，接受磁
场疗法。更多的是在洞中做健身活动，交流养生经验。这些人大多
家庭富裕，事业有成，所缺的是健康的生命和上帝留给他们的时
间。我与一位青岛大叔和一位成都大妈做了短暂的交谈。青岛大叔
脸色很好，话也多，他说，来了两个多月，每天走10多公里去打
包治百病的泉水，这是他的救命水，每天吃当地的素食，每天来洞
中锻炼，现在身体的各项指标都接近正常了。他表示要继续住下
去，只有在这里才能抛开人世间的一切杂念。成都大妈花了3000
多元租了套豪华套房，她来此三个月，但她的形势似乎没有青岛大
叔那么乐观。据记者调查，大约有半数的癌症患者，在这里确实得
到了康复或改善，至于具体的原因，有关科研部门正在做深入的研
究。活得长久一点、活得健康一点是每个人所希望的。我们没有巴
马人那样的自然环境，但可以选择巴马人的生活方式，控制饮食，
起居正常，保持运动。如果我们都能把这些看似很简单的生活方式
坚持下去，我想，我们每个人都可以活得更长寿、更健康。

俞福星

西部行漫忆

2011 年 7 月 1 日，党的九十周年生日。赶巧了，这天，正好是我与家人及亲友等乘坐西行列车赴延安革命圣地游览的日子。

西部大开发是国家战略，不知牵动着多少人的心哪，年富力强者意欲扬鞭跃马驰骋这一新战场，年老体弱者如我等也不忘走走看看，目的说不清楚，反正热爱祖国，俺也只能当游客这一招了。爱祖国河山，数年来，我的足迹跨越云贵高原、青藏高原、黄土高原，范围涉及云南、四川、陕西、宁夏、甘肃和青海，然而，只能算走马观花，浮光掠影，或许只能自命为西部行了。

从黄帝陵到西夏王陵

那天，怀着崇敬的心情，我缓步登上雄伟的古典式建筑黄帝陵祭祀大殿前的大广场，立刻被醒目的"辛卯年清明公祭轩辕黄帝典礼"的黑底黄字大横幅标语所吸引，不觉止步陷入了沉思。

黄帝陵是中华民族始祖黄帝轩辕氏的陵墓，位于陕西省黄陵县城北桥山。黄帝陵古称桥陵，为中国历代帝王和著名人士祭祀黄帝的场所。据记载，最早举行祭祀黄帝始于公元前442年。自唐大历五年（770）建庙祀典以来，一直是历代王朝举行国家大祭的场所。

曾见过报纸上的报道说，相比往年，辛卯年的清明公祭规格更高，规模更大，活动内容更丰富。而且，央视联手陕西与台湾电视媒体首次联合播海峡两岸祭祖的盛况。台湾同胞和内地观众可以同时观看公祭黄帝陵的电视直播，这是件多么令人心暖的事啊！

2011年是辛亥革命一百周年，据悉，为了融入民族振兴等辛亥元素，在乐舞告祭环节中，首次将孙中山、毛泽东等颂扬黄帝的词句谱曲成歌，在继承传统的同时，增添了浓烈的时代气息。

祭祀大典已过了数月，我的耳畔似乎还能听到万民同声吟诵、众山共鸣应和雄浑的时代最强音。

刚才曾看到在通往陵区的石道旁立有一块下马石，上书"文武官员至此下马"。我顿生敬畏之心，感到一种肃穆的气氛。走近陵区，有一处叫汉武仙台的地方，传说是汉武帝北征匈奴归来时到黄帝陵祭祀所筑，后来便有了十八万大军祭黄帝陵的故事。现在，高3.6米，周长48米，有砖墙围护的黄帝陵静谧地矗立在天地之间，供人们观瞻。陵区南面树有明代桥山龙驭石碑一通。东侧是碑廊，陈列着历代帝王御制祭文碑五十七通。西侧立有香港回归纪念碑和澳门回归纪念碑。人文初祖大殿系供奉黄帝的正殿，"人文初祖"匾额为爱国将领程潜所题。内有墨玉刻制的黄帝浮雕像，设有神龛，神龛四周饰以青龙、白虎、朱雀和玄武四灵。纪念亭内陈列有孙中山、蒋介石、毛泽东、邓小平的题词。

中国三皇五帝的传说中都有黄帝的名字，如《帝王世纪》中列伏羲、神农、黄帝为三皇，《史记·五帝本纪》等古籍中列黄帝、颛顼、帝喾、唐尧、虞舜为五帝，历来受人们的尊崇，被奉为各族人民的共同祖先。更难能可贵的是，传说有很多发明创造，如养蚕、舟车、文字、音律、医学、算数等，都创始于黄帝时期。我们知道，人类文明史的起始就是以出现文字或者青铜器或者城池为标志的，因此，自黄帝生活的时代算起，中国已有五千年的文明史，与古埃及、古印度及古巴比伦并列为四大文明古国。我国考古工作者在河南淮阳发现了一座属于黄帝时代的古城遗址——平粮台古城遗址，在这里发现了标志文明的青铜和文字，证明我国是个有五千年文明史的国家。

当然，我们所祭祀的轩辕黄帝，其实是我们祖先群体的一种人物（领袖人物）之代表或者象征。我们的祭祀活动和崇仰其开拓精神的理念不会停止和改变，这是毫无疑问的。只是在踏上了荒凉的黄土高原，面对那犹如金字塔般的西夏王陵时，在敬佩、景仰之余，会陡生一番感慨，继而一声叹息。

西夏与宋、辽、金长期并存近二百年（历十主），是中华大家庭的一个重要成员，是中国历史一个不可缺失的部分，但相比黄帝陵，不能不叫人生出一种受冷落的感觉。

西夏王陵又称西夏陵、西夏帝陵，坐落在银川市西郊贺兰山东麓，距市区大约 35 公里，是中国现存规模最大、地面遗址最完整的帝王陵园之一。1988 年被国务院公布为全国重点文物保护单位、国家重点风景名胜区，被世人誉为"神秘的奇迹""东方金字塔"。

神秘的西夏陵是一颗璀璨的文化明珠，它是人们领略西夏文化、寻古探幽的旅游胜地，它以诱人的魅力和与中原地区迥然不同的西夏文物古迹而具有无限的吸引力。

然而，不知是由于宣传不够，还是身处戈壁荒野，游客稀少，当然更没有举办什么大型的祭奠性活动了。

从秦始皇陵到杨家岭

多少年来，秦始皇陵兵马俑如雷贯耳，扬名全世界。参观秦始皇陵兵马俑，无疑已经成为许多人梦寐以求的愿望。当我踏进秦始皇陵兵马俑博物馆的时候，自豪之情溢于言表。

秦始皇陵是中国第一位皇帝秦始皇的陵墓，位于中国陕西省西安以东 31 公里的骊山，亦称骊山园，建于公元前 246—公元前 208 年，历时三十九年。兵马俑的发现被誉为"世界第八大奇迹""20 世纪考古史上的伟大发现之一"。正是由于兵马俑的被发现，秦始皇陵才随之声名大噪。

有人说，古埃及金字塔是世界上最大的地上王陵，中国秦始皇陵是世界上最大的地下皇陵。此话不假。秦始皇嬴政统一中国，建立第一个统一的封建王朝，书写了中国历史上辉煌的一页，秦始皇陵更集中了秦代文明的最高成就。兵马俑坑是秦始皇陵的陪葬坑，位于陵园东侧 1500 米处。1974 年春被当地打井的农民发现，由此埋葬在地下多年的宝藏得以面世。兵马俑坑为研究秦朝时期的军事、政治、经济、文化、科学技术等，提供了十分珍贵的实物史料，成为世界人类文明的宝贵财富。现已发掘三座，俑坑坐西向东，呈"品"字形排列，坑内有陶俑、陶马八千多件，还有四万多件青铜兵器。坑内的陶塑艺术作品是仿制的秦宿卫军。近万个或手执弓、箭、弩，或手持青铜戈、矛、戟，或负弩前驱，或驭车策马的陶质卫士，分别组成了步、弩、车、骑四个兵种。秦俑的写实手法作为中国雕塑史上承前启后的艺术为世界瞩目。

接下来让我们说说当代的奇迹，延安的枣园和杨家岭。原先，宝塔山、延河、窑洞、南泥湾、棉纺车……这些特殊的名字和符号，是我印象中的延安，亲身踏访，除了这些几乎耳熟能详的标志外，又看到了许多东西。延安这座革命老区的中小城市，早已今非昔比。站在延河大桥上，举目眺望，一边是山峰连绵、佛塔耸立的大名鼎鼎的宝塔山，另一边却是让我吃惊的城市新貌。毫不夸张地说，一大片格调多样的高楼大厦群，拍了照片你拿去给人看，随便说是哪个大都市（包括北、上、广、深这些一线城市）的一隅或一部分，人们都会相信。然而美中不足的是，就是我脚下的延河水太少了，大面积呈现杂草丛生的河滩，与印象中的"滔滔延河水"相差甚远。一些道路泥沙太多，风起或车过，尘土飞扬。在延安，我主要瞻仰了枣园和杨家岭，革命圣地其实就是指这两个地方。杨家岭原来只是十几户人家的小山村，1938 年 11 月—1947 年 3 月，中共中央及主要领导在这里居住。我们参观了当年党中央机关办公的场所，毛泽东、朱德、周恩来、刘少奇等领导同志当年的住所，均是简陋的房屋或窑洞。但是，就是在这里，在这极为艰苦的物质条件下，党中央、毛泽东领导和指挥全国敌后武装抗日以及解放战争的众多战役，取得了一个又一个辉煌的胜利。同时，在这期间，又领导解放区军民开展了轰轰烈烈的大生产运动；领导全党开展了伟大的整风运动；主持召开了具有伟大历史意义的第七次全国党代会；著名的延安文艺座谈会也是在这里召开的。

与秦始皇陵相比，它不是建筑学上的奇迹，而是社会学、政治学意义上的奇迹。

从沙坡头到壶口

　　枸杞是宁夏的特产，在参观并亲自采摘枸杞，满足了好奇心之后，我来到了位于中卫市区以西约 20 公里处的沙坡头风景区。站在公路干道上眺望，可以看到一幅色彩斑斓的油画，蓝天、白云、黄河、沙坡、绿洲、红屋顶。路的左边是漫无边际起伏的腾格里沙漠，沙子很细，脱了鞋在沙子上走很是舒服，偶尔有几棵沙枣一类的小树点缀其间；右边是小片的沙滩和绿色林带，护卫着黄河不被沙漠吞噬。远处河对面，是些不太高的逶迤山峰。真不敢相信，黄河之水居然是藏青色的，而不是浑黄的，不禁让人怀疑这是不是真的黄河。

　　一边是浩瀚的沙漠，一边是滔滔的黄河，在这里可以感受到西北的豪迈气概。我是第一次踏上沙漠，也是第一次面对黄河，激动之情难以言表。学年轻人的样，我不顾烈日酷暑的炙烤，骑"沙漠之舟"（也是大姑娘上轿头一回）骆驼沿着既定路线开始跋涉，数十分钟后，终于走出沙漠，完成了心仪已久的体验。之后，我急忙奔向黄河。黄河是中华民族的母亲河，孕育了古老的中华文明。

　　与黄河的亲密接触，可以从河边百米沙坡上顺势而下开始（这里被称为国内最大的天然滑沙场），也可以乘坐古老的运输工具——羊皮筏子，在黄河上漂流。如果胆大，还可以去玩玩横跨黄河两岸的滑索，感受凌空飞跃黄河的刺激。

　　眼前的黄河，静静地流淌着，似乎跟其他常见的江河没什么两样，含情脉脉。联想到黄河滋润广袤的沃野与沿途的人民，我不禁突发奇想，莫非这便是黄河应有的自然安详的姿态？

　　但是，当我站在壶口的黄河边，面对奔腾、咆哮的壶口瀑布的一刹那，你又不能不怀疑你在沙坡头黄河看到的一切，除了惊奇、惊讶，甚或还有惊恐的心绪。

位于陕西省宜川县城以东 35 公里，山西省吉县城西 45 公里处的秦晋大峡谷黄河河床中的壶口瀑布，已成为世界上最大的黄色瀑布，因其气势雄浑而享誉中外。由于黄河流至壶口一带，两岸苍山夹峙，把黄河水约束在狭窄的黄河峡谷中，河水聚拢，收束为一股，奔腾呼啸，跃入深潭，溅起浪涛翻滚，形似巨壶内黄水沸腾。巨大的浪涛，在形成的落差注入谷底后，激起一团团水雾烟云，景色分外奇丽。站在河边观瀑，你会唱起"风在吼，马在叫，黄河在咆哮"这首威武雄壮的歌曲。

壶口之名，得来已久。《尚书·禹贡》曰："盖河漩涡，如一壶然。"壶口即因此而得名。《古今图书集成》谓："山西崖之脚，尽受黄河之水，倾泻奔放，自上而下，势如投壶。"《水经注》记载："禹治水，壶口始。"传说壶口是公元前 2140 年大禹治水时凿石导河之处。

"黄河之水天上来，奔流到海不复回。"只有在壶口，你才能真正体会到李白这句诗的艺术魅力，才能真正领略到这条金色之河的神奇魅力。美国著名历史学家伊恩·莫里斯在其著作《西方将主宰多久》中提到："发端于黄河流域的中华文明是东方文明的主体。"他还前所未有地指出："中国将在本世纪超越西方。"

诚哉斯言！如若我们能秉承壶口黄河这种不畏艰险、一往无前的拼搏精神，那么，我们的目标就一定能够实现。

敬礼，壶口瀑布！

冯 韬

我与孙女比童年

写这个题目，很多人肯定不以为然：只有孩子和老人比童年，哪有老人与孩子比童年的？老人和孩子比童年，能比出什么？我以为，老人与孩子真的大有可比之处。孩子和老人比童年，可以比出变化，比出发展，激发孩子的感恩之情。

我生于 1951 年 3 月，孙女生于 2005 年 1 月，两人年龄相差整整五十四年。这五十四年的时间差距大有可比性，比较以后，我们可以看到时代的变化和社会的进步，而且，说真的，还有一种淡淡的忧虑。

我从上幼儿园开始，除了第一天是由家长陪送去以外，一直是自己走去走回的。

孙女上过三年幼儿园，现在小学三年级结束，整整六年，没有一天不是家长送去接回的。我在她一年级的时候，写过一篇《接孙女放学》，曾经想让她自二年级开始独自上学放学，可迟迟不能如愿，而个中原因也是不言而喻的。

我童年的时候，简单而快乐，课本只有薄薄的两本：《语文》和《算术》，到五年级才加上一本《自然》，没有请过老师补课，也没有过多的家庭作业。作业大多在学校里或者下午放学后在家里完成，很少在晚上做作业，因为那时没有电灯，只有一盏小油灯，做作业实在不方便。但课余生活丰富多彩，打菱角、打弹子、滚铁环、捉迷藏、抓犯人……五花八门，不一而足。

孙女的童年忙忙碌碌。自一年级开始，语文、数学、英语的作业每天都有。每天放学接她回家，她放下书包，就是做作业。做完了大人检查，检查好了她再订正。来不及做完，吃了晚饭再做。每天如此，双休日的作业更多。经常要做到晚上 9 点半以后。三年级的时候，有几次竟做到晚上 10 点半！孙女有时带着一脸的无奈和疲劳，尽管不情愿，但每次还都是完成了作业。从幼儿园开始，直到现在，她在不少校外教育机构学英语、学钢琴、学绘画、学书法、学声乐、学舞蹈、学游泳……真的比大人还忙。

我童年的时候，几乎没买过什么玩具，弹弓、火药枪都是自制的。有一年春节，母亲给了我 1 毛钱的压岁钱，我用 7 分钱买了一把木制的火药枪，另外 3 分钱买了一粒一粒的火药（类似用于赛跑时发令的那种），大概是玩火药枪太投入，惹母亲不高兴了，几下把枪拆了。与我不同，孙女的玩具堆积如山，她特别喜欢两种玩具，一是毛绒玩具，从迷你型的可以在手里把玩的小兔、小猴到半人高的娃娃，应有尽有，实在放不下，特地为她买了一个大橱，专门放这种玩具，但很快就塞满了。还有一种就是芭比娃娃，价格不菲，但她先后拥有十一个！

我小学、初中期间的暑假，都是在家里玩的。在家旁边的河里学会了游泳，到少年宫当服务员。六年级的暑假，我就开始买菜煮饭，每天 3 毛钱的菜金，照样有荤有素。

孙女的暑假，她爸爸妈妈要上班，基本上由我们老两口带着，

为了不使她生活过于无聊，也为了调节她的生活，只要天气允许，就带她出去转转，开阔眼界。去年暑假，我们带她去了北京；今年暑假，她爸爸妈妈带她去了香港。而我，第一次出远门就是小学四年级时随母亲去了一次上海！

爷爷与孙女比童年，比出了家庭的变化，比出了时代的进步，更比出了百姓生活水平的提高。

爷爷与孙女比童年，看到了由于我们过分保护、迁就，在一定程度上扼杀了孩子的独立性和自信心，增强了孩子的依赖性，也使孩子开始产生自我中心意识，变得娇气；更让我看到了身上的责任，我们给孩子的不仅仅是丰厚的物质和浓浓的爱，还要有养育的智慧，还要培养孩子各种优良品质。

爷爷与孙女比童年，越比我的心情越舒畅，越比我的压力越大呀……

退休迎来第二春

有人说，人在六十岁以前，身强力壮，事业发达，如灿烂的朝霞，如升空的太阳，为人生的第一春；六十岁以后进入成熟时期，为人处事较少顾忌，如绚丽的晚霞，如辉煌的夕阳，因此，可以称六十岁以后为人生的第二春。

我在2011年3月份按照国家有关规定办理了退休手续，步入了人生第二春，到现在已三年了。

三年的日子转瞬即逝，自以为过得还算充实。

说真的，对于退休，我一直没有思想准备。一直干得忙忙碌碌，而且除眼睛外，身体一直很好，怎么这么快就退休了？我曾想过申请延迟退休的事，结果被告知目前没有这项政策，也就作罢。朋友告诉我，退休后，不可一下子闲下来，要找一个合适的地方，缓冲一个阶段，否则身体不适应，反而容易出问题。刚办好退休手续，因为学期还没有结束，我又继续干到 6 月底，送走了这一届毕业生。暑期中，好几个学校与我联系，要我到他们那里去发挥余热，开出的条件都很不错。松江一所民办学校与我联系，沈校长说："冯老师，我知道你在农村干了几十年，该减轻一些压力了。如果上海有单位要你去，我不拉你，人往高处走么；如果农村学校要你，我要硬拉你的。"沈校长这番感人肺腑的话，让我立刻做出决定，就到这所学校发挥余热吧。

现在，我在这所民办学校从事语文教学已经三年了，干得有滋有味。

我平时喜爱的就是上课和写作，退休了，对这些事我都没有轻易舍弃。现在，除了上一个班的语文课外，有时还应邀到一些学校上课、做讲座。2013 年暑假，我在上海书展和我居住的小区，陆续做了九次关于中考语文的讲座，今年暑假我在居住的小区里一连做了十次讲座。我的写作也没有停下来。粗略统计了一下，这三年里，我在《云间笔会》《松江报》《走进石湖荡》等书报上发表了《"教师"二字好辛苦》《陪考的日子》《前年那个教师节……》《我与石湖荡》等十余篇散文；在《上海中学生报》《语文学习报》《松江报》等报上发表了《学会分析记叙文的标题》《中考说明文阅读考点评析及解题技巧》《怎样分析记叙文中的人物》等大小六十多篇文章；参与了延边人民出版社、上海百家出版社多本教辅类读物的编写工作，有近四十万字。三年来，我的《语文教师指导中考复习迎考的策略》《要重视作文批改》等四篇文章分获 2011 年全国基础教学科研成果大赛、2013 年全国中学新课标教研作品等四个一等奖。特别是 2013 年 9 月，我的《上海历年中考作文真题点拨与佳作赏析》和《上海中考课外文言文精讲精译精练 100 篇》两本书，由上海交通大学出版社出版。我以为，参与讲课、写作这些活动，使自己有事可做，不至于一下子落得个无所事事的境地，难以适应。

退休了，上班的路程比以前近了许多，活动的时间似乎少了些，我注意适当增加一些锻炼时间。每天早晨 5 点，我用每分钟一百二十步的速度，快步行走，绕居住的小区一周，然后准备上班。从开始到现在，除下大雨不能出行外，天天坚持。三年下来，我感觉还是有效果的，现在，我每天身心轻松舒畅，精力充沛旺盛，精神愉快，饮食睡眠等都很好，体检的各项指标都在健康范围内。

退休三年了，我没有出现所谓的退休综合征，而是在第二春里忙碌、充实地生活着。

刘禹锡的诗《酬乐天咏老见示》有两句"莫道桑榆晚，为霞尚满天"，意思是说，不要说日将西沉就已是晚景了，它的晚霞还可以照得满天彤红呢！诗人用一个令人神往的深情比喻，展示出了一种晚年豁达乐观、积极进取的人生态度。李商隐的《登乐游原》诗说："夕阳无限好，只是近黄昏。"有一种哀叹晚景虽好，可惜不能久留的韵味。近人吴兆江将这两句诗反其意而用之，说"但得夕阳无限好，何须惆怅近黄昏"，朱自清很喜欢这两句诗，将这两句诗抄下来，压在书桌的玻璃板下，用以自策。

我想，古人、前人到了老年尚且能豁达乐观、积极进取，我们就更应该如此吧。

我与石湖荡

我与石湖荡的渊源，要从四十多年前说起。

1968 年 10 月，我插队落户来到当时的古松公社（即现在的石湖荡）当农民。当时老三届（1966、1967、1968 年的初高中毕业生）普遍实行上山下乡。我们 1967 届的初中生是就地插队落户，即到松江的各公社当农民。我父亲利用当时他在古松粮管所的工作关系，决定让我到古松公社插队落户，也算是开了一个小小的后门。

一到农村，才知道农村的艰苦程度是我们这批学生仔所不可想象的。我还算因为走了一点后门，被安排在大队饲养场干活，那里有一个小食堂，好歹不用自己做饭，但农村的活，照旧样样俱全，而且因为是饲养场，农活就更琐碎繁杂。我曾经说过，农村的活，除了和老太太们一起拔秧我没有做过，凡农村里可能有的活，我全做过。

我插队落户的时间，在同辈人中还算是短的，但就在这短短的数年中，石湖荡广袤的土地，石湖荡淳朴的农民，告诉我许多做人的道理，这些道理伴随我一生。

我参加教育工作，纯属偶然。1971 年，我所在的农村开始抽调知识青年回城，但数量很少。抽调当教师时，我所在的大队连名额也没有。因为当时另一大队没有人愿意当老师，公社就把名额给了我。不过，从内心说，我还是愿意当老师的，因为有一件事在我心里盘桓了很久很久。那时我下乡没多长时间，有一次回家，与邻居的几个孩子闲聊，一个中学生说起了这么一件事：他们班里有个孩子，爸爸在常熟的一家漆厂工作，他妈妈要孩子给爸爸写封信，让他爸爸回家时带两只漆桶挑水用。妈妈原本想，孩子好歹上了中学，写封信应该没有问题，没想到孩子在房间里憋了两个小时，白纸上只写了六个字："爸爸，两只七桶。"还把油漆的"漆"写成"七"。那学生是把它当作笑话讲的，说真的，我当时也大笑了一番，但笑过以后，心里有点沉甸甸：这样下去，怎么得了？后来，在上海师范学院培训期间，我把这件事说给我的指导老师张斌教授听。他说，记住这件事，对你以后的工作有好处。是的，四十多年了，这件事一直萦绕在我的脑际，它成了我做好语文教学工作的一个特殊动力。

九个月的培训结束后，我回到古松公社参加教育工作，后来因重新划分公社，到了塔汇公社。不久，塔汇和古松合并为现在的石湖荡镇，我就一直工作到退休。因此，可以说，我生命的大部分时间是在石湖荡度过的。

我对自己的平凡从不自卑，我不去刻意选择生活的环境，我把自己深深扎根在石湖荡这块土地上，为淳朴的石湖荡子弟奉献我的知识，我将自己的知识化作雨露，洒在石湖荡孩子的心灵上，因为我明白，把知识刻在孩子的心灵上，这才是真正的永存……

工作期间，我曾多次放弃抽调到城镇学校任教的机会。当年，山兆辉副区长问我："想不想到城镇学校去任教？手续由我来办。"我谢绝了，我想，农村的孩子也盼望接受到优质的教育，教师都到城里去了，农村孩子谁来教？我虽然不敢自命为优秀教师，但一直在朝这个方向努力，就一直没有离开石湖荡。

我担任过近三十年的初中毕业班的语文教学工作。在多年毕业班的语文教学中，文言文教学和复习、现代文阅读的复习和写作教学的教材，全是我自己编写的，现在这些教材几经修改，已由出版社出版发行。

四十多年来，石湖荡给了我很多：

在石湖荡工作期间，我加入了中国共产党，被评为校优秀共产党员、区优秀共产党员，被选为松江区党代表，出席松江区党代会。

在石湖荡工作期间，我取得了华东师范大学汉语言文学专业本科文凭，被评为中学一级和高级教师。

在石湖荡工作期间，我获得了县园丁奖、市园丁奖、上海"金爱心"教师二等奖。

在石湖荡工作期间，我被聘为松江区学科名师、首席教师和享受松江区政府教育津贴的导师带教组主持人。

在石湖荡工作期间，我被评为上海市农村优秀教师标兵、上海市教育年度新闻人物、松江区教育新闻人物。

在石湖荡工作期间，我被评为全国模范教师，到北京参加庆祝教师节大会，受到胡锦涛、温家宝、习近平等党和国家领导人的亲切接见……

总之，石湖荡给了我很多，我回报给石湖荡的则太少，因此，我要说，如果有来生，我一定再为石湖荡奉献四十年！

榛 子

一粒药

母亲住院的时候，吃遍各种止痛药，只有一种管用，褐色的小圆粒，每天半粒。只是医生不肯再开。我很生气：一个止痛药，有那么金贵吗？后来才明白，对绝症病人而言，这种麻醉类止痛药越少吃越好。如果一开始就给病人吃这种药，发展到最后就会无药止痛。

出院时，医生给母亲开了十粒这样的药，一天半粒，很快就吃光。我跑药店，买各种止痛药，多数却不管用。那天到医院，挂了专家号，与那位副教授级专家探讨各种治疗方法，均无结果。开了一些常规药以后，我问专家，能不能开一些麻醉类止痛药。他认真地想了想说，我只能给你开两粒。我能理解他。

拿了药单子，感谢再三，排队付款，飞一般从三楼跑下一楼取药。轮到我了，递进去的药单子却被推了出来：还缺一张红方子。我奋力再上三楼找专家开，拿了红方子再下一楼，却又被推出来：还缺一张麻醉方！需到一楼大厅医政办开。

我马不停蹄来到医政办，医政办的同志说，开麻醉方，要带病人的户口本、身份证以及代办人的身份证……我到医院开药，带什么户口本？回到取药窗口，我要求退掉那两粒止痛药，三楼实在跑不动了。药房的人让我找专家签字退药。

勉强再上三楼。专家一面签字一面道歉，连说对不起，这些程序他也忘了。我想，各种对不起该由我来说，母亲得了绝症，儿子楼上楼下跑了四个来回，都不能给她弄到一粒止痛药，我对得起谁？

下一次开药，我带上了户口本复印件及各种身份证，此行志在必得。谁知医院要的是户口本原件，我彻底瘫了。

母亲是在内蒙古退休的，每年冬季发放一笔取暖费，以前领这笔钱只需户口本复印件，从去年开始要求提供户口本原件，现在原件还在母亲原单位呢。

我抱着试试看的心态，看是否能找到一位给母亲看过病的医生开药。我来到门诊，碰巧曾医生当班，她给我母亲看过病。曾医生听了我的情况后说，病人吃不消啊。她带我来到药房，亲自为我担保，开出了二十粒止痛药。

这是救命的药啊。

母亲曾不止一次地问我，她得的到底是什么病。在我嘴里，母亲的病永远是胰腺囊肿。我能做的，除了给她洗脸梳头，拍拍肩背，陪她说说话外，唯一能做的就是帮她买这种止痛药，每天需要一粒。在最后的日子里，就是靠这种药，母亲比专家预言的日期多看了这个世界三个月。

办完母亲的后事，清理遗物。我拿起母亲平时贴身带的钱包，拉开拉链，在一个夹层里，我看到一粒药——那种褐色的小圆粒。

妈，您是不是疼怕了，想把它带到那边去？

去月亮上

不经意间，我哼出一段旋律。是外国音乐，我忘了它的名字，姑且以《月光》名之，真是抱歉。这旋律优美、质朴，像葵花秆拧起的梯子，一级一级，盘旋，向上。半音的出现让人意外，它像银子般放光。

它是葵花梯子上的金属挂件吗？

弹拨乐段如同星星闪现，环绕在葵花梯子四周。就这样，盘旋，向上，就像那部捷克短电影里的故事，去月亮上，去扫流星。俯瞰地球，月光遍地，月光如水。去月亮上，都可以看到。

《花儿》的半音是多么美妙，如此欣喜跃动的旋律，应该出自民间。学院派改编的《花儿》，变奏出快三节拍，把它升华为集体的欢乐，这多少抵消了个体的欣喜，让我感到一点遗憾。

音乐，它是人对大自然的回报，还是大自然给人的恩赐？在闲暇中哼起某段旋律，是人对音乐的依恋，还是音乐对人的召唤？这种无解的问题，在心里想上一想，也很有味道。人对音乐依恋到什么程度，沐浴的时候也要放声。

柴可夫斯基在俄罗斯大地上行走，广袤的土地和汹涌的河流让他感动，一段民歌触动他的心灵，《如歌的行板》诞生了，从俄罗斯流向世界。听到这感人的音乐，我就想起另一个俄罗斯老头托尔斯泰，说不清为什么。

击中柴可夫斯基心灵的那段旋律，应该叫作素材音乐，在交响乐中反复出现，这就是民间音乐的生命力。

在乡间的黄昏，太阳将要沉没。在知青宿舍的房山头，我曾经拉起二胡。南边是院墙，院墙外有几点烟火，那是几个农夫，站着吸烟，听我的二胡。北边也是院墙，外头是一排杨树，杨树的北边，是大片的苞米地。

知青院子渐渐笼罩在黑暗里，二胡以外，我听到轻风，风之外，杨树还有苞米，它们哗啦啦拍掌。几点烟火在南墙外走动徘徊，那几个农夫，他们是为依恋音乐难为情吗？我的蛇皮音筒里流淌的，只是组合的音符，也叫旋律。

《月亮之上》可以听听，我更喜欢《在那东山顶上》。古典音乐有益思辨，最宜夏夜来听。因为依恋音乐，我看过很多选秀节目，真叫一路期待、一路纠结。我听到的多是人跟命运摔跤，直到少年马子跃出现。命运总是眷顾这样的人，内向、羞怯、纯净，在众人面前手足无措。命运总是要给这样的人一个亮点。少年马子跃一张嘴，就让我浑身发抖。全场寂静，继而是掌声和惊呼。听过外国童声无伴奏合唱《圣母颂》，像群鸽飞翔，哨音缭绕，而马子跃是孤独的云雀，振翅一飞，扎向蓝天。

说到底，音乐不是用来比赛的，也不是让谁出人头地。音乐，是人给自己准备的另一张眠床，用来安顿灵魂。

蝈蝈南瓜花

我对着小贩一声大喝，他扭头看我。这时他正骑车过桥。骄阳似火，我指着前边桥块下树荫处，他心领神会，急驰而去。

我大步走到桥块下。小贩瘦高，小眼，厚镜片，像个私塾先生。天大热，他上衣扯开，露出根根胸骨。他的破自行车上，高高低低挂满蝈蝈笼子。树荫下有一些微风吹过，无数只蝈蝈放声大唱，欢迎我来。蝈蝈笼我熟悉。是谁将秫秸剖篾，巧手编结，那手虽巧，必是粗糙。又是谁在暑天热地里，将这些紫衣唱将一一请到，送来城市。也就是，把乡野之欢唱，搬到城市。

8块钱一只。贵不贵，得看谁说。

我问小贩，喂什么。他想了片刻说，毛豆。我说，西瓜皮。他说不行。想一想他又说，喂南瓜花。

南瓜花，三个字让我眼睛一亮。

儿时家中院里，为防饥荒，墙边角落，必种七八株南瓜。南瓜勤勉，每株结七八个，面盆大小，青皮红瓤，手一拍嘭嘭响，让人踏实。南瓜开花是黄色的，花粉厚，就像会生养的妇人，看着娇艳肥厚。

临分手小贩还说，西瓜皮不行。

我想，老兄真逗，喂了又怎的，怕它窜稀？

我还是有能力为蝈蝈营造宜居环境的，拨开吊兰的叶丛，把蝈蝈笼放入叶中。下面是花盆泥土，也算给它接了地气，上面绿叶披纷。

吊在窗口，阳光斜照，半明半暗半朦胧，有灯光工程的效果。

南瓜花到哪里去弄？实践证明，冬瓜比毛豆更受欢迎。冬瓜切成细条，顺笼眼轻轻送进去。它吃得高兴，振羽欢唱。用餐不耽误歌唱，哈林做不到，迈克尔·杰克逊也不行。

坊间忽闻青纱曲，七月流火谁振羽，蝈蝈也。

入夜，蝈蝈会拉短板。嗒啦，嗒啦，嗒啦啦，有点诱惑，像西班牙响板舞的前奏。我笑，才不理你，闻鸡起舞我都做不到，更别说闻虫起舞了。

谈都不要谈。

我躺在竹椅上，微黄灯光下，徐徐清风里，读我的报纸。

蝈蝈不肯罢休，继续拉它的短板。

嗒啦，嗒啦啦，每个音符都有质感，就像竹磨的珠子，轻轻掉在地上，然后，一个挨着一个，在地板上跑，沿着墙角爬上天花板，再一个一个，轻轻落下。

方块汉字也有质感。它们一个一个，跟头把式折进我的眼中，又跳到我的心里。在阅读中，我有一份期待，等着蝈蝈大发善心，拉出那如水的长板，无休无止。

放下报纸，我还是想南瓜花。

蝈蝈入画，南瓜花是绝配。白石老人画蝈蝈，为什么不带它呢？我不会画，但我心里有一幅图，蝈蝈南瓜花。

南瓜花三两枝，娇艳肥厚，花粉如霜。蝈蝈一只，铜头紫衣铁腿，振羽鸣唱，两根须子朝上抖动，向南瓜花表达感情。

老文青福星

福星同我一样，被"文化大革命"耽搁过。毛头小子，无事可做，练拳脚，举石担。邻居说，爷娘人都不长，弄这个老鬼三。所以他的矮小身材，是有出处的。下乡以后舞文弄墨，无师自通，散文上了《朝花》版。这在当时，对姑娘诱惑极大。所以，他的妻子美丽贤惠，也是有出处的。不只这些。乒乓球、二胡、毛笔字、口琴，举凡那个年代的时髦手艺，他都通的。上不了高端，也可怡性情。

福星是忠厚人。忠厚人写文章，容易板滞。他在学校教政治。政治教师写文章，条条框框多。凡事都怕运转，只要悟到了，变通了，利空变利好，山穷水尽不怕，只要柳暗花明。板滞可以变为板

扎，条条框框可以变为条理分明，有理有据。所以他的东西，文字
结实，眼界开阔，关注热点，读来有味。

我与福星，相交于写情景喜剧。他为《新上海屋檐下》剧组写
了五十几集，采用率相当高。那时我们三人，福星、炳生、我，状
态比较好玩。本子写好了，交炳生送到上海。说通过了，好。说拍
了，好。说要放了，哪天哪天，几点几点，好，就坐下来，看自家
弄的老鬼三。说来领稿费，好。数完钞票讨论一番，想再写点啥，
张三李四，一桩事体，哪能哪能。好好好，就这样弄。

那时上海有个女教师查文红，到外地支教，比较感人。福星与
炳生抓住这个事迹，弄出几集连续剧，夜夜播放。现在想想，一个
无证教师到外省支教，比较草率。但当时就是这样，外地师资奇
缺，以一腔热情，解燃眉之急，舆论宣传，媒体表扬，我们赞助一
下，有何不可。这种关注时事的特点，用到散文写作上，表现为福
星笔下的广和博。金融危机、营养搭配、情商智商、儿童教育、打
工文学、外来歌手、档案收藏、广富林、农民书……一一收入眼
底，让人目不暇接。

福星自称文学票友，其实非常用功。每晚要读报纸，上海几张
大报的副刊，篇篇不落，从头到脚，直至夜深。他想用人家的文字
来养自家的文字。我劝他不必如此，副刊说到底是消费文字，跟它
较什么劲。书不在多，在读；读不在多，在悟；悟不在多，在化。
什么是化，写自己的经历。

福星写自己的经历不多，却有令我拍案之笔。他写当年在知青
宿舍，深更半夜，寂寞孤独，突然一个生活腐化分子，被人追拿，
逃来与他做伴。这种故事奇崛鲜活，就该多写。他写《心中的小
镇》："……儿时的我就知道这块故土的不寻常。它位于两省（市）
五区县交界之处，所谓的'吴根越角'，历史上深受吴越文化的浸

润，吴侬软语比上海中心地区还要纯正。奇妙的是，它曾经一分为二，南北各半个镇区分属吴越两国分治，后来分属两省管辖，有界河与石牌坊为证。当然，历来衙门管理宽松，故民众之间往来并不受阻，犹如同一行政区划的完整小集市一样，更未曾听说有这边杀了人或犯了案，一个跟头翻过界河，逃到邻省免受惩罚的事发生。"这样的文字，特别是后几句，幽默老到。文章很快被《华亭风》和《夜光杯》刊用。我愿他这样的文字多些。

时间到哪儿去了？在老文青这里，变作沧桑项上雪和一堆闲操心的文字。以文青心态，写老到文章，这是我对福星的期望，也是自勉。我与福星一样，是个业余作者。突然要我写序，比较搞笑。

是为读后感。

邢砚斐

松江东外街

　　童年家住景德路，离松江老城东门不远，却很少去那里。那时出西门吊桥，至马路桥是松江最繁华热闹的地段，而东门一带则萧条冷清，似乎没什么像样的店铺。所以在我的记忆中，对于东外街也没有多少印象。

　　其实不然，东外街有着辉煌的历史。

　　东外街坐落在松江老城披云门（东门）外、南北俞塘中间。《崇祯松江府志》曾记载，松江"东到华阳、西到跨塘"十里"郡治大街"，东外街就是其中一段。《至元嘉禾志》记古谚云："虽得珠千斛，不卖俞塘北。"说明此地自古即为郡中筑宅第、建园林的风水宝地。

　　这一地区据旧志记录：在街口果子巷，有明张肯堂宅、宋存标居住的四志堂、明代画家孙克弘建造的孙家园，内有东皋草堂、苍雪庵、秋琳阁。马弄口西有明太守孙衍的别墅，清代为翰林院待诏高不骞所有，"有白鸥池，夏月菡萏纷敷，清香袭远"，称作高家园。

马弄内在元代时有陈家园，春时府人多游宴于此，后为金山钱培荪购得，在旧址上修葺更新，名为复园（俗称钱家花园），其占地近10亩，园中林木葱郁，丘壑幽邃。积善桥侧明光禄寺丞顾正心建造的熙园有"园池甲天下"之美称；街北有中书舍人顾正谊的濯锦园，让人"如处蓬壶中，不知尘世事"。

记得20世纪80年代初，我去拜访志琪先生。经中山东路过平板石桥，即是东外街，原来3米宽的石条路面已铺成水泥，两侧民宅居多，间有零星的店铺和茶馆。进街不远即为志琪先生家，踏上街沿石，步入朝南的大门口，穿过庭心中间的石板小道，迎面是几间青砖黛瓦的平房，屋略显陈旧，却依然有着江南宅院的神采。在这里，沏一杯香茗，坐着慢慢啜，时光会倒流，心情特舒缓。

我去东外街时，那一带昔日"泉石亭台，曲水环廊"的园林早已荒芜，正如清末顾孟诗曰："寂寂名园尽落红，小秦淮水冷东风。已无万斛石峰影，花草楼台在梦中。"

三十多年过去了，时过境迁，今非昔比。东外街两侧的民房已改建成住宅小区，原本3米宽的街道也拓建为中山东路延伸段。唯有保留着的三栋旧宅，矗立在路边，依然如故。

弯弯的环城路

环城路是弯的，弯的犹如横着的"U"字。

环城路始建于民国24年（1935），1967年将原来5米宽的三合土路面改建成6米宽的柏油路面，北侧的一端在今阳华桥东堍，连接乐都路；南侧一端在原新东门桥东堍，连接松汇路，路程总长

2.333 公里。

环城路全程环绕的是松江府城外围，弧形的路将城墙裹在"U"字形的内侧。据《重修华亭县志》载，松江旧城垣"城周九里九十三步，高二丈三尺。陆门四：东曰披云，西曰谷阳，南曰集仙，北曰通波"。

明清时期旧制，一里等于 360 步，一步约 1.6 米。按此，松江府旧城垣周长约 5300 米。环城路的长度差不多有松江府旧城垣周长的一半。《重修华亭县志》记："华亭分管城八百九十七丈一尺。"具体分管的位置是："自城东咸通桥转北，经披云、通波二门，至菜花泾止。"咸通桥位于南城水关内，环城路经过的正是华亭县分管的那段城墙。

松江的城墙，历史悠久。据南宋绍熙四年（1193）的《云间志》记载，"是唐之置县，固有城矣"，"县城，周迴一百六十丈，高一丈二尺，厚九尺五寸"。宋时的城墙范围不大，周长仅 500 多米，高不及 4 米。元末，张士诚据吴，部将史文炳守松，为加强防御，重新夯土修筑起城墙。明洪武三十年（1397），在元末土墙基础上，筑成砖墙，《嘉庆松江府志》记："广袤九里一百七十三步，高丈有八尺。"万历二十六年（1598），加高 5 尺，为 2.3 丈。崇祯三年（1630），再次修葺。其时松江府城垣高近 8 米，周长约 5500 米。明章简有诗曰："城郭何年号五茸，盘回十里控吴松。旌旗晓障芙蓉日，鼓角寒生苜蓿风。云起北山连雉堞，波澄南海熄狼烽。登高一望民风厚，楼阁重重烟雨中。"清代时，经过康熙、雍正、乾隆、道光、光绪年间的多次修葺。

松江的城墙经兵火战乱，损毁严重，再加上城市、道路的扩建，时至今日，仅存东门打靶场一段遗迹。记得 1977 年民兵实弹训练时，我曾在此城墙上留下三个弹孔。

城墙没了，路还在。据《中山街道志》介绍，环城路拓宽了，可全长仅为 610 米。

闲话采花泾

采花泾既是水又是路，位于松江旧城外西北隅。

先说水。泾，表示河流。采花泾是一条南接城濠，北通二里泾的水流。水本无名，因泾之东侧有北花园，相传为陆氏寻芳之处，所以称为采花泾。《五茸志逸》记载，屠隆《云间十咏》其中采花泾诗曰："泽国泛沙棠，波摇两扇凉。并开青菡萏，双映紫鸳鸯。玉管吹花气，金杯荐月光。何如不入洛，长住水云乡。"

采花泾与城濠相接处有桥，桥跨泾东西，元至正二十一年 (1361) 建。《云间第宅志》载，采花泾有明代进士张若羲宅、黄庭鹄宅。据《松江府续志》记，在北门外采花泾东，有陕西知县殷绍伊宅，弟拔贡瓒宅在其西；刑部郎中雷文辉宅，筑有传经堂；雷石知县顾夔宅，后归张梦征居，筑有书巢、诗境、城北草堂。《砚耕余录》曾有一则故事："采花泾顾宅于万历壬寅三月初五日，闻庭前草中有声啧啧不止，随掘之，得一草，长尺余，具人形，手足头面与人无二，且有阳道，掘起时尚能作声。即以刀截其头，出淡红水，而声亦息矣。"

《岳阳街道志》说，采花泾旧有凌云寺，其实不然。据《华娄续志残稿》所述，凌云寺在新桥镇，而在北门外采花泾的，则是紫薇三元宫，"光绪三十二年（1906），僧朗照卓锡于此，募捐重修。浙商郑炌又于宫前旷地创建大雄宝殿，改名云陵寺"。

次说路。采花泾路与采花泾河的走向并不相同。此处原是一条居民从北门至西门踏出来的小路，捷径无名，只是途中经过采花泾桥，人们就以泾为名。采花泾路北起通波门外阳华桥西堍，沿城河透迤往西南而行，至黑鱼巷北口与潭东街相接，1975 年铺设成弹咯路面，路长约 1000 米，宽约 3 米，当时名为建新路，俗称菜花泾。路中段北侧有吴光田烈士墓，东段南侧有节孝牌坊，清乾隆六年（1741）为胡方濂妻夏氏所旌立。采花泾路西段在 1977 年辟建谷阳北路时被拆除，东段在 2003 年采花泾地块危旧房改造中也被全部拆除。

在荣乐中路谷阳北路口的西北侧，有处水绘苑绿地景观。紫藤与柳荫间流水潺潺，那就是历经千年的采花泾残留下的纪念。

叶榭软糕张泽饺

清代华亭人章有谟，康熙二十六年（1687）客居衡阳时曾写诗寄呈盛、蒋二姑母，云："宾鸿飞处白云垂，倦向山村寄一枝。叶榭软糕张泽饺，临风枨触几番思。"

诗中所说的"叶榭软糕张泽饺"，是松江的传统点心。

松江的传统点心，种类很多，有家制也有市售的。家制的点心，以糯食为主。记忆中，每逢春节前腊月时，家里会煮糕，有方糕，也有圆形的桶甑糕。除了糕以外，另有糯米团子，松江人将蒸制的糯米团子称圆团，搓好放在印模中压制成各种形状的叫印子圆团，清明时节以草汁和粉而制的是青绿圆团，水煮的则称汤圆。圆团、汤圆多有馅，馅各种各样，有鲜肉、豆沙、荠菜、芝麻等。无馅的小圆子，汤煮，加酒酿的称酒酿圆子。我最偏爱一种无馅小圆子，比酒酿圆子稍大，搓好后头上捏一下，加青菜煮成咸味，俗称瘪嘴圆团。

平时松江人家常点心还有塌饼（如菜筋塌饼、南瓜塌饼、糖水塌饼）、摊粉头（将糯米粉调成糊状，也有放入鸡蛋的，在锅中摊成薄饼。立夏时节粉中添加草头，据说吃了会防疰夏），另有八宝饭、黄米粉、粽子、春卷、酒酿、油墩、摊面饼等。

松江的传统点心，历史悠久。据《娄县志》记载的糕类就有花糕、百果糕、夹馅糕、绿豆糕、云片糕、蜂糕等。明代《云间杂识》曾记录："郡中有太平桥炙糕、回子家薄荷糕。胡都宪（胡岳，字仲申，号浦南，华亭人。由正德甲戌进士，为刑部主政，历员外郎，迁四川金宪、湖广副宪、广西大参、福建总宪，广西、江西左右辖。擢大中丞，巡抚江西。改大理卿，未上卒）家旧制糕饼最佳，子孙沿其法制卖，称胡饺，礼帖上每称柏糕胡饺。"

何谓柏糕胡饺？不得而知。松江旧时的饺子以糯米粉为主料加馅蒸制而成，是典型的江南传统点心，与北方的水饺形状类似，但原料、制法不同。我总觉得柏糕胡饺与"叶榭软糕张泽饺"同样，都是松江历史悠久的点心，非常期待有朝一日能在松江市面上再见到柏糕胡饺。

徐亚斌

我的瓦尔登湖

也不知是什么时候，我被堤岸脚下小树林里的鸟叫声吵醒，很不情愿地伸了个懒腰，眼睛没有睁开，下意识地摸了摸旁边，父亲已经起床。睁开眼一看，对面王叔床上的蚊帐也已经撩开，我明白，父亲和王叔去给牛开栏了。

我不知道自己该起床还是继续睡，因为起床，实在也没什么事可做，父亲他们的活我一点也帮不上忙。但躺着显然不可能了，你听，小树林里的小鸟不停传来的叽叽喳喳声让人心发痒，哪还有睡意？我翻身下地，随手拿起一件粗布短裤，往身上一搭，趿拉着一双木底拖鞋，揉揉眼睛走出小屋，直奔堤岸而去。这时，一轮旭日正从江底升起，殷红的朝霞笼住了整个江面，波光粼粼，一个个细小的波浪，看起来像是漂浮着的金元宝。

从远处收回视线，只见父亲正在解开牛栏的毛竹，而王叔已经骑上牛背，手里挥着用江草绳做成的鞭子，吆喝着把牛群赶往离堤岸稍远的地方去……哦，新的一天又开始了，我来到江边也已经十八天了，日复一日，每天都重复着这样的时光。我要在这里待上两个月，这是母亲给我规定的。还是在春天的时候，全公社各生产队的牛刚进荡，父亲不慎从牛背上摔下来，伤及了脊椎和大腿，虽没大碍，但行走不便，干活也不利索，更不可能在滩涂的水里泥里奔走。公社领导本来考虑换人，但王叔没同意，他愿意和父亲搭档，哪怕父亲不干活也乐意。

这事母亲知道了，觉得很过意不去，也不放心父亲，所以暑假一开始，就为我整理了几件褂子和几条短裤，要我来江边陪伴父亲，也好给王叔搭把手。我从母亲手里接过简单的行李，也把当时能读到的仅有的几本书刊往网兜里一塞，步行十几里，来到了父亲和王叔搭建在堤岸脚下的小屋。嚯，这是一间怎样的小屋呀，在堤岸脚下整出一块地，用几根小树枝支了个屋架，四周用一捆一捆芦苇围起，屋顶上铺的是茅草，在面南的一端留一个缺口，就算是进出的门。最有意思的是两张床和那个灶台。没有搁板，就从不远处挖来整块的泥，堆成一个高2尺，宽5尺，长7尺左右的长方形土墩，搁上厚厚的柔软的丝草，丝草上铺上草席。这是我见过的最环保的床。灶台同样用泥块垒成，挖出一个灶膛，点火把泥烧硬，安上一口大锅……

开完栅栏，趁王叔把牛群赶往远处的时间，父亲就回到小屋做早饭，常常是我和父亲先吃，然后到堤岸上等着王叔回来。早饭后，在堤岸上巡视的任务就由父亲承担，王叔呢，他当然也不会闲着，不是去捉蟛蜞，就是去挖丝藕，或者到哪个港汊去捞几条江鱼回来。说是巡视，其实就是坐在岸边上，防止牛群越过堤岸，到农场的大田里偷吃棉花、水稻。我呢，就坐在父亲旁边，听他漫无边际地讲着往事，内容无非是长江、滩涂、围垦之类，偶尔也会讲些牛的习性等。听厌了，我就翻阅带来的几本书，一本是已经忘了作者的《牛田洋》，一本是浩然的《艳阳天》，还有一本好像是《虹南作战史》，另外就是《朝霞》月刊。这是我最早的文学启蒙。那时还真跃跃欲试，似乎这辈子定要和文学结缘。读累了，就顺手拔一把草，往树荫下一铺，安静地躺上一会儿。我仰躺在大堤上，看着湛蓝湛蓝的天空，也看着不时飘过的朵朵白云。天蓝得让人震撼，云白得几乎透明，而不时变化着的形状，又给人带来不尽的遐想。空气是那样的纯净，吸入胸腔，感觉有一种甜甜的滋味。躺久了，又坐起来，这时，你会发现小树林里的鸟儿，就在你的跟前很自在地啁啾嬉戏。眺望远处，则是另一番景象，江涛涌动，鸥鸟翻飞，也不时有一群群不知名的小鸟从江那面飞来，栖息在滩涂深处的芦苇丛中……

不久，我的活动范围扩大了，先是父亲和王叔把买烟酒的任务给了我，我得隔三岔五往 1 公里外的水闸跑，水闸边上有一个小卖部。这不是正规商店，商品十分有限，但岛上自酿的土烧一定会有的，还有勇士牌香烟也一定不会缺。经营小卖部也没有专人，而是由看水闸的老伯兼着。据说，这家小卖部还是老伯向有关部门争取来的，说是为了方便在江边生活的人们。要是没有这家小卖部，大家买包烟，拷斤酱油什么的，必须要到 5 公里远的农场场部商店。后来我才知道，老伯是一位老战士，战争年代受过伤，海岛解放后脱下军装，就地转业。因为单身一人，这里修建水闸后，组织上安排他来照看。这活不重，但责任特大，尤其是要保证不让咸潮流进内河，还有就是远在江边，平时难免寂寞。但老伯还是答应了，一干就是十几年。看得出，老伯身上有一股军人气质，为人又很热情豪爽，人气很旺。每次去小卖部，总会看到有好几个人在那里喝水谈天，或者是楚河汉界杀得个难解难分。我更愿意听老伯他们神聊，这实在是一件乐事。你听听，就那么一个不起眼的小镇，一条普普通通的河流，老伯他们总能讲出一个又一个故事，或让你着迷，或让你沉思。说真的，从这些故事里，我开始真正了解家乡，了解了家乡的历史，了解了家乡的文化，了解了家乡民风的淳朴以及父老的勤劳善良。

后来，王叔要带我一起去开开荤，也就是去捕捉野味。俗话说，靠山吃山，靠水吃水。在江边、在滩涂，能搞到的野味主要是鱼虾、蟛蜞，还有就是芦苇丛中的野鸭蛋等，但王叔从没有带我去掏过野鸭蛋，说是不忍心看着野鸭那忧郁的眼神，也听不得野鸭那凄厉的鸣叫。捉蟛蜞效率最高的是驱赶，但劳动强度大，且人要多。我们人少，驱赶不奏效。王叔有一个办法，就是在蟛蜞出没的芦苇丛中，挖几个陡直的深坑，蟛蜞在爬行时总会有"失足"的，而一旦掉入坑内，就休想爬出来，我们只要带上网兜，择时去捡就可以了。这一招还真灵，我们每隔一两天去所挖的坑，总能捧回足够我们美餐一顿的蟛蜞。父亲见我们满载而归，十分欣慰，总会自告奋勇地去烹制。所谓烹制，其实简单得可以，就是把蟛蜞洗净，放入锅内，倒上水，再撒把盐，旺火煮熟即可，前后就十几分钟。还没等揭开锅盖，一股鲜美的香味就扑鼻而来，在小屋里弥漫。父亲把蟛蜞盛在一个脸盆里，拿出两个碗，倒上 52 度的土烧，蟛蜞下酒，而汤则用来下饭。就这样，美美的一顿晚餐享受完了，又一天过去了，不一会儿，小屋里就发出呼呼的鼾声。

要说捕捉野味，最刺激的就是捕鱼了，而要捕到鱼，最好是大潮汛。所以每月的农历初一或者十五后的两三天里，父亲和王叔就会很兴奋，虽然这几天管理牛群要比平时辛苦，但能有机会捕到大鱼呀。我至今还记得和王叔一起去捕鱼的那一天。那是农历的六月十六，真正的大潮汛。刚吃完午饭，潮水就汹涌而至，就那么几分钟光景，整个滩涂已经白茫茫一片。王叔扛上一张大网，快步去向看管水闸的老伯借了一条小舢板，顺着一条港汊，急速地向江边划去。王叔先把大网的一端固定住，要求我站在齐腰深的潮水里，保证网不被飘走，自己划到港汊的对面，把另一端固定住。我们就站着，耐心地等着退潮。两个小时后，潮水慢慢退去，先是滩涂上没水了，再是港汊里的水也浅了，那些顺着潮头涌进来的鱼，幻想再顺着退去的潮水重回江里，此刻都被拦在网里了。可怜的鱼儿，也许没想到图一时之快，却留下终生遗憾。我和王叔迅速把在已经干涸的港汊里挣扎的鱼捡起来，扔进舢板的舱里，把大网也收起来，趁港汊里还有点积水，狠命把舢板拖到水闸附近的堤岸下拴住，谢过老伯，给他留了两条不大不小的江鲈，轻松地回我们的小屋。父亲照例是一番忙碌，只见他先拿出几条去鳞开膛洗净，余下的那些一样是去鳞开膛，但并不清洗，而是搓上盐，装进一个陶瓮，再压上一块砖头。我明白，父亲是要把这些鱼腌制起来，留作天气恶劣时食用。是晚，父亲和王叔又是鱼汤加土烧，我呢，也是尽情品味这份鲜美。说实话，在以后的四十多年里，我再也没有吃到过如此美味的鱼汤……

　　转眼两个月的暑假要结束了，父亲的腰腿也大为好转，我向父亲和王叔告别。后来，终因滩涂的日益狭小，公社也不再设立统一的牧场，父亲结束了大半辈子的放牧生涯。我呢，则走上了另一种人生之路，也就无缘再去江边，对堤岸脚下那间小屋的记忆、对捕捉鱼虾和蟛蜞的那份快乐、对水闸老伯和王叔的那份敬意，竟慢慢地变得模糊了。好多年以前，在我知道了梭罗，也读了他的《瓦尔登湖》时，我想起了那间小屋，内心曾起过一丝涟漪。但人生维艰，世事喧嚣，那一丝涟漪竟很快平复了。就在几天前，我要给学生讲授梭罗，讲授他的《瓦尔登湖》，内心的波澜再次涌起，以致在朗读课文时，我的眼睛湿润了，弄得学生好一阵惊诧。我悄然拭去眼泪，努力恢复平静，但我的眼前却顽固地晃动着小屋，晃动着所有熟悉的人与物，我突然觉得，这不是我的瓦尔登湖吗？这份宁静、这份自由，是我永远怀恋的精神家园，怎么能让它淡忘呢……

何伟康

浦江之首看梨花

阳春三月，油菜花开满地淌金。嗅着田野的芳香，我来到了位于斜塘、圆泄泾、大泖港交汇处，浦江之首的北岸——永丰仓桥水晶梨基地。一年一度梨花节以"万树梨花嬉闹春，浦江之首铺白银"的胜景，吸引着大批游客。

如果说油菜花海是江南春色中浓墨重彩的一笔，那么梨花则唤起人们心底最深处的唯美向往。仓桥水晶梨因获得国家地理标志保护产品而驰名。当我站在黄浦江堤岸，放眼俯瞰，江面水天一色，百舸争流。远眺千亩梨园堆云叠雪，甚是壮观。徜徉园中仿佛置身于洁白的花海之中，由于远离了大都市的喧嚣，一切的疲惫和烦恼、一切的虚荣和梦想，都会悄然融入自然的怀抱。尽收眼底的唯有朵朵晶莹的梨花，好比蓝天洁白的云朵，却比云朵更生动；像皑皑白雪，却比雪更富有生机。我想这也许是黄浦江水滋润的缘故。黄浦江之水有灵气，水气带着雾气，雾气裹着灵气，使梨花更加洁白。

走近梨园，只见梨树铁干嶙峋，苍枝遒劲，枝桠向上；树叶嫩红中略带翠绿，俨然有"带叶梨花独送春"的本色；枝头上五瓣梨花竞相绽开笑容。鹅黄的花蕊，花丝带着褐色的花药，散发出缕缕幽香。偶尔有微风袭来，有的花朵随风摇曳，似在频频招手，又像在低头含笑，宛如朵朵浪花点缀在白色花海中；有的花朵翩然而落，如雪花般在流泻的春光中翩翩起舞，满地是银，不妨用《红楼梦》中林黛玉的诗句来比喻："偷来梨蕊三分白，借得梅花一缕魂。"

俗话说，花通人性，人知花意。梨花之美在于神气韵致，惹得历代骚人墨客赋诗吟诵。虽前人有云"人面桃花相映红"，但黄庭坚笔下"桃花人面各相红，不及天然玉作客"，将洁白的梨花以白玉为容，显然更胜一筹；"粉淡香清自一家，未容桃李占年华"，陆游笔下的梨花清新淡雅自成一家，虽没有桃李芬芳，但也绝不退避三舍，孤芳自赏；"冰姿玉骨，东风著意换天真"，张之翰笔下的梨花，玉骨冰肌，素洁靓艳，风姿绰约；"忽如一夜春风来，千树万树梨花开"，岑参的笔下，以雪喻花，以花喻雪，借雪寄情，具有异曲同工之妙……总之，梨花美而不娇，秀而不媚，倩而不俗。

穿行梨园幽径，栖身花海之中，阵阵馨香扑鼻而来，在我的脑海里突然冒出清代李渔《闲情偶寄》中对梨花的赞美："雪为天上之雪，梨花乃人间之雪；雪之所少者香，而梨花兼擅其美。"宋卢梅坡《雪梅》云："梅须逊雪三分白，雪却输梅一段香。"此言天上之雪，料其输赢不决，请以人间之雪为天上解围。那简直是神来之笔，恰如其分。过去我曾领略过兰花的幽香、梅花的神韵、桃花的丽姿、荷花的高洁，却从未品赏过梨花的气质，这无疑是件憾事，今日得以如愿以偿，那真是人生最美妙的体验。

在惹人胜日寻芳的丽日里，听梨花盛开的声音，看梨花盛会的美景，享梨花盛情的春意，一种令人刮目相看的隽永浪漫油然而生。梨花是春的信使，是美的象征，更是生机勃勃的彰显。"雪作肌肤玉作容，不将妖艳嫁东风""惆怅东栏一株雪，人生看得几清明"。我理解这就是梨花的神韵所在。

跨塘月色

跨塘乘月是松江十二景之一，此桥因横跨古浦塘而得名。早在明代时彭玮作《跨塘桥赋》道："恍兮虹彩之倚晴云，惚兮蜃气之浮江雾。"其形制与《清明上河图》中的汴京虹桥相类似，何况为当时松江府内最大的一座桥，故称"云间第一桥"。

中秋的傍晚，白云舒卷，落日熔金，一道残阳铺泻在清清的古浦塘中，顿时半江瑟瑟半江红，波光粼粼，桥影婆娑。月刚东升，秋风有意轻轻卷走暮云，在温馨柔和的月光下，我踩着市河新筑的石驳岸，踏露夜游，不能不说是一种妙不可言的驰骋和诱惑。抬头望苍穹，有无数星辰点缀，一轮明月悬挂在天空，深邃高朗的夜空银辉毫无顾忌地洒满市河两岸。远远望去，岸边一隅窗户灯影在水中晃荡着细碎的星光，雄峙的三孔石桥的桥洞中，月亮像一个晶莹剔透的玉碗，端给我盈盈夜色和醉人的酒。江水无波，色与天连。当我拾级而上时，情不自禁地诵出"举头望明月，低头思故乡""漫吟苏子月，细品季鹰思"的诗句，怀故思乡之情油然而生。

古浦还是千年前的江水，明月还是千年前悬挂的那轮明月。中秋味道是团圆还是凄清，不同的心境有不同的回答，而深厚的历史沉淀才是中秋亘古不变的色彩。跨塘桥人来人往，潮起潮落。我登上桥中央抚摸着"云间第一桥"的石栏时，感觉眼前的一切是一个梦，且是一个幽幽的甜梦。就在妩媚的月色中，仿佛与李白坐在桥巅上赏月凝思，与苏轼在小船中对酌问月，与陆蒙一起在张泾吟诗沧浪……明月映照着斑驳的古桥，摇落满江的余晖，将古桥美好的故事和久远的传说，自然地融合在其中，带给人们更加丰富而美妙的遐想。

水，铸就了云间文化；桥，演绎着松江文明。跨塘桥不愧为"云间第一桥"。康熙皇帝南巡时曾两次来松江，文武百官皆在跨塘桥下迎驾跪送。

每届岁首立春时节，漕运起锚之日，官府在此举行盛大的公祭仪式，以祈求漕运一路平安，由此也赢得"衣被天下"的美誉。

反清英雄陈子龙起义失败不幸被捕，在押解途中经跨塘桥时投江殉国。事后才女柳如是着缟素跪在跨塘桥上，手托香盘遥祭子龙，从此桥堍下多了一座祭江亭……

悠悠仰望天空明月，默默感受时空变换。月光下的跨塘桥，犹如一位巧施淡妆的纤纤少女，淡雅而有韵致，大方而不失含蓄。我边赏着月色边领悟到了"人有悲欢离合，月有阴晴圆缺"，虽然明月自千秋，余生祈盼是"愿照我之后，人间别无愁"，"但愿人长久，千里共婵娟。"转瞬即逝的圆满让人怀念，盈亏之间的变化使人咏叹。

离别时，一轮皓月仍高悬在蓝宝石般明净的天空，如水的月色静静地倾泻在古浦塘两岸，回首再看跨塘桥，在天上与水中的两轮明月朗照下更加楚楚动人。

三角渡记忆

夏日的熏风，从密集芦叶梢上拂过，满塘芦苇涌动一波接一波的绿浪，偶见一群白鹭在这波浪中低旋翻飞。一个周末的下午，我站立在圆泄泾南侧的岸堤，对面矗立着一座白色的导航塔，是"浦江烟渚"地标，望西北滚滚而来的大江是斜塘，两江交汇处是横潦泾，就是上海母亲河——黄浦江的起始点。

曾几何时，这里江面烟波浩渺，江中百舸争流，江边轻渡悠悠，江滩苇海泛波，方圆几十里人们都叫它三角渡。

故乡就像一块抹不去的胎记，江水是流淌在心底的眷恋。我生在浦南万亩泖田的东隅，从懂事起不管乘船还是走路到松江，三角渡乃必经之地。记得那时春上，两岸油菜花铺天盖地，靛紫的红花草镶嵌在绿油油的麦苗中，色彩自然艳丽；夏天江中舟楫往来如梭，大小船只运送货物、瓜果满载而去满载而归，呈现黄金水道的繁忙景象；秋季白云蓝天，秋高气爽，稻浪翻滚，芦花放白，硕果累累；冬日西风乍起，落木萧萧，江中褐黑色的江豚时而露出水面，时而与船追逐嬉水，扑哧而过，煞是好看，令人记忆犹新。

"三泖凉波鱼蕰动，五茸春草雉媒娇。……不用怀归忘此景，吴王看即奉弓招。"是什么能让陆龟蒙的笔下如此迷离这般绰约呢？说明古代邑境之内有这富饶美丽的自然景观。想不到三角渡有着悠久的历史和传说。春秋时期，这里是广袤的沼泽地，芦苇野草丛生，正是麋鹿和飞禽走兽繁衍生息之地，吴王寿梦喜欢打猎，为了方便曾在这里兴建行宫，供休息小驻之用。三国时东吴大将孙权，也多次狩猎于此，并辟建了五处猎场，称五茸，松江的别名茸城由此而得。另据记载，在明代三角渡已成为松江府通往秀州（今嘉兴）水陆要冲，礼部尚书徐阶在此主持修建了一座通济桥，全长600余尺，宽1丈，后整桥沉毁……这些景点，如今依然故我，还是有痕无迹，甚至痕迹浑无，但那些诗意盎然的记载，已足让我们生出联翩的浮想。"古今多少事，都付笑谈中。"想不到的是当年王侯狩猎场，如今变成郁郁葱葱的涵养林，成为城市的一叶绿肺；更想不到当年的渡口迎送南来北往的过客，春夏秋冬出没在风波里，如今天堑变通途，成为黄浦江上一道亮丽的风景线，怎不叫人感慨万千。

三角渡洗尽铅华，时光流走了几千年，一切的一切都走旧了，有这芦花岸柳，依然茂盛；唯有这橹声帆影，依然活跃；唯有这滔滔江水，依旧涛声；唯有这烟渚春色，依旧光鲜。

三角渡是诗，晴亦如诗，雨亦如诗；三角渡似画，白昼亦似画，夜晚亦似画。风会偷走岁月，云会偷走青春，天会老人会老，可是三角渡不老，是永远的春天。

当一个游子徘徊在渡口时，静观芦苇绵绵绿波此起彼伏，思绪也随之飞扬。相望相呼三角渡，往来都是故乡人。此时此景，倘若再有一只轻盈的翠鸟在芦梢上小憩鸣叫；倘若有一只野鹤在流云下的碧洼里掠过，青荻留鸟声，苇塘渡鹤影，那该是何等的意境啊。

三角渡，永久地珍藏在我的心底。

胡志娟

陪着儿子走高考

今天是 4 月 7 日，离 2007 年高考只有六十天了。可儿子依然不急，放学回来第一件事，便将书包一扔，咕咚咕咚地喝上一大杯凉水，然后一溜烟跑出去做"灌篮高手"了。晚饭吃好后儿子总要先看会儿电视新闻，接着看球赛，嘴里还不时地发出"耶，好球"的喝彩声。球赛看完了又捧起了小说，唯独不复习功课。不仅这些，让我恼火的是，儿子还常常弃书不看，玩电脑游戏。想到自己含辛茹苦的不易，我不由得火冒三丈，问："高考进入了倒计时，你究竟想不想参加高考啊？""妈妈，这还用问吗？否则我每天背着书包早出晚归干什么呀？"

"算你这小子有点头脑，那为啥不好好复习功课，反倒把心思放在打篮球、看小说、看电视、玩电脑游戏上啊？"我又问。

"妈妈，我在教室里听了一天的课，做了一天的试卷，回到家中还不让我放松一下？再说锻炼身体也是为了考大学嘛！"

"听起来蛮有道理的，那你说为什么要看电视？"

"老师说，综合试卷上可能会涉及时政要闻，我不看电视从何获知这些新闻？看球赛是为了激励自己考出好成绩。"

"你再谈一谈看小说的理由？"我尽量克制着自己的不满情绪，耐着性子问。

"我如果不看小说，高考时作文能得高分吗？"

"那玩电脑游戏又该作何解释？难不成也跟高考有关啊，说不出来是吧？"我憋着一肚子的火气连珠炮似的追问着。

没想到儿子反应挺快，说："妈妈，你是要过程呢，还是要结果？"

我瞪了儿子一眼，一时不知该说什么好。

高考即将来临，儿子却显得如此轻松，还玩起了电脑游戏，我心里郁闷极了。当务之急，得设法阻止儿子玩电脑游戏。

第二天下午，儿子放学回家发现键盘和鼠标没有了，便问我是怎么回事。

我说："这还用问吗？我请小葛阿姨代为保管，等高考结束后就拿回来，省得你老惦记。"

"妈妈，你有没有想过我会拿钱再去买一套？"

"你敢？！你最好断了这个念想。"

儿子见我真的生气了，连声说："不敢，不敢，我只是说说而已。"

4 月 15 日，各大高校举办的高考志愿填报咨询活动拉开了帷幕，可以说场场火爆。为了多咨询几所高校，我所到之处总是先买一本招生简章，从中了解该所高校的历史沿革、师资力量、专业设置，有多少国家级、市级科研项目，毕业生就业方向和就业率等情况，然后把不明白的问题一一记录下来，再瞅着别的家长们去吃午饭的空隙赶紧去咨询，为此，面包和矿泉水便成了我参加高考志愿填报咨询活动的午餐。回到家中还得仔细琢磨拎回来的一大堆咨询

材料，再将各大高校近三年计划招生数、报考数、录取数输入电脑进行排列组合，综合各方面的因素后逐步缩小所选高校的范围。

4月24日，区教育局组织的模拟考结束了。下午儿子放学回家，耷拉着脑袋，一脸的沮丧。不用问，我已经从儿子的脸上猜出了谜底，儿子肯定没考好。果然，儿子眼泪汪汪地拿出了模拟考试成绩单和在年级里的排名表。我一看，总分第268名，在全年级683名应届生中属中等偏上。但我没有责怪儿子，反倒觉得在高考之前让儿子品尝一下因为骄傲自满而自酿的苦酒未尝不好，他伤心流泪，说明他开始明白了山外有山，天外有天的道理。为了让儿子吸取教训，放下思想包袱，以积极的心态迎接高考。我对儿子说："模拟考毕竟不是高考，仅仅是作为填报高考志愿的参考。现在输一千次，哪怕输一万次也没有关系啊，擦干眼泪吧，妈妈相信你。"

我一边在安慰、鼓励着儿子，一边在心里暗暗叫苦，儿子模拟考成绩不理想，在高不成低不就之间徘徊，不知高考志愿怎么填。我左右为难了。如果第一志愿填高了，万一儿子没有考好，就会踩空；如果第一志愿填低了，假如儿子考场发挥得好，那岂不遗憾终生。

挫折无论大小，都是人生的一种苦味。我在心里说，儿子，但愿你先苦后甜，来个百米冲刺，在高考时能考出好成绩。

6月7日，终于迎来了2007年高考。

今天是高考的第一天，上午考语文，下午考数学。

时钟敲过8点时，离考试时间只有一个小时了，我问儿子："要不要妈妈打电话向单位领导请个假，我守候在考场外面给你壮壮胆？""不用。"儿子回答得很干脆。

于是，我提醒儿子不要遗忘身份证、准考证等考试必备物品，然后准备上班去。

不料儿子问我："妈妈，我万一考不上怎么办？你会责怪我吗？"

"这小子，平时优哉游哉不抓紧时间复习，现在到了这节骨眼上还说这话，有用吗？"我心里嘀咕着。可转眼一想，儿子已经到关键时刻了，我可不能流露出一丁点儿影响他高考情绪的话来，我得鼓励他呀。

　　于是，我拍了拍儿子的肩膀对他说："你马上就要考试了，千万不要胡思乱想，放下一切思想包袱，轻装上阵吧！"儿子说："我是说万一考不上怎么办？""考场好比战场，哪有常胜将军啊，万一考不上，复读一年明年再考也无妨啊！"我故作轻松地回答着。

　　一上午，我人在办公室，心在考场上，做什么事都心不在焉的，满脑子都是关于高考的问题。今年的高考试题偏题吗？儿子能轻松应对吗？还有儿子刚才提出的问题和自己对儿子所说的一番话，一颗焦躁不安的心久久不能平静下来。

　　考场如战场，万一儿子考场失利，没有考上大学怎么办？他能承受这人生道路上的一次重大挫折吗？而我也将如何面对那种强烈的心理反差？谁说高考是在考孩子？分明也在考家长、考老师啊！

　　中午下班后，我急匆匆地坐车赶回家。当我看到儿子那张毫无表情的脸时，心里不由得咯噔了一下，难不成这小子考砸了？平心而论，此时此刻，我多么希望能听到儿子自信地对我说"妈妈，我考得不错呀"这句话。室内气氛显得有点沉闷，为了尽量避免与儿子谈及考试这个敏感的话题，我故意在厨房间没事找事瞎忙乎。也不知过了多久，儿子终于打破了沉默："妈妈，你为啥不问问我考得怎么样啊？"

　　我想说"木已成舟，我现在问你这个已经过去的问题还有意义吗？再说，我怕影响你情绪哪敢问啊"，可话到嘴边又咽了回去。于是，我换了一种轻松的口吻对儿子说："上午的考试已经结束了，就不要管它考得好不好了。倒不如上床躺一会儿，听听音乐，

看会儿电视，好好放松放松，下午还要考数学呢!"

"妈妈，班主任老师也是这么说的，要求我们不要有思想顾虑，能考多少分就考多少分，走出考场以后不要跟同学们对答案，直接回家，否则会影响下一门考试。"

"老师说得没错，那以后你就别问妈妈类似的问题了，好吗?"儿子点了点头。

……

高考虽然落下了帷幕，但考后的心情并不轻松。儿子既不做"灌篮高手"，也不找同学出去玩，而是整天待在家中玩电脑游戏，还像个小刺猬，不许我提及有关高考这个话题，有电话也不能涉及高考之事。我看在眼里，急在心里……

陪着儿子走高考，感慨多多，千言万语归纳为一个字："累。"

王　勉

留韵金丝楠

"金丝楠木，在我眼里，不是木材，而是文化。每每面对，我都充满敬畏之情，恨不得洗手焚香，顶礼膜拜。"这是南通市留韵古金丝楠艺术品有限公司总经理陆斌常挂在嘴上的一句话。陆斌，身材敦实，憨厚质朴，当过国企老总，后辞职从事珠宝生意。十年前，一个偶然的机会，撞入金丝楠木这个行当，从此一发而不可收。

初涉金丝楠木，陆斌就遭遇"滑铁卢"。他兴致勃勃购入的 150 吨木料，在几年时间里只做成两把尚可眯着眼看的椅子，其余竟全部做砸报废，把做珠宝生意所赚的钱赔了个精光。看着七歪八斜的成品，陆斌欲哭无泪。他把自己关在办公室整整一周，闭门思过。终于找出原因：原来是所有木料脱水不过关。于是，他不耻下问，四处求教，赴四川，飞福建，钻深山老林，经过几个月痛苦和艰难探索，终于找到了物理脱水的解决办法。此时的他，心里长长舒了一口气。陆斌深知，攻克了这个难题，为以后金丝楠木的发展铺平了道路。过去，阴沉金丝楠木不能做家具，是行业中人所尽知的苦衷，而陆斌因物理脱水等复杂艰难木材处理技高一筹，使深藏于水土中的数千年阴沉金丝楠木不再变形，可制作精美的传统家具，一举颠覆了古阴沉木不能做家具的说法。消息传出，不仅订单纷至沓来，应接不暇，而且引起了数十位国家级专家来陆斌厂里考察研讨，业内顿时对他刮目相看。他以古金丝楠影木为芯材而制作的龙饰套五茶座，因灵动雅致、气势博大、霸气内敛，于2012年9月被中国国家博物馆永久收藏。

若仅以此止步，陆斌不过是个普通的家具匠而已。在他内心深处，从青年时就有着一种固执而强烈的文化追求。陆斌深知，我国金丝楠现在异常稀缺，尤其是古阴沉金丝楠，更是一木难求，而金丝楠的高贵、典雅、色泽迷人、纹理生动，若全拿去做一般的家具，实在太可惜了。陆斌认为，金丝楠应该是中国特有的文化符号。

那年，陆斌在看电视新闻时，因元代《富春山居图》长卷一半在台湾，一半在内地，温家宝总理在新闻发布会上提及时深感惋惜。陆斌彻夜难眠，萌生了把这整幅名画按1:1比例雕刻于金丝楠木上的强烈意识，而且要用两年前收藏的一根硕大的、极其珍贵的两千多年前阴沉金丝楠。谁知此想法跟王启华等雕刻师祖露后，遭到激烈反对。按刻雕经验来看，在这么大的阴沉金丝楠作此画，木质肯定要变形。何况，金丝楠木自古只能雕工笔画图案，从未见过刻有写意画的作品，而黄公望的画是集写意画大成的名作，要在金丝楠木上体现出浓淡疏密的写意境界，是前无古人的。陆斌托人把全幅《富春山居图》仿制品买回后，果断地跟王启华说："你只管大胆刻吧，砸了，算我的。成功了，当作一次探索吧！"王启华他们八人肃然领命，精心设计，殚精竭虑，夜以继日，整整花了半年多时间，硬是在这块重达9吨，长7.42米，宽0.65米的阴沉金丝楠木上展现出了《富春山居图》栩栩如生又有木质纹理的特有意境，开创了木雕写意山水画的先河，在中国木雕界引起轰动。2011年10月，这件惊世巨作被中国美术馆收藏。陆斌被推为中华木作工艺大师评选标准参编专家，王启华因主创此作而被评为国家级工艺大师。陆斌在金丝楠上看到了文化的成功，无暇喜悦，又把目光投向《红楼梦》的制作。他找人设计了《红楼梦》的故事画面，集中组织了五十名工匠，用两年时间，把《红楼梦》故事雕刻在二百三十五块古金丝楠木板上，而且雕刻手法大胆创新，先用浮雕和烙彩，再以唐卡矿物质颜料着色，他自名为浮雕烙彩。此制作正顺利推进，每天，陆斌到车间里，目睹着一幅幅呕心沥血的《红楼梦》故事画面，在阴沉金丝楠上活灵活现地诞生着，他感到一种莫大的欣慰。

陆斌的金丝楠木制作火了！中央政治局常委刘云山参观了他们厂的作品后，勉励道："你们为国家做出了贡献，希望你们能更好地传承传统家具制作的精华，为弘扬民族文化做出贡献。"陆斌热血沸腾，一个更为宏大的梦在他脑海浮动着。陆斌和合伙人存有7000立方米的金丝楠上等木材，他把这批木材悄然堆放在库房里，既不做家具，也不制作艺术品。合伙人放言，这些木头任何人都不能动，只听陆总安排。公司里一片茫然，不知陆斌葫芦里卖的什么药。直到2013年5月24日，谜底才揭开。那天，在北京科技会堂，陆斌主持召开了江苏留韵金丝楠木四合院建造方案研讨会，中国顶级古建专家悉数到会，一致认可。至此，所有人才明白，陆斌要用这批木材建四合院，他认为四合院不仅是典型的中国式建筑，而且还能体现久远的文化价值。中国明清两代的皇家宫殿、庙宇及园林等重要的建筑栋梁结构，多采用金丝楠木，而自己库存的上百年乃至上千年的金丝楠木，只有用在四合院上，才算物尽其用。陆斌把传统的北京四合院，根据金丝楠木和现代人居住的特点，做了合理的改进。方案一披露，震动业界。7000 立方米的库存，可建十几套四合院，澳洲、香港、北京、浙江的大客户闻讯而来洽谈。地处南通西南角的这个简陋小厂，一时间，高朋满座，宾客盈门。在用金丝楠构建的精湛大气、匠心独运的二进院落四合院样板房里，陆斌忙得不亦乐乎。

短短十个春秋，已到耳顺之年的陆斌，凭着他的执着和智慧，通过一个个不凡的大手笔，把他深深眷恋的民族文化之韵，已刻骨铭心地留在了他所钟情的千年金丝楠木之上。

梦中外滩

一

闲来整理书架的时候，无意间发现了自己的一张旧照。照片上的我不过二十出头的模样，穿着白衬衫和卡其裤，已经算是当年非常时髦的打扮了。背景中高高耸立的陈毅雕像一如今天，而我却从意气风发的毛头小伙到了知天命的年纪。"物是而人非"，老照片总能让人生出这样的感叹来。

那时候的外滩，真有点说不出道不明的味道。一字排开的万国建筑久不整修，看起来陈旧而黯淡。外国银行走了，投资机构也早已不再，人们没有闲情逸致再走走停停地品读其中的历史，这些建筑也就失去了生命力，成了死气沉沉的石头堆了。但是上海人对于外滩与生俱来的亲近感却是不变的。即将离开的游子、升学成功的青年，总是要在外滩留下自己的影像的。奔腾的黄浦江、耸立的陈毅雕像、雄伟的人民英雄纪念碑，又或是在寂静中等待重生的万国建筑就成了这些照片里永恒的背景了。

时光荏苒，几十个春秋匆匆而过，外滩也迎来了自己的重生。外滩是上海的根，也就继承了这座城市的性格，年轻、进取、勇敢且不服输。当这座城市奔跑着迈向国际的时候，百岁高龄的外滩又仿佛回到了自己的青年时代。只是这寸土寸金的含义比之当年又更深刻几分了。她不再是冒险家的乐园，而成了著名外资机构的所在地。那一幢幢有着百年历史的石头建筑里，再一次走出了衣冠楚楚的精英们，而时光的界限也变得模糊不清。更多的变化出现在外滩的万国建筑里，表面看去仿佛波澜不惊，而里头却早已脱胎换骨。如果说，田子坊、新天地是上海的小资乐园，那么外滩就算是上海名流云集的所在了。在外滩走走逛逛，便能够发现时尚无处不在的魅力。

外滩的清晨是一天中最静美的时候。街道上还不见游人的身影，浦江上还笼罩着薄薄的一层烟霭，上了年纪的建筑在晨曦里显得格外高贵宁静。这一片万籁俱寂里，心情也不由得沉静下来。爱外滩，爱上海，很大程度上便是因为这一份浪漫、优雅而又海纳百川的气质。用手中的相机记录下外滩素面朝天的美，青灰的色调、幽深的轮廓，无处不在的纹理和细节都叫人惊叹。若是这时候，镜头里走过了穿着长衫的男子和穿着旗袍的女子，非但不显得突兀，反倒让人惊觉重回到了风起云涌的 20 世纪 30 年代。

落成不久的半岛酒店静静地占据着外滩一隅，不浮夸不张扬，一如她经典的品质和悠久的历史。转角的橱窗里点缀着香奈儿品牌的最新款服饰，不像恒隆广场一般叫人难以接近，反倒像巴黎康朋街的总店一样带着点艺术的气息。游客行人们总是习惯在翠绿色的店招和布置精美的橱窗前驻足留影，短短的时间仿佛就触碰到了时尚的脉搏。半岛酒店的下午茶可谓享誉世界，在香港即使预定了也许还无福消受，可是在上海，却可以轻松品尝到。外滩的建筑里，像这样的名店可谓比比皆是，行色匆匆的人很容易忽视它们的存在，静下心来却发现上海与世界一线城市的距离如此之近。

有着经营慧眼的精明商人在外滩无可匹敌的稀世美景里发现了自己的生财之道。中国人常常说"秀色可餐"，能在用餐之际饱览外滩两岸的风景，大概便是所有人对外滩最美好的想象了。现如今，外滩已经成了美食荟萃的天堂。品尝一顿由米其林三星厨师亲手烹饪的法式大餐，尝一次地地道道的怀石料理，回忆老上海原汁原味的本帮佳肴或是体验一次酣畅淋漓的炙烤大餐，外滩的各色餐厅绝对不会让我失望。更让我感到惊喜的是，外滩的餐厅并不是一成不变的，隔了一段时间，新的餐厅便又会隆重登场了。想着在日暮黄昏的傍晚时分，在露台上尝一顿美餐，吹一吹微凉的晚风，看着浦江两岸的华灯渐渐点亮，不经意间便触及了上海的本质。而中国人历来是把美食当作人生乐事的，所谓"民以食为天"便是如此。一边尽情展现着自己的饕餮本质，一边又可以锦心绣口地大发诗性，生活的美就都包含在其中了。

临近午夜，外滩又成了时尚男女的必到之地了。外滩的酒吧不同于衡山路，不经意间就有了那么几分矜贵的味道。午夜的钟声敲响，揭开了夜晚狂欢的序幕。各种颜色的皮肤、各种颜色的头发毫无嫌隙地交汇在一起，所谓的"海纳百川"也就有了现实的注脚了。张爱玲笔下的上海离我们已经有了大半个世纪之远，可是外滩周围的灯红酒绿、如梦似幻却并未改变。真实的上海也许便是如此，时而"静如处子"，时而"动如脱兔"，神秘莫测便是上海性格里最耐人寻味的部分。

许多年前，立波啤酒的广告片唱出了70后热爱上海的理由。

但对我而言，上海最美的部分还是那叫人魂牵梦萦的外滩。

二

外滩很近，黄浦江畔，十里之外；外滩很远，那里是中国的骄傲，亚洲的明珠。上海因外滩而立，也因外滩而闻名。外滩也只因为是上海的外滩，所以即使想起也是活色生香，即使读起也会口舌生香。

没人能说清外滩的第一座西方建筑究竟是何时落成的，就如同是复活节岛上的巨石人像一般，在所有人的眼皮底下神奇地矗立起来了。先是星罗棋布地分散着，终于汇集成了逶迤蜿蜒的建筑带。富有殖民地气息的各国建筑虽然无声肃穆，却成了浦江之畔最风情万种的风景。各国的商船来了，船员在这里留下身穿海魂衫的身影；奔赴十里洋场闯天下的青年来了，在这里留下桀骜不驯的笑容；日本人来了，不忘留下趾高气扬的胜利者的姿态；人民军队来了，曾经浴血奋战的钢铁战士又回到了当初淳朴憨实的模样。时光匆匆流转，春去秋来，唯一不变的是永恒的背景。它们被挂在美国南方的老宅里、法国贵族的府邸里，抑或是中国乡间随处可见的砖石小屋里。无论上海如何改变，这里便是所有人记忆里固执坚守的上海。

有人说黄浦江是一条镂金嵌玉的腰带，我却坚定地认为她是一条不偏不倚的分割线。21世纪以前，她的西面是妖娆繁华的十里长街，东面却是一望无际的原始滩涂。其时，江的彼岸天正蓝，水正清，间或还有海鸟飞过，双翼下带起一片疾风。21世纪以后，浦江的东面便已不复当年的场景了。三年一觉扬州梦，待到梦醒时分，恍惚已分不清自己是身处曼哈顿还是东京了。上海的明信片上印上了新天地的摩登画面，电视宣传片里满是灯火璀璨、五光十色的摩天高楼，连上海香烟盒上都印上了陆家嘴的身影。外滩仿佛是不甘老去的贵妇，用骄傲支撑起自己的身躯与精神。待到后起之秀走到台前，她却只留下一身渐行渐远的落寞背影了。

但含辛茹苦、在动荡年代里依旧固执地坚守着上海的气派与骄傲的外滩，是不甘心被野心勃勃的后起之秀所打败的。面对着惨淡的现实，她只是定一定神，缓一口气，便进入了自己暗流涌动的蛰伏期。外滩并不是垂垂老矣，她只不过是被岁月的风霜染白了双鬓，揉皱了眉头。陆家嘴的辉煌与她无关，新天地的繁华是早已经历过的，鳞次栉比的高楼只是过眼云烟，世博场馆的建设也不过是寂静中的噪音罢了。在别人忙着改头换面的时候，她却潜下心来修路、造桥、铺高架。别人将精力用在了面子上，她悄悄地却将内里焕然一新。为了生计，有人疲于奔命，有人则放下了身段。因为日渐式微，百乐门低下了自己高贵的头颅；因为摩天大楼的拔地而起，国际饭店敛尽了一身的傲气。而外滩却不为所动，她的珍贵就在于德高望重的老建筑以及矜持优雅的个性，个中道理，也只有繁花落尽的昔日美人才懂。

2010 年的外滩，又一次被推到时代的风口浪尖上了。华服美衣是为她度身定制的出场礼服，美酒佳肴则是对于重新归位的庆贺。外滩的百年智慧又一次显现出来了。她不是《色戒》里冒冒失失、故作风情的女学生王佳芝，而是那个躲在牌桌后头运筹帷幄的易太太。任凭陆家嘴、新天地怎样的雄心勃勃，在外滩看来，实在是不值得那么大惊小怪的。

引进品牌，外滩不鲁莽、不冒进，能够在这里登堂入室的全部是有着数十年乃至上百年历史的一线品牌。一针一线的精致手工、一丝不苟的奢华材质以及尊贵独有的定制服务，低调的奢华，才是能与外滩相得益彰的。外滩五号静静地藏在老洋房的深处，走近了，才能够感受到他炙热的温度。这是外滩所要的温度，恰到好处，一丝不露。坐在外滩五号的露台上享用晚餐，仿佛是经典电影桥段的重演。"你站在桥上看风景，看风景的人在楼上看你。"看客们一不小心便融入了外滩的长卷里，成了旁人艳羡的对象了。半岛酒店是外滩唯一的新建筑了，在街角的转弯处偶遇，第一眼甚至没认出眼前便是声名在外的半岛酒店，但好品质与好服务却是一脉相承的。引用一句香港街知巷闻的名言："如果住不起半岛酒店，那就来这里喝一杯下午茶吧。"在半岛酒店的西餐厅里品一杯地道的咖啡，用三层点心塔里琳琅满目的甜点填满自己的胃。耳畔是悠悠萨克斯的回响，落地玻璃窗外则是面目一新的新上海。

外滩重生了，这也将会是她的永生。热爱外滩的理由，并不是那一幢具体的建筑，而是那摩肩接踵、中西合璧的视觉冲击。走入外滩的内心深处，并不如想象中那般爽朗外向。那是一种千帆过尽后的洒脱。"稻子越熟，头便越低"，这句话便是对外滩最生动的诠释。

最后的渔村

印象中的渔村，寂静的海滩、破落的茅屋、散挂的渔网、横七竖八的小舢板……而眼前，粉墙黛瓦的老宅错落有致，古色古香的老街蜿蜒前伸，宽阔壮观的海塘巍然横亘，阳光洒满的沙滩如梦似幻……完全颠覆了我脑海里"渔村"的原样。这就是东海之滨的金山嘴渔村！

　　此刻，我站在金山嘴渔村的观景台上，感受着六千多年渔村的历史风云，极目远眺，杭州湾的美丽轮廓尽现，涛声在我耳畔时起时伏。隐约浮现的，是闻名天下的金山三岛。距离最近的是小金山岛，犹如一片浮叶，而那座最高的，是大金山岛，是整个上海海拔最高点所在，岛上有六十多种珍稀物种，已被列为海洋生态自然保护区，旁边那座微微突起的小山，名为浮山岛，因其形如乌龟，被当地人戏称为乌龟山。远古时代，金山三岛是片陆地，曾诞生了上海地区最早的城市——康城。金山嘴渔村的一个老渔民告诉我，如果天气晴朗，海水清澈，说不定能在大金山岛一带的水底看到类似城墙的遗迹。无疑，金山三岛是这个渔村所看到的最为自豪的景色了。

　　不由回味起刚才在渔村老街所见到的景致。老街狭窄、绵延、凝重，一条运石河灵动地流淌其中，河上浮着长长的木栈桥。桥的两边，是江南常见的曲曲折折的小弄。小弄两边的人家，马头墙、观音兜时现，富有明清建筑的韵味，令人想起苏州的那种小巷。老街仅一条主道，沿街的店铺和馆宅鳞次栉比，游客在老街上往往是流连忘返，乐此不疲。除渔家小铺、渔家集市等一般店铺外，老街上的渔民老宅、渔具馆、金山嘴渔村历史文化馆、民间收藏馆、渔家茶室等景点，尤为吸引人。馆宅里的内容，真实记录着渔村生活的演变历史和故事。渔民老宅里的外厅、披屋、灶间、作坊，渔具馆里的竹排、舢板、大玉箍、架子网等，对我们这些游客来说，既陌生又新奇，但对金山嘴渔村所有人来说，是一段历史、一种亲切、一片记忆。

　　记忆里的渔村充满传奇。时至今日，许多故事还在口口相传，津津乐道。在渔具馆，看到一张奇特的网，十几根竹片弯弯曲曲插在沙滩上，上面连着密密的小眼网。我细问，才知这叫张闸网。相

171

传过去金山嘴有个小伙子，常在芦苇荡捕鱼，发现芦苇荡里的鱼虾都是潮水带来的，他灵机一动，将芦苇和竹片砍来，插入沙滩，利用海水涨潮来捕捉鱼虾，由于网的设置，退潮时这些鱼虾被网挡住，留在沙滩上了。很快，这一方法在沿海流传开来。因小伙子姓张，这闸一样的网由此得名。狭长的老街，渔家茶馆有六七家之多，渔民们喝茶品茗，聊天对弈，很是惬意。老街拐角的那家茶馆，几个茶客正聊着望海娘娘的逸闻。望海娘娘是当地人对妈祖的称呼，妈祖庙在那一带称为娘娘庙。娘娘庙里的望海娘娘是当地人心目中的神，自古以来，就虔诚供奉着，不容任何丝毫的亵渎。1937年，日寇从金山嘴登陆，飞机在天上盘旋着，疯狂轰炸渔村，娘娘庙不幸被炸毁。神奇的是，望海娘娘的神像完好无损。据传，炸毁娘娘庙的那架飞机，在返航途中坠毁在杭州湾的波涛中。

收住遐想，从观景台下来，已是夜幕降临。在渔村最东端的大金山酒家，领略渔村的海鲜风味。金山嘴渔村，原是上海地区有名的渔港，有出海渔民近六百人，大小渔船近五十来条。20世纪90年代后期，由于过度捕捞，沿海渔业资源衰竭，渔村里只剩下十几条小船一百多人从事出海打渔，大多数渔民只能上岸谋生。渔家酒店饭馆，就是从那时风生水起。好在金山嘴渔村有6公里海岸线，由西至东，形成气候的渔家酒店饭馆已有十八家，如胖子海鲜楼、望海湾酒家、海上渔村、观海阁等，每逢周末，宾客盈门。在三楼临窗面海的包房落座，酒家主人杨妹妹笑容可掬请我们"享饭"。见满桌神情诧异，她操一口当地土话解释道，渔村里的"享饭"就是吃饭，筷子叫篙子，盛饭叫兜饭，因"盛"与当地话沉船的"沉"同音，不吉利。吃鱼时把鱼翻过来叫掉头，因为"翻"意味着翻船，对渔家来说，口彩不利。大家这才释然，开始"享饭"。杨妹妹并不见半点"妹妹"的娇媚，她已六十四岁，但腰板硬朗，

干练大气。其父是金山嘴渔村有名的渔老大，七十岁时还能挑150斤重的两筐鱼。作为渔家后代，杨妹妹开酒店已近二十年，在这个渔村，不仅规模最大，且口碑颇好。杨妹妹虽过耳顺之年，但她还每每亲自下厨。归岸的渔船打上来鱼，都喜欢先往她店来送。她的拿手菜是红烧闸网鱼、葱油梭子蟹、盐水白米虾、清蒸梅童鱼、清蒸烤子鱼、雪菜莲婆汤，每道菜都鲜美适口，令人难忘。尤其是那清蒸梅童鱼和清蒸烤子鱼，几乎不加其他调味品，原汁原味，但把其中的鲜嫩之处，发挥得淋漓尽致，口感不亚于3月长江刀鱼，用当地人的话说，吃了打耳光也不肯放。

望着窗外渔村一片灯火，倾听着月色下海浪的柔声细语，品尝着渔家独特风味，颇有学者风度的金山旅游局局长王克起的一句话，又回响在我耳边："这可能是上海的最后一个渔村了。"

周 平

记忆中的醉白池

醉白池，一个充满了诗情画意的园名，一个老松江人念念不忘的公园。

这开园半百有余、辟园三百多年的江南古典名园，是松江的骄傲，更是众多松江人的难忘记忆！

记忆中，我们幼年时的醉白池，进园只要2分钱——一根油条价钱都不满。虽然已是够便宜的了，但我们这些顽皮男娃，却常常还是舍不得，或者说是掏不出那2分钱，而是来到公园最西南端靠近人民河桥那里的围墙边，学着电影里看来的八路军、武工队翻围墙端炮楼的英雄样，你踩着我肩，我扛着你脚，再你拉着我手，我托着你脚，一个一个翻进了园墙，然后便奔向那"山"、那河、那桥、那廊。这心中的欢乐啊，是那2角钱、2元钱也买不到的！当然，也有失算的时候，刚跳下地，就听见管理公园的老师傅哇拉哇啦的喊声："好啊！啥人家的小孩？竟然翻墙进来白相啊！走，找你们家里人去！……"这时候，我们这帮"坏孩子"当然就马上四散出逃，逃掉的依然

在那"山"、那河、那桥、那廊玩得开心，逃不掉的便"哭出乌拉"做可怜状，任凭老师傅拖着骂着赶出了园门。

记忆中，我在幼年时看的第一场杂技演出，竟然是在醉白池的大草坪上。那是个晚上，跟随着大人来到醉白池，感觉特别不一样，平时白天看到的原本在我心目中很大的大草坪上，竟然长出了一顶"巨大"的帐篷。我们走进帐篷，嗬！四周还有一圈阶梯座位。坐在那高高的地方，看演员们从一个门帘里出出进进，到场中心，忽而翻跟斗，忽而爬高梯；忽而飞上飞下，忽而弹起跳落；忽而小丑显怪，忽而戏法魔术……那一晚，把我简直看呆了，杂技原来这么好看啊！以至于后来每当看到杂技时，我就会想起醉白池，就会想起醉白池的那一夜。直到前些年，松江体育馆变身为松江大舞台后进去看戏时，看到那大屋顶，那边上的一圈阶梯坐席，我还会感叹，这条件比醉白池那帐篷不知好了多少了，可咋就没让杂技、马戏来演演呢？

记忆中，我还差点在醉白池因一失足成"千古恨"呢！那是一个阳光灿烂的下午，我们几个毛孩子又来到醉白池疯玩了。逛来逛去，逛到了内院外西侧的那小河边，看见几只大莲蓬头矗立在河泥中央，也全不顾这河泥是干是湿、是软是硬，我抢先一脚就跨了出去。谁知两步一跨，就陷在了河泥中拔不出来了。当时哪个怕哪个急啊，除了哭，就是叫了。岸上的大人们看到了一边赶紧喊"不要动！越动就会陷得越快"，一边马上找来了长竹竿递向我，让我抓住，然后使劲把我拉了上去。命是保住了，可这副熊样，回去咋交代啊？于是，几个小伙伴出主意，赶紧让我把裤子脱下，到河边又是洗脚又是搓裤，然后把裤子摊开在大石头上让太阳尽情地晒——好在那是大热天，又是大晴天。等到终于看上去干得差不多了，才穿上磨磨唧唧回家去。一路上，我再三关照小伙伴们，到家可千万别说出今天的事啊。但是，小孩毕竟是小孩，自以为够天衣无缝了，谁料想父母下班回家一看，就发现裤子有问题了——我们那洗哪算得上是洗啊，斑斑驳驳的泥迹水印，不用仔细看就被发现了，再加上小伙伴中那个最小的嘴又快。马上，事情一五一十就从他妈妈讲到了我妈妈耳朵里。于是，一顿"竹笋拷肉"当然逃不过，耳边，还有那众妈妈们叽哩哇啦的"安全教育"。

记忆中，醉白池里当年还有一个溜冰场，印象中是处在比较隐秘的内院外的南侧，走过去好像还要有点曲径通幽。尽管那不是我们小孩子玩的地方，但大人们溜冰时那飞舞翱翔的英姿，是我等这帮小屁孩眼馋的。所以，我们也常常去那里，趴在边上的金属围栏上，看着那些男男女女，或牵着手，或搂着腰；或飞着滑，或挪着步；或笑哈哈，或咧着嘴……毫不相干的我们也会跟着或替他们紧张，或给他们拍手。多有趣的一幕啊！可惜的是，等到我们长大也可以去享受这溜冰的欢乐时，醉白池的溜冰场却没了！

记忆中，外祖父六十大寿时，老人家与他那一大群外孙们在醉白池匾下合了影。望着这些个"枝枝攀攀"，他内心那喜悦哦，就是一个词——无以言表。

记忆中，那时候，要拍照留影，第一个想到的地方就是醉白池。中学毕业时，几个铁哥儿们难得借到了一架相机，来到这里，留下了我们的青春岁月。

记忆中，当年松江谈情说爱的最佳之处，也好像非醉白池莫属……

呵，记忆中的醉白池，永远可忆的醉白池啊！

许 平

我的小时代

该热不热的那天，我飞抵青岛，只为刘真骅的一个电话。

那天之前的那天，我的手机跳出她的名字。好久没有互跳，因而这个跳出让我小吃一惊。

"许平，什么时候来看我？"

"过几天。"

"几天是几天？"

"一二三天后。"

"行。"

语贵洒脱，不可拖泥带水。这是刘真骅和我的语体。

第四天，我拖起拉杆箱登上飞机坐看云卷云舒。

只眨了几下眼，黄浦江变成了崂山。

没有告诉刘真骅我已经在青岛。

先去八大关感受红瓦绿树、碧海蓝天的气质。每回到青岛，我必上那儿养眼。又入仙山画里来，每回我都说青岛我爱煞了你。

然后直奔海尔洲际大酒店。青岛海尔和英国洲际的五星，距离刘真骅家仅百步。

极其钟情海尔洲际，它所有的客房都超级醉人：青岛海岸线就挂在每扇窗户上，醉晕你。

1212房，倒杯咖啡坐在海岸线上。大海蓝天、五四广场、奥帆基地尽收眼底。还有大黄鸭，在全球拥有乌泱泱粉丝的大黄鸭在青岛竟那么气定神闲地嬉戏着海水。

滚滚红尘何处可依？不浮华，不喧嚣，我总说它是青岛的文化标本。这标本，养性。

然后138……7106点拨刘真骅手机。"爬上飞快的火车，像骑上奔驰的骏马……"响起的永远是《铁道游击队》的主题歌。她说过，刘知侠一直在，从没离去。

微山湖上静悄悄，刘真骅的声音来了。

"住海尔洲际？决不允许。你忘了我家也有海岸线？住家来！"

这是刘式命令。

我批评自己真是不长记性。"我家是国际旅行社，刘知侠活着的时候就是，凡是我家的客人，一律住家来，决不允许住宾馆。"好多年前刘真骅就给了我这规定。事实是，有一年这个规定硬生生地把我从栈桥宾馆拽出，而那以后的每次，我都乖乖地住进她的国际旅行社。

其实也不能全赖记性。"吃蛤蜊，哈（喝）啤酒"，这次我是真不想麻烦刘真骅。

但还是不得不，结账退房对五星说拜拜。然后拉杆箱不情不愿地蔫巴蔫巴地跟着我，百步里我一步一回头，舍不得1212房里的大海蓝天、五四广场、奥帆基地和大黄鸭，还有那哈了一小半的咖啡；好个心疼五星的价码，为它我的钱包瘪了一大截呀。

小拐弯，见刘真骅已站在门口，面白，身修，美丰仪。每每面对她，我都有词匮语乏的焦虑。

什么词儿配得上她！八十岁佳人，清扬婉兮！早几年我就对她说，您让我不怕老。早几年她就要我记住：女人一生都美丽。

进屋，落座我的老位置。崂山茶、崂山水，等我哈一杯。

"住几天？"

"明儿走。"

"急点。"

"……"

"才一个晚上。"

"……"

"那咱俩得聊个整宿。"

小半宿聊她的朋友，韩美林、秦怡、臧克家、迟浩田……

大半宿聊和刘知侠有关的事儿。《铁道游击队》电影重拍计划，真知基金已经捐了几十万的助学金，当然这中间还聊了刘真骅的事儿：刘真骅品牌服装、刘真骅聊天室、刘真骅电视访谈节目。

整宿在我们的聊呀聊呀中过了。旭日新透亮窗纱时，我和刘真骅已经站在了海边。

晨去海边散步，这是我和刘真骅的保留节目。

每次站在海边刘真骅都会指着某一处深情无限地说："那儿，当年我和刘知侠天天去，早上或者傍晚。"每次她说这话的时候我总是站在她身后。她的背影总给我诗性，《海边女人的背影》，我连题目都想好了，可这么多年过去了，"背影"还只是诗性。

这次我还是看着海边女人的背影发着诗性默不作声。其实不光发诗性。海风你轻轻地吹，海浪你轻轻地摇，且听且吟我在琢磨那刻刘真骅在想什么。曾经拥有的岁月，是否已成为她的海岸线？她一定在某一天潜入海岸线，蘸着海水将两个人和一段情刻下。岁月渐行渐远又何妨呢？她与刘知侠灵魂同在。

不断地有人跟刘真骅招呼："您早。""昨晚在电视里又见您了。""您那天的文章写得真好。"习惯了这样的场面。有一年陪她去青岛名人公园，在门口遇到同城人问："您是刘真骅？哎呀呀，见着真人了。"有一年和她在五四广场溜达，一行人过去又折回："您的电视节目真好，给签个名吧。"

差辈分，却一见如故。刘真骅说："我们是好朋友。"我说："您举岛闻名，搞不懂我对您怎么没有一点儿的生分。"她分析我的话，得出几个结论，我最乐意接受的是："骨子里我们都有崂山气质。"

周孔遗风，孔颜人格，这样的认同感上哪去找？

不止一次刘真骅对我说："我的故事愿意让你知道。"我用了她一点点故事，写了一篇文章，她看后说："你写得很抓人。"本来我还打算再写她一点点，但后来我忽然发现她哪哪都是故事，我根本写不了。

海面波光粼粼时我们返回。刘真骅准备了好些东西。到青岛不能不吃的是蛤蜊，辣炒蛤蜊、原汁蛤蜊、微波蛤蜊，还有蛤蜊小豆腐、蛤蜊鸡、蛤蜊蒸蛋、蛤蜊面、蛤蜊冬瓜汤、蛤蜊疙瘩汤……青岛说蛤蜊是gala。我爱听gala，我姥姥总这么说蛤蜊。有时候我会怀疑我爱煞了青岛，会不会也有gala这个元素。还有青岛啤酒，到青岛不能不喝的是啤酒，口香醇厚，爽翻你的嘴你的胃，哪里是阿拉松江那个青岛啤酒的泡沫。马夹袋装啤酒是青岛夏天的一个景致，我痴迷这个景致，所以有时候我也会琢磨我老想念青岛是不是这个景致也在作祟。每年青岛与世界干杯十六天，名曰青岛国际啤酒节。有一年我们真是太邪乎，八个人喝了80斤，都80斤了都东倒西歪了还不忘与世界Cheers。青岛啤酒，崂山泉水酿成，好哈呀。这也是我姥姥的话。我姥姥的语录："哪场的水都赶不上咱崂山的。"

"吃蛤蜊，哈啤酒，养生。" 这天我对刘真骅说。

"这次你缺洗海澡，下回补。三者合一，夫复何求？"刘真骅说。

有车在刘真骅的窗外鸣笛两声。"电视台接我的车，下午有我一档节目。我不送你了。你到上海后给我报平安。"

几小时后我在夜空上数星星，数着数着就数到了虹桥机场。

出关。第一件事移动 138……7106 听 "爬上飞快的火车,像骑上奔驰的骏马"。

"落地了？"

"落了。"

"你这次来看我，我又一次感动……就是没聊够，下次多住几天。"

"好，吃蛤蜊，哈啤酒，下次让您多费些银子。"

"饿了吧？"

饿了。但我心花路放。答应刘真骅的，一年飞她那儿一次，看她一次。这是条约？还是承诺？我这么做，满足的不仅仅是刘真骅。这是实话。比如这次，我翱翔的时候，尘世间的忙碌和疲惫拂袖飞去我心肺无外事而歌白云随我见青岛；我展翅的时候，让老人迟迟不见去年人的内疚和纠结也随风飘没我清虚以守神而唱鲁女此来意欲何求？

拿点时间，别人快乐，我更快乐，这个利润是不是很嗨？

这是我的小时代。

王 斌

切勿等待

在微信上，很多人都在转发这样一个段子：

一个人，一辈子最重要的事情，其实就在永远等待着来到身边的那个你：

炊烟起了，我在门口等你。
夕阳下了，我在山边等你。
叶子黄了，我在树下等你。
月儿弯了，我在十五等你。
细雨来了，我在伞下等你。
流水冻了，我在河畔等你。
生命累了，我在天堂等你。
人生老了，我在来生等你。

而且，几乎所有的人，在转发时都表达了自己对这个段子的感觉：很喜欢、非常喜欢、太喜欢了……

为什么这么多人喜欢这个段子呢？大概有这样一些原因吧。先是段子中的等待表达出一种浪漫的诗意，美的意境能让人心理产生亲近、亲切和温暖的感觉。还有就是很多人心中都有一个渴望人等待的梦，把自己的角色放在"你"的位置上，觉得有人等待是一种幸福和欣慰。而且，在生命的各个阶段、各个时期、各种状况时，那个叫作"我"的人都在合适、温馨而又浪漫的地方等待着叫作"你"的自己，着实让人开心，让人感觉美好。再有就是诗一样的段子，描述两个人，他和她。也许"我"是他，也许"你"是他；也许他在等"我"，也许她在等"我"。他和她之间当然是那种爱的等待、恋的等待、相思的等待，由等待而引起的爱情在门口、山边、树下、圆月、伞下、河畔、天堂里荡漾，无论是"你"，还是"我"，无论充当哪个角色，都拥有着爱的充实、爱的快乐、爱的甜蜜，这样的爱情故事怎么可能不让人喜欢呢？

然而，我却没有转这个段子，因为我不太喜欢它。

诗一样的语言，美丽，按道理应该喜欢。可是这么美丽的语言描述的仅是等待，被动地等待，缺一点主动，让我十分喜欢它，难！

很浪漫的意境，温馨，按道理应该喜欢。可是如此温情的意境刻画的只是等待，无奈地等着，缺少点畅快，让我真那么喜欢，难！

很温情的梦境，美妙，按道理应该喜欢，可是如此美妙的梦境演绎的而是等待，虚幻地等待，缺少点地气，让我太多的喜欢，难！

如此美的爱情，真挚，按道理应该喜欢，可是如此真挚的爱情表达的却是等待，默默地苦等，缺少点激情，让我如何的喜欢，难！

总之，不太喜欢的理由多多……

我在想，人生何必只是等待呢？干嘛不主动，干嘛不去行动，干嘛不去追求呢？在现实中，无论是爱情，还是友情；无论是情感，还是生活；无论是收获，还是付出等，都来源于主动，来源于追求，来源于行动。相反，很多事情，都因为等待，一次又一次地等待，傻傻地等待，耽误了，错过了，丢失了，延缓了，给人生、给情感、给生活造成了诸多的尴尬、诸多的被动、诸多的遗憾、诸多的缺失、诸多的损失。因此，人生不能只是等待，必须行动，立即行动，强有力地行动，用扎扎实实的行动，用紧迫积极的行动，用充满激情的行动，创造美丽的生活、美好的感情、美妙的境界。所以，在我来说，这个段子会这样去写：

炊烟起了，我去门口迎你。

夕阳下了，我到山边找你。

叶子黄了，我在树下抱你。

月儿弯了，我在十五爱你。

细雨来了，我在伞下吻你。

流水冻了，我在河畔暖你。

生命累了，我去天堂梦你。

人生老了，我在来生陪你。

这样，在生命的各个阶段、各个时期、各种状况时，"我"都拥有"你"，踏踏实实、真真实实地给"你"爱，获得"你"的爱。付出这样的行动，"我"和"你"是多么快乐、多么美丽，会拥有多么充实的人生啊！

周　明

相遇鸟儿

说来真的不相信，与麻雀的相遇竟会连续出现，这偶遇的故事还得从头说起。

2012 年秋季的某天，早晨上班，打开窗户，泡上热茶，打开电脑，伏案工作。一阵叽叽喳喳之后，一只小麻雀飞入我的办公室，驻足于衣架上，小鸟也没在意我的存在。我觉得有趣，便起身把门窗关好，准备捉住此鸟送于我儿，因为我儿特喜欢小动物。也许小鸟已发现了门窗关闭，也许小鸟正在跟随妈妈练习飞行，小鸟便一个劲地不停拍打着翅膀，对着洁净的玻璃窗飞去，径直撞上玻璃。小鸟飞得很高，我两手还够不着，捉不住，只能任凭小鸟横冲直撞。几个回合，小鸟可能累了，飞行高度慢慢低了，直到滑翔到地板上，我便一个健步把小鸟捧在手里。仔细端详，发现这是只幼小的麻雀，毛色带浅绿，由于撞击，头部的毛有些脱落，顶部有些渗血，着实让人心痛。我把小鸟放入小盒子中，盖子稍抬起些，让其透气，还托同事上街买来鸟笼、小米等，再盛点水，一切安排停当，将小鸟放入笼子带回家养起来。

小鸟还真调皮，叽叽喳喳欢畅着呢，也吃了一些小米，可到第三天早上我醒来，听不见小鸟的叫声，心想，完了，出事了。果不其然，小鸟躺在笼子里不动了。原来的鸟鸣声听不到了，变得如此寂静。都说麻雀养不长，可能也真是如此。说起养麻雀，我还是有些经验与体会的，小时候掏鸟窝，养麻雀，最长时养到过一周呢。本想凭着先前有的经验，可以养只小鸟，与小生命为伴，不承想却早早地结束了它的生命。可能麻雀野外生活自由翱翔搏击的秉性是鸟笼关不了的，一旦关上，会把它扼杀了。真不该养起来，小鸟的离去让我和我儿好不悲痛。为纪念它的辞世，我们在花园里树根下挖了个坑把它埋掉，举行了土葬，以此自慰，并表哀悼。

时间过了大约半年多，2013年夏季的一天，上海罕见的超高温也使鸟儿们难耐，径直去寻找阴凉处消暑解热。我吃罢午餐，准备午休。上午连续的空调致使室内空气混浊，便想把窗户打开一条缝隙，好让室外新鲜的空气进来。刚坐下，还未合眼，一只小鸟欢叫着穿过缝隙飞入室内，也怪，其他窗子均关了，仅开了这么一条缝儿，它也能飞入？可能室外实在太热，酷暑难消，致使小鸟快中暑了，可能室内的一丝凉风把鸟儿召唤进来了。因为有了上次的教训与经验，我便任由小鸟在室内飞行，它边叫边在室内来回飞行，随后停在了一个书柜上。我也想与它亲近，边呼唤着小鸟，边去捉它，但小鸟本能地高飞起来，无奈我捉不住它。其实，我也只是想亲近它而已，但小鸟是不会猜到我的心思的。小鸟或高或低，或停留在书柜上，或钻入沙发底，飞来飞去。过了一些时候，也许小鸟真的飞累了，在茶几上停住了脚步不飞了，我这时才上前把它捉在手里。仔细端详，这只小鸟与上只小鸟个儿、年龄，甚至毛色也差不多，莫非是上只鸟转世？手里捧着的小鸟并无受伤，我心里很是高兴，竟跟小鸟说起话来："鸟儿鸟儿，不用怕，我会放你走，你会高飞天空的！"我打开窗户，张开双手，与小鸟说再见。小鸟获得了高飞的机会，便扑棱着翅膀，飞向天空，飞向远方。

小鸟，何时能再见到你！

杂谈超生罚款

张艺谋终于交纳了 748 万元的超生罚款（社会抚养费），但事情未完，无锡滨湖区卫计局又发话了：若发现当年度张艺谋有新的收入证据，将对张艺谋重征罚款。其实，不只是对张艺谋，不管是谁，只要违法，都应予以追究。但笔者另有些想法，从这件事中可窥见几个问题。

作为在国际国内有显著地位的公众人物——大导演张艺谋，明知其超生行为本就涉嫌违法，还堂而皇之超生，并欲蒙混过关，这本身就反映出大问题，这是明知故犯，明知不可为而为之，这是与法律叫板。

但张艺谋毕竟交了钱，认了错，道了歉，这些可以值得肯定与赞赏。有人曰这是作为一位名人、父亲、男人的应有之举，但这是在被公布于众、无法遮掩的情势下的举动，决非张艺谋自愿。这种情景之下所为，真的令人信服、拍手叫好？

不管大导演张艺谋是何种身份，都要遵守"缴纳社会抚养费的人员，是国家工作人员的，应当依法给予行政处分；其他人员还应当由其所在单位或组织给予纪律处分"之条款。当然，张艺谋是否得到行政处分或纪律处分，我们不得而知。

张艺谋作为大导演，其能一次性拿出如此巨款，可见收入不菲。所以，这样看来，娱乐圈赚钱还是比一般行业多，这也难怪几年来艺考"高烧"不退！同时，是否依法缴纳个人所得税？这些问题因为张艺谋上交超生罚款将会随之而来。

作为曾经为国家做出过巨大贡献的张艺谋，因超生交了罚款，那么那些在各种圈中冒出来的明星，他们中的超生又有谁知？又由谁来罚呢？

刹住名人的超生之风，抑或偷税漏税之风，使他们敬畏法律，才是最主要的！这才配得上称为公众人物！

自由与不自由

——上海卷高考作文题随想

上海卷作文题，似乎总能带给人更多的思考。

《穿越沙漠和自由》一段材料，讲述的是"你可以选择穿越沙漠的道路和方式，所以你是自由的；你必须穿越这片沙漠，所以你又不是自由的"。这实际上是一个矛盾统一体中的两个方面：主要方面与次要方面，主要方面起支配作用，次要方面处于被支配地位，但二者并不是一成不变的，当条件改变时，会相互转化。

你有选择道路和方式的权利，所以你有支配权，因而是自由的，但其中无奈的是你必须穿越这片沙漠，所以你同时又处于被支配的地位，因而是不自由的。

在现实生活中，这种矛盾的两极的情况，可以说是比比皆是，不胜枚举。

中国经过三十多年的改革开放，已成为世界第二大经济体，其发展必然是第一要务，那么怎样发展又成为摆在国人面前的一个问题，因为没有现成的模式可参考。所以，走西方式纯粹的市场经济道路，还是走中国特色的社会主义经济发展的道路呢？这就成为一个问题的两个方面。十八届三中全会明确了市场在资源配置中起决定性作用，但中国政府在强调市场功能的同时并没有走向市场万能主义，而是把作为一种资源配置方式的市场经济与社会主义的价值目标结合在一起。这种社会主义市场经济发展道路确保了中国在经济发展过程中既避免"政府失灵"，又避免"市场失灵"。

视高考题目必谈及教育改革与发展。教育的根本任务是立德树人，践行社会主义核心价值观，培养国家、民族、家庭未来的建设者和传承者。所以求学、求知、做人，在浩瀚的知识海洋中遨游，学生们是自由的；但同时，他们又被考试所桎梏和束缚，尤其是被高考这根指挥棒所支配，因而学生们是不自由的。这种不自由亦波及社会、家长。家长请假陪考，有媒体称进入"屏息静气的高考时刻"，或是"紧张有序的高考节奏"，城市工地停工，广场舞降低音量，警察维护治安，甚至连小区狗吠也被人认为影响考生答题，更不要说由于这种种不自由而带给考生心理上的变化、异常，严重的造成意想不到的后果。除了"不苦不累高三无味，不拼不搏高三白活"等口号，还有考生考后撕书的集体狂欢，都说明了高考被异化，当然结局是可悲的。

妥善处理好二者的关系迫在眉睫，既要让学生享受在学习过程中带来的自由，又要摒弃只为考试而考试带来的不自由，让我们的学生不再是考试机器，而教育的主要功能也回归到培养人的轨道，这样我们教育的春天就真的来临了：自由会更自由，不自由变自由了。

此次上海的材料作文出得好，不仅从广度、深度上去启迪学生的思索，而且可以从多角度、多元素地解析与写作。

教育的这一难题需要我们拿出如解决经济发展问题般的勇气、毅力与魄力，否则如何与高速发展的经济与人才需求匹配呢？

过自己的父亲节

每年6月第三个星期日，是父亲节。父亲节于20世纪初首先由美国提出，后广泛影响到世界各国和地区。

受西方文化影响，西方的节日也在中国大行其道，如情人节、愚人节、圣诞节等，已然成为中国年轻人喜欢的节日。母亲节、父亲节在中国也颇为流行，某种程度上反映了国人尊老敬老的思想。我们本土的节日，没有专门的母亲节、父亲节，并不像情人节、圣诞节，相当于我们中国的七夕节、春节，要表达对父母的感恩之情，大部分人是给父母过生日。随着社会的发展，特别是西方外来文化的影响，父亲节在中国渐成气候。

国人对于父亲节主要集中在三个问题上：一是既要过，那么就应有中国自己的父亲节，而不是过他国的父亲节，比如俄罗斯的父亲节是每年2月13日，韩国的是每年5月8日，法国是每年5月31日，巴西是每年8月第二个星期日，而我国台湾地区则把每年的8月8日（88谐音爸爸）作为父亲节。二是这个节日，定在哪天还是个未知数。三是可以在这一天让天下所有父亲思考一下，自己有无尽到做父亲的责任，如何做一个孩子眼中的好父亲等。如能这样，父亲节便非常有意义了。

2014年6月15日，我们照例过属于自己的父亲节。我们去看望了双方的老人。现今的老人，物质上什么都不缺，缺的就是子女

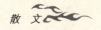

常回家看看，唠唠家常，享天伦之乐。

这一天，我们为四位老人过了个父亲节。我们与老人一起吃饭，做家务，听老人滔滔不绝讲他们早年的革命经历。虽是耄耋老人，全无疲倦之意，脸上洋溢着青壮年时才有的自信和豪迈，令我们非常感动。处于上有老下有小知天命的我们，该是最懂老人心的。只要老人高兴，我们便高兴。老人健康长寿，便是小辈的福分。古人云，"孝，德之本也""百善孝为先""孝居百行之先"，可见，孝在中国传统文化中有很重的分量，是闪耀人性光辉的文化，也是维系血缘与道德的文化。

回到家中，与儿子探讨孝文化，将这一体会告之！刚踏上工作岗位的儿子很是同意，频频点头。

不多一会儿，快递送来一个包裹，儿子签收，打开过目，叫我："老爸，送样礼物给您，祝节日快乐！祝老爸年轻、帅气！"以前也曾收到儿子送的不少礼物，今天的礼物却包含了特殊的意义，因为是父亲节礼物。我不由得一阵感动，情不自禁地拥抱了一下儿子。我打开礼盒，里面是一块时尚手表。我明白了，儿子是让我记住时间，说明我已经不年轻了，需要多加保重；同时又要忘了时间，保持年轻的心态，拥有青春健康的身体！儿子，你长大了，懂道理，显成熟了。妻子忙着拍照，上传微信。不一会儿，收到三十多条点赞与评价，心里美滋滋的，跟儿子说道："儿子，点赞的人跟我们一样感同身受。"

就该过属于自己的父亲节。

侯建萍

走近李白

想真正读懂一首古诗，除了查资料，如果有机会
到诗人吟诗的地方感受一下其特有的地理方位，想象
一下诗人当时的心境，那么，此诗便可写在你的记忆
深处了。6月下旬，我随上海楹联学会、松江诗联会
前往安徽宣城采风。这次采风，让我走近了李白。

孤孤单单独坐楼

去敬亭山那天，34摄氏度的高温，需要用你的脚
去丈量每一个台阶，更需要用汗水来浇灌你虔诚的心。
我没有因此而退缩，抬起如绑石块的腿，一步步往上
攀登。走走停停歇歇，终于来到了处在半山腰的太白
独坐楼。

那是一块寂寞的土地，虽眼前视野开阔，但孤独
的小楼和楼前地面的凹凸不平，让你感受到的是一丝
荒凉、半点凄惨。要不是发现栏杆边上被枝叶挡住了
的小小告示牌，要不是细读牌上的文字，要不是踮着

脚隔着黑乎乎的窗户向里探视到了被关在黑暗小楼里的李白独坐的石雕，是无法想象李白吟诗时的神情，更无法理解李白内心的寂寞与清凉。

"众鸟高飞尽，孤云独去闲。相看两不厌，只有敬亭山。"这首《独坐敬亭山》道出了李白在孤寂中以高贵的姿态与敬亭山默默相守，读懂彼此；道出了诗人到大自然怀抱中寻求安慰的情态。"相"与"两"，把诗人与敬亭山连在了一起，似乎也融为一体了。

与谢灵运并称"大小谢"的南朝齐诗人谢朓也有《游敬亭山》，前十二句写诗人所见之景，后八句写山景中之人。这两首诗"景中寓情，情因景兴，情景相生"，而李诗传"独坐"之神。他们的笔墨，尤其是李诗，使敬亭山声名鹊起。白居易、杜牧、韩愈、刘禹锡、王维、孟浩然等历代文人纷纷追寻他们的足迹，至敬亭山挥毫泼墨，有"敬亭山下橹声柔"之说。辛弃疾"我见青山多妩媚，料青山见我应如是"，显然也从李诗化出。

这就是《独坐敬亭山》的魅力所在，这就是诗仙内心的独白，由此，我也读懂了这首诗的神韵与内涵。

寻寻觅觅桃花潭

位于安徽省泾县的桃花潭，是汪伦"骗"诗仙来此游览的地方。如果不是汪伦善意的"行骗"，李白怎会知道桃花潭？又怎会留下《赠汪伦》？

桃花潭是隐蔽的。我们没有见到想象中的挂满桃子的桃园和一汪清澈见底的潭水，却看到了一片田园风光。走在用细石铺就的小路上，周身的绿色植物很是养眼。用细竹与绳子固定的一个个豇豆棚架上挂满了细细长长的豇豆，有的直直垂挂，有的俏皮地拱成半圆形，有的则摆起了 S 形 pose，它们或紫红或暗红，或嫩绿或白绿，都以各自的色彩和饱满的形体献给土地与农民；还有一片片泛着浓绿叶片的玉米地，在枝干旁斜插着如春笋般坚挺的玉米包，一层层被薄薄的淡绿的苞叶包裹着，像一个个迷你型的婴儿蜡烛包，点缀其间，可爱至极，我心中被撩起一阵想掰下一个的渴望。我不知道当年李白游经此地时，是否看到了这些，是否也觉得赏心悦目！

太阳正是一天中正旺盛的时候，阳光的过分热情，让已徒步了十多分钟的我，额头与背部都渗出了汗珠。走不尽的田间小路，也使我的脚步不再轻松，视觉也开始疲劳。"怎还不见桃花潭？应该快到了吧！"我在心中默念。我感到有点气喘与焦渴。

"那是文昌阁。"导游指指前方说。总算到了一景点，我也可以找一阴凉处歇歇脚了。

在我眼前呈现的文昌阁，画檐飞角，似塔非塔。它造型敦厚，器宇轩昂，而八角飞檐玲珑，似嫦娥伸长脖子翘首远眺。当年李白游玩桃花潭时还没有此阁！

清脆的叮叮当当声不紧不慢，引我再次抬头。原来是飞檐下的风铃在风中摇摆，有"中榜"后的春风得意之态。那自在的神情、那悦耳的铃声，让我耳目一新，如一股清泉流进我的心田，顿时凉爽了许多。"在清朝早期，文昌阁每年都要举行一次文昌会，入会者皆是科第士子，赋诗咏诗，作画为文，文昌阁成为兴会讲学之所，促进了当地文化的昌盛。"导游撑着遮阳伞细声细气地说。文人雅聚，可以想象当时才子们是如何斯文地相互作揖问候，你出上联，我对下句，你画画，我填词。文昌阁一定是被华美的词章濡染，被高雅的文气所环绕，也应该有李白的诗被人吟诵，久久回荡。因为，听说此阁是为纪念李白而建。我再一次抬头，以敬畏之神情仰视着它。

　　在文昌阁，我们只待了五分钟光景，又开始在田间小路上徒步行走。导游带我们观光的第二站是忠孝堂。我被大门口的两头石狮子所吸引。它们侧着头，凸出的眼珠往下看，紧闭的嘴巴扁长，身材俊秀，背部因历经风吹雨打，如披上了褐色的毛发。

　　"你愣在这里干吗？石狮子有啥好看的？"Y在喊我。我踮起脚尖跨入约60厘米高的门槛时，大部分联友已在第二进了。

　　我只能自己看简介。1607年，翟氏家族出了一名叫翟国儒的文武状元，被明万历皇帝封为镇抚大将军，他奉命在云南平定叛乱，凯旋时被奸臣所害，万历皇帝特赐"忠孝堂"匾一块。忠孝堂前后三进，占地千亩，其建筑材料均为楠木、汉白玉石，其石木雕刻世所罕见，被国家文物局古建筑专家罗哲文先生誉为"中华第一祠"。翟氏宗族明清两代共有十五人荣登进士，举人上百，秀才上千。

　　我转了一圈出门，"大部队"已不知去向。

　　我加紧步伐追上了两位互不相识的市里的联友。我跟着他们，再一次走在田间小路上，旁边的一条小河已经干涸。经过农家老宅时，确实看到了宅边的几棵桃树和上面悬挂的几个小毛桃。

　　一联友擦着汗说："这里可能就是桃花潭！怎么这路走也走不完啊！""应该还没有到吧，桃花潭，应该有潭呀！"我说。"当年汪伦请李白游桃花潭，是否也像我们今天这般徒步？"我在心中自问自答，"不！当时的桃花潭该是河流纵横，野趣润眼。河中鱼虾欢雀，岸边翠草妩媚；天上白云自闲游，空中鹭鸟竞翱翔吧。他们该是乘舟任东西，饮酒赏景吟诗唱和，该是何等逍遥自在！"

　　在我们穿越蜿蜒小弄时，阳光开始退却了刚才的那股热情，变得有气无力。身处明清建筑群，我的心情与古宅一样沉静。两旁的幽幽古宅成了商铺，出售的都是灰不溜秋的古玩，似乎有些年头了。我无心观赏，心中只有桃花潭。此时，小弄尽头豁然开朗。我加快脚步，一汪潭水挡住了去路。这便是桃花潭，这就是养在深闺让我寻寻觅觅得来的一块碧玉吗？

但见潭面开阔，潭水深碧，清澈晶莹。乘上游船，微风起，心荡漾。隔岸斑驳的马头墙，似乎正在感慨岁月的沧桑。跳上岸，见一老农正用脸盆舀水，浇灌种植潭边干渴的豇豆藤架。难怪午餐吃到的豇豆是糯香甘甜的。

站在对岸，想起的却是豪士汪伦写给诗仙李白的一封信："先生好游乎？此地有十里桃花；先生好饮乎？此地有万家酒店。"这一美好的"骗局"，让李白欣然而来。汪伦据实告之："桃花者，实为潭名；万家者，乃店主姓万。"李白听后大笑不止，并不以为忤。他们游遍四周青山碧水，饮酒唱和，真诚相处，友情融融。

有人说，水是灵动的，能让墨客文思泉涌，文字也如潺潺流水不再枯竭，内心深处的言语更是一泻千里。李白见到如此清澈晶莹、翠峦倒映的桃花潭，又见一边唱着欢快的歌、一边又蹦又跳地赶来为他送行的汪伦，怎不直抒胸臆，以一首《赠汪伦》痛痛快快分手？

"李白乘舟将欲行，忽闻岸上踏歌声。桃花潭水深千尺，不及汪伦送我情。"李白动容浅唱，留下的是对朋友的一片赤诚之情。

这首诗的语言虽浅显易懂，却让人沉醉其间，回味无穷。诗中，李白直呼两人的名字，可见他愿把友情深深镌刻于诗行；用"欲行"与"忽闻"，表现出汪伦对李白的不舍和李白内心的惊喜；以"潭水深"和"不及"阐述了汪伦对李白的深深情意无法丈量，抛下一个"情有多深"让我思考……我久久地站在题有"踏歌古岸"的阁下，面对桃花潭，仿佛我也成了当年欢送人群中的一员。李白看似漫不经心，其实潇洒无限的神态，让人心悦诚服。

而今，诗仙、豪士已不见踪影，桃花潭却因此千古流芳。这是怎样的一种友情啊！

萋萋李白墓

　　第三天清晨前往泾县泾川镇老干部局，与当地老年书法协会做了交流。其间，双方书法家当场挥毫，各显运墨之韵，精彩纷呈。在互赠作品并合影后，10点半我们又驱车赶往当涂县境内大青山脚下的李白墓。由于路况不熟，赶到李白墓时已是下午1点多。联友们虔诚参拜，表达了对诗仙的敬仰之情。

　　抬头，首先映入我们眼帘的是迎面牌坊上高悬的由当代书法家启功先生书写的"诗仙圣境"四个大字。入牌楼，但见远处青山连绵，脚下青草。

　　左前方为太白碑林，呈环水回廊式建筑。廊壁内墙上镶嵌了鲁迅、郭沫若等现当代名人或书法名家书写的李白各个时期的经典诗碑百余方。中间亭台轩榭，池边与廊墙齐高的可人芭蕉，亭亭玉立；转弯处，一簇翠竹掩映，显得清幽雅静。我不想移步。若能在此小亭中置一杯清茶，读几首李白诗作，遨游在青山绿水间，深味他的诗境与诗意，那该是一种怎样的享受！

　　出碑林，正前方草坪萋萋，碧池清清，柳条依依。我择一靠树荫的长条木椅而坐。隔岸一尊高大的汉白玉李白雕像矗立池边，他右手举杯似邀月，左手自然下垂在身后，有动感的长衫仿若是被一阵风吹过后的定格。他抬头脸微侧，棱角分明的脸上，神情严肃凝重，充分表现出了诗人桀骜不驯的性格。我想到了他的《月下独酌》："花间一壶酒，独酌无相亲。举杯邀明月，对影成三人。月既不解饮，影徒随我身。暂伴月将影，行乐须及春。我歌月徘徊，我舞影零乱。醒时同交欢，醉后各分散。永结无情游，相期邈云汉。"他独斟独酌，有着一种举目无知音的孤独。难道眼前的李白雕塑是此诗的写照？

低头，见清澈的池水中，诗人与柳树的倒影构成了一幅和谐画作，在波痕涟漪中，诗人如乘舟远行。

往前数十步，便是一庭院。入得造极门，显得阴暗。我脚踩青砖，无心细看两旁。穿过太白祠，绕过塑像，我站在祠后门。李白墓就呈现在蓝天白云下。墓为圆形，周围有 1 米多高的石砌护墙，顶为土堆，上植青草，那郁郁葱葱的细嫩叶片正随风摆动，给墓地营造了生机和灵气。

"大鹏飞兮振八裔，中天摧兮力不济。馀风激兮万世，游扶桑兮挂石袂。后人得之传此，仲尼亡兮谁为出涕。"我默念着李白的《临路歌》，仿佛看到匍匐的墓地就是与大自然为伴的大鹏，只是它已收起了双翼不能高飞，但它曾经翱翔的痕迹，却永远留在了世间，为后人所瞻仰。

我默默地站在门口，心怀景仰之情注视着李白墓。

联友 Z 从我身后走来。他以严肃的表情、沉重的脚步如丈量一般围着墓地绕了一圈。我知道，他在以崇敬的心情祭拜诗仙！入祠后门，他轻轻说："有点孤寂，有点荒凉，有点凄清。""也许，这就是特立独行、钟情于山水的李白所向往的。《阴谋与爱情》里有句名言：'如果我们欣赏一幅绘画，因此忘掉了艺术家，艺术家一定认为这是对他最高的赞美。'在李白看来，只要记住他的诗，就知足了。"我说完，随他离开了墓地。

走在高低起伏的迂回小路上，我的思绪仿佛回到了遥远的盛唐，与诗仙不期而遇。

李 烨

怀念纯真年代

朝夕地忙碌，人像陀螺，心像陀螺，旋转着，很难停歇。

往事早已遥遥，可这两天如梦般的旧事竟忽隐忽现，在我的脑海，不由得我不去想、不去忆。我努力犁开我的记忆，翻转我逝去的生命里的很多瞬间，不舍地回忆，像欣赏一朵朵稍纵即逝的昙花。

纯真年代之一——记忆之城

我的家在一个小小的县城，不知道是不是中国最小的，但在我记忆里很小很小。一间半的土房连在其他邻居的房子上，住着我们相亲相爱的五口人，父亲、母亲、大姐、二姐和我。

记得家门口，有一个很大的水泡子，也许只有东北人才知道什么是水泡子吧。其实就是个很小的水池，由于是死水，没有鱼。冬天可以做冰场，夏天则可以捞红红的鱼食。母亲总是怕我掉进去，可直到我长大一次都没掉进去过。家的后面是个很大的锯木厂，那里的木头大得惊人，我好久都没见过那样大的木头了，现在真见不到了。锯木厂是我儿时的乐园，在锯木厂的里面，埋藏了我无数的乐趣。从春天到秋天，锯木厂里总是开着花，我不知道名字，大抵都是野花，可今天想来依然是那样好看。那时我几乎每天都到那里玩，没有苦学的烦恼。依稀记得，锯木厂里有口很老的枯井，虽然是枯井可里面还是有很多积水。井边的各种木头的缝隙里迎着太阳开放的蒲公英，总让我想到当年我的那张孩子脸。我把从锯木厂摘来的野花，散散地丢进老井，去看那细碎的波纹，亮晶晶的波纹里荡漾着花瓣，也摇曳着我儿时的梦。有一次我在井台上睡着了，母亲和姐姐们的喊声没有听到，把母亲急疯了，把两个姐姐急哭了。那以后再出去，就要请示了，而且母亲不赞成我去那井边了，可我还是偷偷地去过无数次。

值得记忆的当然还有那里的人。那时候没有吊车，什么都是人工完成。尤其是抬木头，完全是要人力的。有个姓高的工头，是那时最了不起、最说了算，也最时髦的人。可能由于工作累的缘故，也可能由于他是工头，据说他的工资最高，和我父亲那样当过兵的人差不多。在每天上班的钟声里，他走进大门。我看着那么多人都听他的，就想以后做他那样的人。我羡慕他，还在于他很会唱歌。记得他在抬木头时，站在最前面，先是由他很高昂地唱一句，然后大家才嘿哟一声，集体向前迈一步。他的头总是抬得高高的，我就想成为他。虽然我以后没成为他，可我也一直都高昂着头。

纯真年代之二——童年趣事

下面说说我自己的故事吧！说是我自己的故事，其实是母亲讲给我的童年趣事。

　　还是从小说起吧！母亲讲，我从小就很馋。其实这也不是我的错，也许是我小时候忍耐力差的缘故吧！我现在研究了弗洛伊德，知道那其实是本我在起作用，而本我是以欲望为原则的。那个时代人吃的就不怎么好，再加上我极差的忍耐力就有了下面的故事。那时候房子是很紧张的，我家的对面也住着一户人家。当时肉食供应也很紧张。母亲说，有一天对面屋子的阿姨，买了肉就在外面的锅里炒肉。母亲已经预见到了，我会在那个时候表现出不同，就把我关回了自己家，并且把门插上了。母亲说我当时刚刚会说话，虽然刚会说话但我的表达能力很强。当对面屋子的锅里吱吱啦啦响起炸油的声音、香味飘进我家时，我被关在门里出不去，就在门里喊起来了："姨啊，香啊！"哈哈，说到这可真不好意思，但细想我当年的样子一定是很可爱的。对面的阿姨知道是我母亲把我关起来的，就连忙给我盛了一碗肉送了过来，可从此我很馋的印象就给人留了下来。母亲时不时用这个事情教训我，在渐大的过程中我曾因此羞愧。

　　大约和这件事同时吧，母亲说，我说话还不是很利索的时候，我做出了一件很"流氓"的事情。哈哈，也许这里还可以用到弗洛伊德的理论。由于我是继两个姐姐之后的唯一男孩，父亲是非常娇惯我的，因此周围的人也表现出了对我特别的爱心，这是其一。受到人们关注还有可能是因为我小的时候，是个胖胖圆圆的男孩，样子很可爱吧。当时逗我，人们有个不好的习惯，就是经常有人到我的私处捏一把，然后说"秃噜，小鸟飞了！"不想这个被我记住了，有一天我在外面玩，一个女人从我家门前走过，真不知道是什么原因引起了我的兴趣。据母亲讲，当时我走路还不是特别稳当，但见我拽拽嗒嗒走到那路过的女人身边，也模仿大人，在那女人的身上摸了一把，然后说"秃噜儿，飞啊！"这成了我家邻居的笑谈，写到这真有点脸红。如今再回老家，那些原来的老邻居都不在了。这个世界变得可真快，现在这些都成了美好的回忆，成了记忆中最纯真的东西。

纯真年代之三——苦中之乐

环境对于人来说，包括自然环境和人的环境。小的时候自然环境真没得说，到处都是我儿时的天堂。这里要说的还是我周围的人的环境。我家的邻居都很有特色，想起来也真是好玩。

其中有一家姓左。左家夫妇，有三个男孩，一个挨着一个地疯长，像我家后面锯木厂里的野草。左家夫妇越来越觉得吃不消，经济压力太大了。这里姑且把左家的大儿子、二儿子、三儿子，称为左大、左二、左三，其实生活中也是这么叫的。不过左大还有一个名字肉面儿。这名字甚是蹊跷吧！其实不然，还是由于那年头经济的落后，人们生存资源的匮乏。记得有一天，左家的左三哭了，左家的妈妈就给左三吃了一种当时很硬的饼干，记得叫硬面。其实想想，也不是很好吃。可在那时却是美味，更何况是对于孩子呢。左大自从长大后（大约十岁）就很难再有机会享受这美味了。这天左大终于哭了，哭着向妈妈要硬面。左家妈妈生气了，硬面小孩子都吃不上，居然你还要。于是，左大挨了一顿暴打，从此肉面儿的绰号就产生了。左大一听到这个名字就激动，后来一直是这样。那时候生活真是苦啊！可苦是苦，可人们还是那样不知烦恼地活着。那时候的人真的认为，世界上还有三分之二的受苦人还不如我们，还在翘首等待我们去解放。记得当时在我家后面的锯木厂只有一个厕所，几乎所有的人都去那里方便。去厕所要拐个弯，正好经过左家，左家每天都有欢乐的歌飘散出来。最有趣的是有一天，我从他家的窗前经过。左家爸爸正在和左大唱二人转，哈哈，真的很投入啊！不知道大家知道不知道，二人转有个经典的曲目叫《杨赛京擀面》，我只记得这个名字，具体的字对不对就不知道了。最经典的是哥哥和妹妹在离散之后的相认，哥哥要相认，妹妹怕认错，不相认。歌词有这样的字眼，妹妹唱"咱俩是一个娘啊"，哥哥唱"咱俩是一母生啊"。那天左家父子就是这么唱的，回来我和母亲学了。母亲笑得不行，第二天看到左家爸爸和儿子还笑，开玩笑说他们父子是一个娘，一母生。

人生总有苦难，可人总是要活着，还要活得快乐！

纯真年代之四——媒妁之言

我小学的时候有个同学，当然还是女同学，姓徐。提到她，其实她并不重要。因为她长得一点也不好看，也许因此对于她的记忆我一片模糊。现在依然记得她，纯粹是因为她有个特出名的爸爸，一个在我们小县城的名人。说他是名人，不是因为他有显赫的官位或者出色的样貌，而是由于他的三寸不烂之舌。我的父母当年提起他，都面带恭敬，赞叹之词溢于言表。他，是个有名的媒人。

媒人这种中国文化中的特殊人群，其实早在春秋战国时代就有了。记得《战国策》中就有媒人的记载，据说有个地方无媒不婚，而且媒人到女家说男富，到男家说女美。总之，要遮掩对方的不足。这群人不可缺少，但常常受到指责。我说的这个老徐也不例外，是个很有争议的人物。老徐非常在意别人称赞自己的能力，也十分得意自己介绍成功的杰作。小时候的我，对这个老徐真的不以为然，因为我对他的女儿也不以为然。不过最后还真有一件事，让我记住了老徐，而且一直记到了今天。

那的确是件不寻常的事情。

老徐居然帮助一个注定要孤独的人找到了对象，那人是我的邻居。当然，我这个邻居也不是"一般战士"，人姓胡，绰号大仙儿。这大仙儿当年在江湖上可是有名号的人物。此人不是领导，但胜似领导，因为他是一国营饭店的厨子。当年的国营就意味着是人民的，大仙儿作为大厨毫无疑问就是最纯正的人民！所以大仙儿就享受了不是一般人民能够享有的权利，他享有着支配自己炒出来的菜的权利。也就是说，大仙儿相当好地利用了当时特定的历史条件和自己特殊的岗位，发挥了自己的特长，扩充了人脉。于是当年的大仙儿在我们那个小县城里也成了炙手可热的人物。大仙儿利用自己的社会关系，能够买到很多"处理"的物品和紧缺的生活必需品，家里应有尽有。大仙儿也曾恩泽于我，就是带我去看过电影。大仙儿看电影从来不用花钱，当年让我感到他的"崇高"，在我由衷的叹服声里，看过多次免费电影，我至今难以忘怀。当年大仙儿年已三十有余，就是没人嫁给他。不是大仙儿在这件事情上不努力、不勤奋，据说当时见面的对象已经有三位数字，可"无一幸免"，均留在了大仙儿的记忆里，似乎大仙儿命里就应当孤独一生！

婚姻不成的原因毫无例外的是因为大仙儿难得的长相。大仙儿个头 1.8 米，如果是一个很直挺的男人，那可真是理想的高度。可大仙儿这 1.8 米的大个儿，竟然成了他的缺点。因为他略有驼背，虽不过分明显，但还是很难看。最关键的是大仙儿的腿有点 X 形，所以走起路来晃来晃去，缺乏了稳定感。这不算什么！关键还是大仙儿那张脸，据邻居老人们议论，说比朱元璋的脸还长。脸长也不算什么！关键在于大仙儿的脸又暗又灰，像是永远也抹不干净的乌玻璃。脸色不好也不算什么！关键是大仙儿的那张嘴，又黑又紫。

嘴紫黑也不算什么！大仙儿的那张嘴里还长了两颗大板牙。大板牙其实也不算什么！关键是大仙儿烟酒茶都好，是他的最爱。大仙儿喝茶专喝红茶，尤其爱喝酽茶。他逢人就讲，如果自己没买茶，自己的大茶缸子倒进去开水就能当茶喝，因此大仙儿的大板牙又黄又黑。大板牙难看也不算什么！在大仙儿的额头上还有一块像用手指抹了一指头的大黑痣，黏糊糊的粘在无神的左眼上面。其实黑痣也不算什么！大仙儿在看正前方的时候有一只眼睛向斜的方向使劲。总之，这是个尚在怀抱的孩子见了也害怕的家伙。大仙儿因此找人算过命，算命的人叹息说："孩子你不用算了，我就是给你算出来有婚姻，恐怕也是不准的。"大仙儿哭了，很伤心，看样子也死心了。可他、他、他、他、他居然结婚了。这纯粹是老徐的杰作！

　　老徐真是个越是艰险越向前的人！或许也是因为大仙儿当时很有钱，给他送礼了，这是我小的时候就猜到了的。老徐在我的家里导演了大仙儿和那个农村女孩的见面。见面后老徐对他们两个说："你们出去走走吧！搞对象就要像搞对象的。去火车站那里吧，那里有广场，人还少。"（我当时在场，可没人注意我）我记得那女孩很快就回来了，哭丧着个脸说："老徐大叔啊，你手里不是还有吗？你给我换一个呗。"老徐马上板起脸来，严肃地说："你这孩子说啥呢？这是我手里最好的，别人我都舍不得介绍。"女孩说："其实老徐大叔，我也不挑长相，可你看他的腿好像有毛病。"老徐说："你这孩子咋净事呢？腿不利索，那不是推着自行车吗？那车可是永久的新车啊！你怎么还挑呢？"女孩哭着说："那他的那只眼睛怎么那么看我啊？"老徐说："说啥呢，孩子。有搞对象正眼看你的吗？那不都得斜着看吗？"没过多久，大仙儿就和那女孩结婚了。不久就生了个男孩，那男孩小的时候还挺好看的。后来我大学毕业，回到老家别人指给我看大仙儿的儿子，吓了我两三跳。天啊！怎么和他那"死爹"一样。我不禁感叹基因的神奇、遗传的顽固！

大仙儿的妻子当年是为了能够进城，能够过上富裕的生活才嫁给大仙儿的。在那个纯真的年代，人们追求幸福生活的目标也是那么简单。反正大仙儿因此有了家，有了安定的生活。过去这么多年了，我依然不知道我给大家讲的是笑话，还是悲剧……

岁月匆匆而过，很多东西都荡然无存了。如今我再回到故里，已经找不到我童年的家，找不到我儿时乐园的那口枯井，甚至我放风筝坐过的墙垣，更是不见了我家周围那些可爱的人们……我家后面那个偌大的锯木厂也早已废止。可它们和他们依然浸在我思念的泪水里，活在我深深的记忆里。

王民胜

因为诗歌的精神

这个世界有很多偶然，有很多偶然其实包含着必然。
很偶然的一天，很偶然的一个留言，使我认识了万龙生
老师，从此步入东方诗风，从此我的世界打开了一扇窗。

这是孤独的结束，这是烂漫心旅的开始。因为对
诗歌的共同热爱，对闻一多的共同尊崇，和对格律的
共同偏好。

很幸运，我参加了东方诗风 2009 年的湘西之行，
使我认识了许多真挚的朋友。对情感的真挚，对文学、
对诗歌的真挚，无论老少，他们的脸上始终洋溢着春
天的气息。这是一个温暖的季节，东方诗风就是这个
春天向我吹来的一股暖风。

湘西有着震撼人心的美丽，而比这更震撼我的，
却是东方诗风的朋友们。这是一群怎样的人啊?!

刘年为诗友们服务而不辞辛劳的身躯以及憨厚而
越发黝黑的脸庞。万龙生和王端诚老师年迈的身躯散
发着孩童般的纯真与热情，精神矍铄的他们站立如诗，
一种诗人特有的气质深深感染着周围的人。周琪大姐

般的温柔体贴、细致关怀，和对诗歌的虔诚与谦虚好学。卜白为了
与诗友们只能以小时计算的相见，百忙之中候鸟般飞来又飞去

他们对人的真诚，如凝练的诗歌，没有水分；他们对诗歌的敬
畏，如清教徒一样虔敬。

人的一生必然会有许多回忆，因为人生不可能是空白，但人又
不能沉湎于回忆，因为人生还有许多目标。有追求的人是痛苦的，
因为有追求，必然会有舍弃，而人生给予我们的诱惑却又太多。有
追求的人又是幸福的，因为有追求，他们使自己的人生拥有了价
值，生命得以延伸；因为有追求，他们不会愧对自己的仅有；因为
有追求，他们成了自己灵魂的上帝。

世俗的人看重结果，而真正打动人心的恰恰是人生追求的过
程。东方诗风的朋友们也渴望被认可，但他们不会为了被认可而放
弃自己的价值观与追求。他们在诗歌的道路上选择的是一条崎岖小
径，他们知道这条小径不是诗歌的唯一，但却是非常有价值的，也
必须要有人去探索寻求的路。如果所有写诗的人都放逐了诗歌的音
乐性，那诗坛又如何多姿多彩？读者又如何能读到充满韵律美的诗
歌？诗歌的百花园也就少了一朵奇葩。这不应该成为诗歌的空白，
而他们恰恰就是为了添补这样的空白。他们抱着"我不入地狱，
谁入地狱"的信念，义无反顾地前行。

如果每一个写诗的人，都能一定程度地重视形式，不放逐音乐
性，把诗歌的韵律美放在它应该有的位置，那是何等美丽的事情！

东方诗风追求的诗歌，正如凤凰古城，悠远、宁静、谐美；东
方诗风对诗歌的追求，如大山的坚韧、流水的悠远。他们知道前
路的艰难，但他们在前行的路途上，一定会勇敢地向天空呼喊：
"来吧，我的荆棘！"

湘西之行使我沐浴在这样的东风之中，因这次沐浴之后的感

动，我创作了《给我》一诗：

给我天梯
攀缘明月的思念
让清冷的光辉
滴入我的眼帘

给我绳索
追寻雪莲的千年
把圣洁的花瓣
植入我的心田

给我风雨
追踪灵魂的苦难
在天地中淬炼

给我荒漠
遍寻绿洲的来源
在绝望处发现

这次聚会的美好，正如湘西的山山水水，诗歌的精神又如江边树木的葱茏。湘西之行让我看到了执着的人是如何执着，热爱的人是如何热爱。我有了家的温暖，有了榜样的力量。才知道，原来心与心是可以如此亲近；才明白，原来人心可以纯净如灵溪；才懂得，执着和坚持可以让生命放射光芒。

我想复制这样的美好，因此每年的聚会多了一个怯怯的身影……

周民军

写在女儿中考前

女儿，辛苦了。十五年的光阴，如今要量一量；十五年的稻米，如今要称一称；十五年的欢笑和泪水，如今一并晒一晒。人生一共有几个十五年哟……

关键是，喝了九年的墨水，现在要研一研，究竟有怎样的浓淡厚薄。

女儿，父亲多想分担一份你的压力。清晨，我轻轻打开窗子，让外面的鸟叫声驱散你的困倦。鸟雀起得早，它们无忧无虑，用薄薄的晨曦擦洗眼睛和歌喉。请再等五分钟吧，等晨曦再浓一点，我想用它泡一杯咖啡，放在你堆满书籍的床头柜上。

到了晚上，月上树梢，露水凝坠，我多想——收集，将它们放在交叉小径的花园……急火攻心的女儿额头上亮起青春红痘，她身处迷宫，难以找到黎明的出口……

星期天晌午，天井明暗错落有致，走游草在水瓶里像静止的淑女。女儿趴在案几上，脑袋下面是中考模拟试卷全集。

阳光下的玫瑰垂下高傲的头……

曾经有一次，你说数学考爆了，说完从冰箱里拿了一桶冰激凌，神情黯然地走进房间，将自己反锁。家里寂静得如同硝烟散尽的战场，听不见一丝呼吸。

我怨恨世上没有健忘药，于是我只能准备好一些消肿的话语，"没关系，尽力了就好""调整好状态，不要太紧张""想想吧，还有多少同学与你同病相怜"……

等你从房间里出来，看见我愁眉不展，你反而来安慰我"老爸，塞翁失马，焉知非福？"看着你唇边残留的冰激凌渍，我知道你还积蓄着许多能量。

从重点高中的选拔赛场出来，女儿仰面嬉笑，故作轻松："我是打酱油的……"在神情凝重的同学中间，她似乎是异类。

更有许多陌生的面孔，如刚绽露的嫩芽，生命的密码，半隐半现——开什么花，结什么果，一切皆有可能。现在他们正在争夺为数不多的名额——俏立枝头，优先享受阳光和雨露。十年寒窗，飞出去的麻雀还是苍鹰，都是这个世界的过客。

我拍拍女儿稚嫩的肩膀，算是彼此的安慰——好好做个普通人吧，好好享受普通人的权利和幸福。

星期天，我带着你赶场子，早晨补语文，中午补数学，晚上补化学。转场期间，你在我车上闭目养神，我说："女儿要不少补一门吧？"你立刻睁大眼睛说："那怎么行，比我成绩好的也都在补呢！"我的胸口突然被堵了一下，不知是喜还是悲。

女儿，很多时候我会忍不住想起小时候的你——留着毛毛头，穿着连裤绿条衫，在草地蹒跚学步；第一次上舞台绞着衣角神情腼腆的你；在舞蹈考级时不慎摔疼膝盖，咬牙坚持完成最后一个动作，在老师的掌声中默默流泪的你；参加两岸四地魅力汉语朗诵比赛回来在机场与伙伴依依惜别的你……在青春的脚步声中惊现羞涩和迷惘的你，终于在逆风中独自梳理略显凌乱却日渐丰满的羽毛。

"所谓成长，其实是明天对今天的较量。"一位诗人这样说。

我只希望，女儿的明天并不是今天的一个美丽谎言。

其实，女儿会在大人身上发现未来的影子。

所以我们不要那么贪婪于生活的享受，却吝啬于对精神的滋养。不要口是心非，做一只分裂的两面猴；不要急功近利，以成败论英雄，让一千七百多年前的曹操嘲笑咱们；更不要让私欲膨胀成为黑暗与邪恶之源，让闪电一样从天上坠落的诱惑者撒旦骗取我们心中的信仰。

在我们尽情放纵的时候，地狱之火会随时燎伤我们脆弱的天灵。

让我们以普通人的名义，沐浴理性与良知的光芒！

女儿，请体谅为父为母者的焦虑，那是一摊卷进巉岩缝隙的海水被晒成的苦盐，可是大海依然那样浩瀚永存。

而你的焦虑是小溪流汇入江河之前的一点惊恐和激奋，是月夜里伯劳鸟一声幽远的嘶鸣，是风过树林，然后一切又归于沉静。

女儿，焦虑是一匹打着响鼻、右蹄刨地的马，你应该蹑足上前，慢慢抚摸它的鬃毛，然后安详对视，等它用脑袋轻蹭你的肩膀，你就可以跨上去，信马由缰了。

女儿，也不要抱怨。世界到处是规则，宇宙万物都遵循自身的运行轨迹。

不合理是过程中的荆棘，不公正是跷跷板偏斜的支点。

你可以选择铭记，也可以选择蔑视，但不要选择抱怨。

又到了选拔阶段，民间戏称为"割韭菜"。推优生、自荐生、体育特长生、艺术特长生、综合素质营、签约预录取……一茬又一茬，女儿有幸跻身最后一茬。

那天签约回来，你倒显得很平静，小声嘀咕了一句："差点成了'裸考生'，现在我身上有股韭菜味。"

　　填报志愿已无悬念，当然也就没了刺激。女儿本来向往的一所零志愿学校，永远与她失之交臂，还有一群与她没了缘分的少男少女……

　　冥冥之中，会有许多人在女儿的人生旅途中等着她，他们会彼此闯进对方的世界里，会有许多故事精彩上演，然后成为记忆。

　　生命其实就是由记忆组成，无论是被记忆者，还是记忆的宿主，彼此见证存在。

　　而时间呢？它的尽头是虚无。

　　女儿，你是我们抵抗时间的记忆中含苞待放的花朵。

　　接下来的日子又恢复常态。

　　一日有三餐，月下寄浮梦。

　　日月是女儿眨动的眸子，父母也是。

　　女儿，剩下的是期待，和一生的祝祷——

　　献给不可复制的你们。

金明忠

桥路漫漫

十多年前，我去社区学校参加电脑培训，路过一间教室，见四人正在打牌，周围围了不少人，就凑上去瞥了一眼。令人不解的是，除了扑克牌，桌子上还摆着一个托盘以及四摞写着数字和英文的卡片。游戏井然有序地进行着，牌手先是按顺序把卡片整齐地码放在自己面前（后来才知道这些卡片叫牌卡），像拍卖行一样，逐渐加码，直到无人出价为止。打牌时，大家正襟危坐，话语不多，动作轻柔，都把出过的牌整整齐齐地码放在自己面前，从不大力甩牌弄出噼噼啪啪的响声。他们有时出牌飞快，有时却要沉思良久。一副牌打完，我还没看出个子丑寅卯，也不好意思问，看了一会儿，觉得无趣正要离开，耳畔飘来一句"桥牌是聪明人玩的游戏，一般人玩不了"。我气得差点七窍生烟。

后来，我从书上得知，桥牌这项运动在欧美极为流行，受到了许多达官贵人的追捧。桥牌的定约与现代社会倡导的契约精神相一致：确立了定约，就得努力完成。定约必须适当，定高了自己受罪，完不成就得受罚；定低了自己受委屈，只能拿低分。桥牌对决，看似风平浪静，其实暗流涌动，随时都会发生激烈的战斗，而且，战局变化莫测，稍有不慎，就会上演惊天逆转的大戏。因此，它对牌手的推理能力、记忆能力、战斗意志和协作精神是一个严峻的考验。

我对桥牌逐渐产生了兴趣，在同事的鼓动下，报名参加了学习班。开班那天，教室里黑压压坐满了人。尽管授课老师笑容可掬，但一想起有些人学桥牌半途而废的传言，我的心里还是有些紧张。拿到教材，看着那些陌生的文字和图片，听着老师滔滔不绝的讲授，我的脑袋几乎要裂开了。但我并不打算缴械投降，回到家，对照着书本把老师的讲课内容复习了一遍，稍稍有了些眉目。

第二天，原先坐满人的教室突然显得空旷起来——大多数学员选择了退出。于是，我的自信心一下子爆棚了——剩下的都是精英。

即便这样，我的进步依然缓慢。我就像蹒跚学步的孩子一样，走一步，停一下，刚站稳脚跟，又摇摇摆摆向前走去，让人看得提心吊胆。叫牌不知变通，防守和同伴缺乏默契，坐庄不会制订计划，甚至有些明眼人一眼就能看出的坐庄思路，我也要冥思苦想半天，这直接招致了陪练队员的埋怨。

两个月后，社区举办桥牌比赛。我和搭档初生牛犊不怕虎，携"七点法"这一秘密武器报名参赛。"七点法"是一种冷僻的叫牌体系，就如醉拳一样，拳路飘忽不定，看似没有威胁，却能一招致命。一般牌手闻所未闻，觉得很不适应，常常对我们的牌情做出误判。刚上场，我紧张得直冒汗，拿牌的手都在颤抖，但我很快控制了自己的情绪。我们跌跌撞撞地一路前行，期间既有令人惋惜的低级失误，也有误打误撞的意外之喜，最后，竟然获得了前三名。

从此，我在桥牌赛场上栉风沐雨，摸爬滚打，一发而不可收。

我多次参加市区业余桥牌比赛，经受磨炼，收获自信。网络把世界变成了地球村，大大缩短了人与人之间的距离。因此，我有幸和聂卫平等仰慕已久的高手同桌竞技，领略大师风采；我还和远隔重洋的国际友人切磋牌艺，感受异域文化。当我打出一副好牌，老外就会毫不吝惜地送来溢美之词："Well done，partner!"（搭档，打得好）此时此刻，我的心里比吃了蜜还甜。

漫漫桥路，充满悬念。牌手持牌，无论好坏，始终不悲不喜，尽心尽力。有时候，桥已断，路已绝，无法预知前方是陷阱还是坦途，是海水还是火焰，该何去何从，牌手必须审时度势，果断做出抉择，挤、飞、投，一着不慎，就会遭到覆灭的厄运。人生何尝不是如此？身处十字路口，要做出一个正确的决定有多么艰难；面对异乎寻常的困难，该需要多么坚强的神经。

桥牌是"唯一的你在一百岁时仍可愉快胜任的运动"。它让我增长了智慧，明白了人生哲理；它教我从容面对坎坎坷坷，冷静看待风起云涌。

子 薇

台北印象

　　一座城市自有她自己的灵魂与气息。初到台北，缘起是因为内心里喜欢这座城市的风雅与传统，尤其在往昔读了一些喜欢的作家的文字，比如已故的林海音与三毛，现代作家林文月、董桥，当代女作家简媜。当然最早还读过龙应台、林清玄与琼瑶的。说实在话，我最喜欢美女作家，且是骨子里的那种美，与喧嚣无关，与虚名遥不可及。

　　我知道此去台北，仅仅逗留两天，其余四天均在海娜号上喝茶看书，所以格外珍惜且莫名喜悦。我是一个懒散的人，常为生活所迫，格外忙碌。这样的旅程，对我而言简直就是天堂般的生活了，因此倍觉可遇而不可求。

　　先说说我对美女作家林文月的认识。她是台湾彰化县人，是台湾有影响力的作家、翻译家与学者，三栖身份于一身。前年，我仔细阅读了她的散文集《京都一年》，被她笔下的京都风味深深吸引，也为她的行文风格所折服。那种平淡的文字，读来自然舒服，娓娓道来，却是有节制的、含蓄的。这种写法需要深厚的积淀，且为人风范要大气，骨子里又迷恋婉约之风，懂得欣赏凄迷之美、颓废之美。《京都一年》首次引进内地，是在2006年，时年林先生已经七十四岁。而距她书写这些温雅文字，之间相隔了很久远的一段时光，让我颇为感慨，时光把一个风情曼妙的美丽女子，塑造成了一位波澜不惊、才华卓绝的中文系教授。

再说简媜。喜欢简媜，是因为距离松江新城不远的古镇上，有一酷爱昆曲的女子，那女子才情不凡，笔名遗世草，她酷爱简媜的文字。我们仨共同的情趣是品茶与文字。后来，她不动声色毅然离开了古镇，到天津开了一间水问茶舍。《水问》是简媜的第一本书。简媜，生于台湾宜兰，台大中文系毕业，是台湾文坛最无争议的实力派女作家。简媜家世代务农，从小比别的孩子早慧、敏感。她写草木，比起别人更具情谊，我能深深理解她的敏锐及恬静的性格与出尘的思想。她写夏天："夏是声音的季节，有雨声，雷声，蛙声，鸟鸣，蝉唱。"她说夏是一首绝句，平平仄仄平，是因为蝉鸣的缘故，各种声音的缘故。读来感觉亲切、妥帖并呼之欲出。

在上海博物馆，有一位性格温顺，非常低调的慧玲姐姐与我成了好友。她话不算多，喜欢用眼睛交流，用身体与心灵的感应来判别对方的人品与气味。我们一见如故，意气相投。我一直记得她的殷殷话语："有机会到台北，一定要看看台北故宫博物院，北京故宫博物院与台北故宫博物院联袂携手，才是完整的华夏瑰宝。"一个半小时台北故宫博物院的游览，我能期望看到什么呢？好吧，凡事随缘。我与闺蜜的决定不谋而合，我们不喜欢面面俱到，就站在一个角落里静静感受。

我们足足用半个多小时的珍贵时间赏析了定窑的陶瓷之美。定窑鼎盛时期的装饰纹样以植物类题材比例最大，花卉品种包括莲花、牡丹、菊花与石榴等。我最喜欢植物了，这次远行，自然也拍了不少台北的植物。幸亏有诗人莫非教诲，才使我远在千里之外，与一株株植物得以幸会。细看了台北故宫博物院收藏的刻花折枝莲纹盘，硕大的花头居于盘心中央，下部点缀几片象征性的枝叶，构图简洁。就这寥寥数笔，一朵盛开的莲花便栩栩如生。洁白细腻的白瓷不仅植物美，更有神禽瑞兽寓意吉祥如意。凤凰是我国古代传说中的祥瑞之鸟，雄者为凤，雌者为凰。藏于台北故宫博物院定窑瓷器上的凤纹图案非常丰富，有双凤齐飞、双凤追云、凤穿牡丹等。时间匆匆，对于博物院的认识像个盲孩，这瞬间的恍惚，转眼便是隔着海峡的惦念。

从台北故宫博物院出来，观瞻了台湾国父纪念堂、宋美龄的珊瑚宝石、台北101大厦。晚上最开心的是自由活动，在基隆夜市台北爱四路吃了烧烤海鲜与螃蟹羹油饭。

在台北，一切那么美好！导游是土著人，模样倒像是农村的劳动妇女，是我熟悉的朴实而热情类。台北的语言、文化、饮食与内地的差异让我格外好奇。尤其是这路名，撩拨我本就已温暖的情怀，中华路、仁爱路、至善路、民权路、忠孝路、和平路、信义路……这便是我喜欢的传统文化烙印，通过这些渗透儒家思想的路名，将中华文化向广大的民众传播，于无声中传承着中华传统美德。

我对在台北故宫博物院之外发生的一件小事，格外感慨。我们的玫瑰2号团内地游客多半喜欢红灯走斑马线，台北司机看到如此情形，所有的车辆于2米之外悄悄停下来。他们中没有一个按喇叭的，直到内地游客全部过了斑马线，才有秩序的继续行驶。这些素养与传统文化的坚守是紧密相连的，我不得不惊叹董桥老先生的优雅与绅士，确实是与生俱来的。

清明，叩访小镇古迹

正清明薄春时，一树嫩绿描枝头。这黛绿未深的午后，走走古桥，穿越狭窄的老街小巷，时间静止了，喧哗的潮声隐去了。

阳光明媚的午后，我陪同领导参观了新近发现的几处文物。顾氏老宅、水塔与聚龙桥及民国修砌官绍塘街碑记。顾氏老宅就坐落在华阳老街集镇东梢，在革命英雄奚天然老宅的西侧。

关于它的历史缘起，是这样记载的：顾氏民国老宅，位于华阳桥集镇东梢处。清代，顾氏在浙江为官，为表敬奉祖先之意，便在世居故宅建造祠堂。占地 20 多亩，房屋 30 多间。正南有石牌楼一座，有石马石象，有石碑，碑上刻有文字，阐述家训家规及立碑旨意。1904 年，开办顾氏义庄初级小学。日寇曾占领驻扎于此，战乱中牌楼、石碑等消失。1956 年，城东粮管所建造囤粮仓库，祠堂拆除。

闭着眼睛能听到木格子楼梯的吱呀声，这幢民国建筑的门楣、窗棂，各类蕨草在春日的微风里，格外葱绿。仿佛它们积淀了太多，需要倾诉一番，只是一直没有等来它们熟悉的脚步声。当我的镜头咔嚓咔嚓七八声后，我用一种故人相见的目光与它们对视。这些碧绿的草叶，亮得多么湿润，宛如多年的游子归来，母亲眼角的泪光。

在这幢老宅里，父亲曾借租了多年。我看到过两回，他在狭窄的弄堂里走出走进，仿佛走在时光的隧道里。小巷太幽深，斑驳的墙壁太老了，往事太陈旧了，我蹩进去过一回后就再也没有走进去。当我面对前朝往事，回忆父亲为我们一双儿女含辛茹苦地打拼越发清瘦的背影，泪水禁不住打转，沾湿了模糊的镜片。

此番再见，顾氏古宅的门牌上已经贴上了"新发现文物点"的标签。走下残旧的木格子楼梯，一眼瞥见老虎窗下的几丛天目琼花，绿意葱茏，花瓣清雅洁白，我的心情陡然阳光。

位于小镇南门村官绍塘上的大通桥，建于清嘉庆年间，是上海地区最大的单孔石桥。桥上绿荫婆娑，树叶繁密，风吹来，桥与树发出时光的呢喃。古建筑是历史的经书，是沧桑的旖旎。真没想到，一年时光未到，今春又传来雀跃的消息。在打铁桥村，又有一座古桥被发现。架于打铁桥官绍塘上的聚龙桥，东西桥垠各有石阶12级，桥面四块石板，宽3米，桥洞跨度4.5米，两旁有护栏。西垠桥墩有刻两处：一为"万历辛卯年顾氏捐建"，另一处为"聚龙桥民国二十三年重建"。当时桥东垠有铁匠铺，乡人便俗称打铁桥。只是它的建造年代究竟是明清还是民国，这有待于进一步考证。

令人惊叹的是连通两座古桥（大通桥与聚龙桥）的石板路，有一段值得抒写的故事。民国23年（1934），管绍地区乡绅周铁桥、陈培炎为方便百姓出行，捐建砖街一条，从打铁桥集镇经茶亭一直抵松江南门，长2公里。建成后立石碑于砖街南端，以志此事。碑高80厘米，宽40厘米，碑题为《修砌官绍塘畔砖街记》，正文字小，依稀难辨，今移于打铁桥村民委员会办公院内。

目睹石碑，那一个个刚劲有力又颇为俊秀的篆刻字迹，刀法娴熟老道，古意盎然。关于这条砖街与砖街上的茶亭，有多少行人受惠于这一方恩泽，我们可以想象。我还能想象打铁桥集镇的繁华、铁匠们的绝活手艺，还有隐居南门外长堤岸的性情迟缓、藏刻独到的一代书画篆刻家费龙丁。

大通桥为区文物保护单位，聚龙桥于2013年文物普查时，被列为新发现文物点。若在南部新城规划或江南郊野公园筹建时，能恢复砖街、南门外茶亭，并连接两座古桥及相关名人往事的树碑立传，其文化底蕴当不可估量。

2013年，小镇先后有三处明清古迹重现光泽，成为区级文物保护单位。今年又有一座古桥、一幢民国建筑、一座水塔及两通石碑被挖掘，被贴上了文物点的标签。之前，小镇已有六处古文物被瞻仰，两座寺庙被膜拜，其中东禅古寺建于宋，地藏庵现为西林禅寺属辖的化城安养院，建于清代。

我喜欢走进老街的记忆里，十里长街，从东边走到西边，再折回。小街的最东面有块平倭墓碑，碑底深埋在一年四季常绿的兰草里。春天还有杜鹃花相伴，夏天有凤仙花与之窃窃私语。每一个黄昏来临，看墓碑的老人会将一些杂草及时清理，然后默默点燃一支烟，猛抽几口放在墓碑上，给阵亡的将士抽上几口。

有些遥远的某个黄昏，我恍惚来到传说中英雄的墓碑，手捧一束剑兰，沉默良久。那时候的心情必定是很落寞的，仿佛自己是一截被遗弃山林的木桩，本能地想汲取一种让内心变得强大的精神，或许就是正能量，这个词语足以用来表达当时我想要的东西。究竟得到了多少，才可以重新再来，现在回忆起来依旧恍惚与模糊。

我喜欢徘徊的第二处古迹是革命英雄奚天然老宅。如今故人已去平望镇，老宅依旧，木格子窗下的潋滟波光依旧。往事历历，在苦难岁月中敌我斗争的孤胆智慧，让人敬仰。奚天然的儿子奚群铮老师，听闻我为他父亲写文，千里迢迢快递给我他父亲的人生传记《往事》一书。里面的故事，生动新鲜，读着让人不禁感慨岁月的动荡起伏。红色小书就一直珍藏在我的枕边，心情低落时，总要读上几页。藏在文字里的缘分，越读越醇香。

徜徉古镇十里长街，举目远眺盐铁塘两岸风光，探访朱家弄堂，瞻仰朱季恂故居，观摩古桥外的驿站画廊，体验丁娘子布艺的纺织技艺、老来青水稻的农耕文化，拜访私家园林里的一棵五百年的香樟与三百年的银杏。最后停靠在长街的西首，香火缭绕中不能免俗，虔诚膜拜佛祖，祈愿小镇的昨日风华再现，小镇的今朝繁华依旧，小镇的明天如梦如幻。

徐俊国

走出鹅塘村

　　组诗《鹅塘村》在 2006 年 12 月的《诗刊》青春诗会专号发表，这是鹅塘村作为一个符号正式在诗坛出现。我出生的村庄是山东省平度市仁兆镇的小城西，但这并不能证明鹅塘村就是文学的虚构和精神的乌托邦，它有它得以诞生的地理真实性、现实合理性和诗歌合法性。鹅塘村是势如破竹的城市化进程中农耕中国的缩影和剖面。

　　欲望的膨胀和技术的汹涌把唐诗宋词赖以存在的诗意背景分割为冰冷的铁栅栏和悬空的不锈钢格子。焦灼、困顿、怀疑、爱恨交加、进退两难成为每一个诗人的常态。鹅塘村里，既有植物之美、动物之善、亲人之爱、大地之永恒，也有乡村之穷、时间之冷、命运之艰、人世之苍凉，前者让我心怀感恩，安静、柔软、温暖、谦卑；后者让我悲从中生，哀怜、凄伤、刺痛、无奈。

　　自然的秩序和美的道德、人的困境和生存的悲剧，这是我思考和书写的两个重要向度，二者不矛盾，也

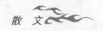

不分裂。鹅塘村 不仅仅是乡村，它可能就是整个世界。它是诗人和自然万物的关系、诗人与大地子民的关系的总和。与自然同呼吸，与万物共荣辱，与弱者和困苦者共疼痛，这是鹅塘村书写的基本态度，也是我面对这个让我们爱恨交加的世界的基本立场。

2012 年 7 月 6 日，首都师范大学中国诗歌研究中心召开了我的诗歌研讨会，这意味着鹅塘村写作已成为诗坛旧事。迄今为止，五十余万字的评论文章已经把鹅塘村写作阐释得相当丰富。那些真诚的表扬让我惴惴不安，某些善意的批评催我反思，他们把我的鹅塘村写作做了一次客观的总结和全面的清算。

我需要从零开始重建自己的写作信心。最新结集的《自然碑》是我走出鹅塘村的第一步。这本薄薄的小册子共分三辑，内有一些诗意小画。第一辑：月亮让黑夜有了一颗皎洁的心，肉体回到灵魂，灵魂沉浸在自然里；第二辑：每一个正在老去的人，都想找回童年那盏灯；第三辑：自然死了，童年灭了，我想在城市为之立碑。

在以后的写作中，我可能还会写到鹅塘村，还会以清澈与浑浊的双重语调，在繁华和逼仄的城市，重温那些山河破碎的牧歌遗存和人心凋敝的挽歌回音。以后的鹅塘村和先前的鹅塘村肯定会有所变化，因为一个人对诗歌的认识变了，作品自然会得到相应的改观。在三十年的习诗经历中，我一直努力在宏大的叙事和晦暗不明的时代之外寻找细节性的具象意义和个人化的语言视角。我希望自己的作品不直接与复杂的现实产生碰撞，也警惕自己成为文字的休闲主义者和人格形象的暧昧主义者。

"你看，风吹着有沧桑感的事物，总是那么恭敬。"

我喜欢"恭敬"这个词。对一朵无名小花的俯视和巍巍青山的仰视，对世道人心、精神秩序和宇宙大道的冷眼旁观，对美丽而神秘的汉语言和诗歌这门古老的艺术，保持公正和恭敬之心。对热爱之物，不空洞地说出热爱；对愤怒之事，不简单地表达愤怒。诗人将外界的信息、自身的生活经验和对应的情感波澜托付给语言就够了，语言会帮助他实现灵魂的现身。

诗人何为

——第三届中国散文诗大奖获奖致辞

在散文诗的家乡，以一名散文诗作家的身份领取这个散文诗奖项，这是一件非常幸运和幸福的事。谢谢各位评委，谢谢美丽的益阳和亲爱的散文诗。

我们来到这个世界上，不仅仅要安顿好干净的肉体生活，还要诗意盎然地过上一种接近寺庙和白云的心灵生活。灵与肉的双重胜利才是人生的终极目标。

写作是一场对自己负责、为人类祈福的绿色行动，苦中作乐是寂寞，以字疗伤是抚慰。

一个优秀的诗人应该从梦话、谜语、自恋、怨恨，尤其是从五花大绑的修辞中抬起头来，向上看，有"生锈的星星"（谢尔）需要我们去擦亮；向下看，有半跪在大地上的苍生等待我们去搀扶。

当下，工业、消费、娱乐和网络在四面夹击，诗的空间不多了，诗人的时间更加宝贵。诗人何为？

——在繁华的背面，在黑暗的反面，醒着，写着，歌或哭，信仰善良的"善"字，追随光明的"光"字。

中国最先锋的诗意现场，我来过了

　　我参加的第一朗读者活动已经是第六期了。那时候，第一朗读者已经成为媒体关注的文化事件和诗人们谈论的热门话题。当第二季完美收官，二十个主题，二十批受邀诗人，二十场读、诵、演、唱的立体诗意行为，灵活多样的场内互动和场外延伸，期待与聚焦、泪水与感动、意外与惊喜、瞬间与永恒、诗歌与光荣，第一朗读者的意义可能已超出策划者、主办者和参与者的预期效果。这项策划源于深圳，影响了全国，刷新了新世纪以来文化样式的诗歌活动，有效地加入了当代诗歌史的发生，并成为其中最蓬勃、最鲜活、最富视听冲击力和艺术感染力的那一部分。

　　在令人眩晕的中国诗歌现场和灰飞烟灭的众多诗歌活动中，如果说中国诗剧场展示了深圳演绎宏大历史主题，实现诗的声音与剧的形式之高度融合，此在的舞台与复活的时间之自由转换、远逝者的灵魂与现在进行时的民族现实之深度诠释等方面的大胆探索与美好野心，那么，第一朗读者则让深圳具有了与其他城市区分开来的咄咄逼人的文化创意实力，积极拓展了诗歌作为精英文化争夺艺术的大多数的综合跨界可能，显示出它在挽救诗歌在方兴未艾的文化面子工程中渐行渐远的文体尊严，凝聚优秀诗歌资源并缔造先锋品牌的精神气场的一系列自信。

　　回沪之后，我曾在第一朗读者的新浪博客留言："中国最先锋的诗意现场，我来过了……"流露出我对第一朗读者艺术品格的由衷敬意。我不是因为获颁最佳诗人奖而虚荣，而是把亲历过第一朗读者的发生作为一名诗人的荣耀来回忆。

"场中央，诗人向观众寻求笔墨纸张，然后写下一个大大的'爹'字，放在空椅子上，大喊一声'爹!'双膝跪下，良久，他站起来对大家说："明天是我爹的生日，可是我回不去给他老人家祝寿……'全场静默了，有人眼眸中泛起泪光。随后，一行行诗句随着诗人吟诵："在我们鹅塘村，茅草多，曲曲菜多，牛羊眼里的星星也多……'"

　　《深圳晚报》这篇报道的开头让人情感翻涌。活动是 2012 年 11 月 23 日举行的，前一天是感恩节，后一天是我父亲的农历生日。这种惊人的巧合使第一朗读者在我这里具有了某种特别具体的意义。在演诗环节，导演用绵软的纱布一圈圈蒙住我的眼睛，他缓慢而细腻的语言陈述像某种暖意融融的咒语，我感觉自己被从现场隔离，飘回了故乡的时空。他往我手心里塞了一把面粉，那是我第一次那么真切地握着这种喂养过我的粮食。我的内心五味杂陈，表情却出奇的平静。纱布一层一层撤去，我一点点回到现实，慢慢睁开眼睛。所有人都沉浸在那种鸦雀无声的情景和氛围里，我知道我必须有所反应才可以不辜负他们对我怀有的期待。当我冷静地借来笔和纸，写完大大的"爹"字，供在空椅子上，跪下，磕头，祝寿……所有人都被我这个意外的行为镇住了。我用模糊的泪光看见了许多人也在用模糊的泪光看我。活动结束后的一段时间里，不少人通过不同的方式表达了他们那天所经受的情感震动。诗歌是一种多么美好的方式，它把茫茫人海中原本陌生的你我紧紧联系在一起，彼此相知，共守心灵的秘密开关，被一种心照不宣的暗语历久弥坚地鼓励着。

　　在山东老家，只有过春节的时候才给父母和长辈磕头，因为父亲生日而跪下，那是人生第一次。第一朗读者——中国最先锋的诗意现场，我来过了，而且跪过了。

其实，真正触动我的，是诗歌，是那些爱诗、写诗、读诗、聆听诗、思考诗、演绎诗、传播诗的人。

谢谢包括从容、霍俊明等在内的第一朗读者团队，给我提供了一个独一无二的亲近诗歌的机会；谢谢音乐人李戈把我的《蜜蜂》谱曲演唱，让我对自己耳熟能详的诗句有了一个全新的陌生化感受方式；谢谢第一朗读者给我的授奖词："……徐俊国并非一个单向度的乡土诗人……他的卑微而虔敬的诗人之心成为这个时代的写作良知，他的挽歌和浩叹成为程式化时代的黑色质地的寓言……"也感谢王晓华教授精确而深刻的主持词："……徐俊国作为自然的门徒，在转述自然话语的同时替人类赎罪。面对自然，人是罪人，是不孝之子，是背叛者。为了完成赎罪的使命，诗人把自己降到低位，诗歌却因此升上高处，洋溢着圣洁的气息。这虽然不足以偿还人对自然、对乡村、对天空和大地的债务，但它所展示的虔诚本身就是一种拯救性力量……"

深圳是一座充满活力和新奇的诗意城市，我去过两次，都是因为诗歌，一次是冬天，参加中国诗剧场；一次是秋天，参加第一朗读者，那里没有寒意，只有涌动的春意。深圳，它以自身的速度为世人所称叹，更以先锋诗歌活动的大本营令人刮目相看。第三次去深圳，我希望诗歌是理所应当的理由。

高春兰

王的城 （外一篇）

父亲有一园，更替循环，四季皆景。

如今春去秋来，庭院锁清秋，园中紫藤早已退却一身的华丽，裸露出蜿蜒交织的藤链，像一大片庞大黝黑的根系沉睡于半空。抬头仰望，目光无法专注，我不知看住这沉睡在头顶的艺术珍品，还是看住穿过那"根系"的亮眼的天空。

想起曾经的它一树的春、一地的落英缤纷，如今春去，它们成为迷眼的凡尘，老藤收起一切的杂念睡去，等待春下一次的邂逅。西去，不再打扰孤独的藤。

院子西侧也有处春夏繁景，曾经袅袅荷尖，曾经凌波一抹红，如今红绿皆散，春色三分随流水，三分入尘埃。只留孤枝斜空倒影，只留枯叶消失殆尽，偶去张望，缸沿围起一面清镜，当镜微笑，轻理云鬟。

每逢阴天风乍，每逢秋雨萧瑟。这藤、这水，更添季节的清冷和苍凉。

秋是神秘的。

算了，不再拘泥！

放眼望去，秋也有明朗一片。

那柿树匍匐在地，乳黄色的果实压满了枝头，有小孩踮着脚伸手去摘，这情这景，唤起一阵的感动，那不是像极了一位怀揣果子的慈祥的母亲，蹲下膝来让孩子拿取？一阵微风路过，带来满鼻的香，再次深深吸一口气，才知桂树挂满了一身金色的花絮，躲在小木屋背侧，无影自华，无华自香；眼观洗衣青石板那边，有石榴笑弯，空中不时有鸟鸣交替委婉，恋着迷人红透的石榴果不肯离去。

漫步丛中，满眼的就是这样层层叠叠、斑斓浓烈，绚丽的色彩和浓郁的芳香，就似一瓶刚开启的香槟，琼浆玉液般喷涌而出，溢出欧式白色的围墙，引来无数流连的驻足。

睹物思亲，这一园成城，是父母二十多年的悉心栽培，从睁开眼，我就在一园一景中长大，每撑起家中芳香而温暖的窗，我就看尽了四季的荣华，享尽自然无私的馈赠。

每次回家围坐，父亲总是一手撑腰，慢条斯理地吸着烟，眼神透过他面前层层白色的烟雾，缥缈地欣赏着他的杰作，眼神透露出雄视一切的气度，语调也高亢了起来："你们看，我们的家园，这样的景色，是城里人如何也找寻不到的自然，这才是真正的生活享受。"每次他只要一开口、一伸手，家里的两条田园犬就远远跑来，嗓子眼里唔唔做哆，等着父亲去抚摸、去疼爱。

我认为，父亲是这片家园的创造者、守护者，更是这里的"王"。

栗子的生命

栗子，在我生命中占了一线风景，这是我怎么也想不到的。

栗子是美丽的，它那坚硬的外壳、热情的内心、无华的外表，让我深深爱上，并为之倾倒。

儿时，杭州的姑妈带回来过一袋栗子，当时我就被稀罕得困顿，感觉那小小的栗子不是吃的，而是拿去向小朋友们炫耀的一件宝贝，因为它长得那模样，就像我木匠爷爷手下的艺术珍品。

如今，它在我心目中已不仅是一颗小小的栗子，而是成长过程中彼此懂心的伙伴，它曾经陪伴我度过人生当中最为珍贵的一段时光。

2006 年的夏末，经朋友介绍，我们家老人做起了炒栗子生意。我由于好奇贪玩，晚上没事就穿上定制的工作服，做起栗子姑娘。闲来无事时，我对着长满斑点的镜子，把刘海修成栗子形状，很自信自己的发型创举。

栗子是讨人喜欢的，特别在快出锅那阵，亮晶晶的木色外壳，翘开了一道弯弯的笑嘴，在黑色的栗石中不断翻滚躲藏，忽上忽下，像调皮的孩子躲藏在门后，又怕你找不到，探出半个圆圆的笑脸。有个大学生，他看到这个可爱的情景，抑制不住喜爱，装了满满两袋去，说回家看着也是种享受。我也是如此，与其说是去帮忙，倒不如说想吃那刚出炉的栗子，寒风呼呼吹的时候，屋内阵阵香气溢绕在身边，抓起一颗刚出炉的栗子。冒着被炸的危险剥开胀鼓鼓的外壳，栗子肉像一颗鸽子蛋黄展现在眼前时，能做的便是迫不及待扔进嘴里，那种唇与舌黏绕在一起香香糯糯的滋味，令人难忘。有人偷看着我的吃货样便笑，说："栗子姑娘，你自己吃那么多，怎么卖啊？"

那些日子过得和栗子一样，裂开了嘴的开心，直到我脸上的皮肤晒成了栗色。三个月后的一天，我发现皮肤由白变红，由红变黑，折腾成名副其实的栗子姑娘。很后悔自己贪玩，为此牺牲光辉形象，吓得收起玩心，好好工作去，不再去栗子店了。

但从此心里着实多了一份东西，沉甸甸的。

人生的经历真不是吃饱穿暖就开心，适当吃一些苦，懂得一些道理，能有一些收获，我觉得那才值。

后来，真正和栗子捆绑在一起，是 2007 年的大冬天，又给栗子找到一块风水宝地，我也终于从一个只会用双手码字的娇小姐，成了一名戴着黑手套的专业炒栗子工人。开店容易守店难，生意清淡时，就看书，什么书都看，那些杂书堆在栗子屋角落的木板上，厚厚的也染成了栗子的颜色，一页页翻开，散发着栗子的香味，原来颜色和气味也都是可以沉淀的，想象人们看到我时，我应该也是栗色的吧。

冬天的晚上特别冷，时针走到夜间 10 点，天空经常开始飘洒白色的雪花，那白入地化水，浸润木屋的底板，从木屋的纹理钻入侵袭我绒皮的靴子，我十个脚趾结成一块。路人都低头急匆匆地裹成一团，三三两两，越来越少。

唯一动着的只有漫天的雪花。

手摸了下栗子，冰冷的，失却了光鲜的生命，夜空下我一个人、一本书、一盏昏黄的小灯，这时的栗子木屋像极了孩子手中掉落的玻璃球，笼罩在黑漆漆的夜幕中。也有朋友开车经过，看到我还在守店，跑过来骂我，把所有的栗子统统买下，赶我回家。

我为栗子的美丽付出了什么？

我却总感觉我得到了些什么！

当看到可爱的爱吃栗子的人们，他们甜甜的一声"来点栗子"，我便全身心地绽放笑容，甜甜地回应："谢谢你，要多少啊？"

……

往屋外看去，经常会看到神奇，对面星巴克里拥坐着一对对甜蜜的情侣，喝着热热香香的咖啡，女孩的一双手被包在男孩的手心里，男孩不停用嘴哈出热气去温暖；也有谈商务生意的，两个西装笔挺的男人，手臂交叉在胸前，优雅地沉思、聊天，桌上摊一大堆资料，咖啡估计就是周立波说的卡布奇诺，再长的时间也喝不完。这一切都包围在一个温暖空气中，他们的表情和微笑是柔软的。最为惊心的是白人，他会突然钻出星巴克店面，白花花出现在你眼皮底下，大摇大摆，身上只穿一件短袖 T 恤，当他淡定地站在雪地中的那一刻起，整个世界戛然而止，所有人都刹那僵住最后一秒的神情、动作……除了我的栗子，还在翻滚，妖娆的香气不解风情地暖暖地散发开来，此时，只有栗子是活着的。

日子很快就在点点滴滴的快乐和烦恼中交替着过去，初春的来临，化解了我心的凝结，撑起小木屋的窗台，迎面来了和煦的暖阳，一季的凝结便在阳光中噼啪震落，化仙而去。

栗子姑娘的心态随时光成熟，栗子发型也成了永远的过去，我打包起这一季的心情，封存。

这永远是我的水晶球、我个人的童话。

栗子它虽不起眼，但那坚硬的外壳、热情的内心、无华的外表，让我深深爱上它，也正是我所追求的为人品性。

我爱栗子，更爱栗子带给我的珍贵历程。

黄抒绮

唤醒记忆

你也该有这样的经历吧？手机响起，号码很陌生，接起，声音很遥远，对方报名字，可能你一下子蒙掉，然后拉长记忆那根绳，突然想起是你某个故人，这个人可能是同学，是以前的同事，是很久以前你认识的人，然后突然想起关于他的某件让你印象深刻的事情，有那么一刹那的快感，有吗？

记忆真是相当奇妙的东西。我问过一些长者，惊讶地发现很久以前的事情他们也不会忘记，像我的外公，九十四岁了，讲起他撑着小船到上海来做学徒的那天，那时候他大概十六七岁吧，差不多一个世纪了，还能说到每个细节，包括灰色的天空，简直恍如隔世，不过我并不觉得他的记忆力有多么惊人，因为常常昨天刚和他说过的事今天他就忘了。这么说来，记忆并不因为时间的远近而影响。于是，我开始想我的小时候，和爸爸妈妈谈论我小时候的事，点点滴滴地，拼拼凑凑地，居然还原了许多，那些藏而不发的记忆经过了几十年的积淀、无数后来居上的事情的遮盖竟然都还在，并且存在于它们的时间、地点、人物中，丝毫没有走样，即使很久不去触碰还是鲜活地等在那里。两个月前，好不容易联系到了四个初中时要好的朋友一起聚会，岁月走过我们的脸，但是仿佛没有走过我们的心，我们谈论的是初中时候的马尾辫，那时候负责而又严肃的老师，坐在前三排还是后三排的问题，那些青涩的自以为是的恋情和那些最终修成正果的有情人，当一个人的回忆断开的时候另一个人会马上接上，然后一条直线行云流水般展开，那些笑过、哭过、误会过的日子又铺陈开来，落英缤纷。那个晚上，滋润了我的心很久很久。后来，更多的人联系到了我，当他们告诉我已经联系了我很久的时候，我的记忆丰满了、充实了，一个个都跳到我脑海里，我莫名地快乐，那是因为我知道了有些人一直记得我。

我们，都更多地活在当下。我们哀叹着房价的飞涨、工作的劳累、人情的淡薄，这个时候，为什么不翻翻那些久未联系的故人呢？用电话，用 QQ，用微信，随便用什么，只是告诉他，你的记忆中还有他，他会快乐，只为了他知道，你的记忆里有着他，有着你们之间一起走过的可能仅仅是一小小段的路，那样，多好。在愤怒、在无助、在烦躁的时候，泡一杯茶，让阳光裹住自己，慢慢唤醒自己的记忆，让那些久久都没有感受过的人和事再重复一遍，温暖会慢慢包围住你的心和身体，然后你会发现，上帝早就给了我们最美丽的摄像头，那就是记忆。

编　曲

北京卫视的《最美和声》第二季近期正在轰轰烈烈地上演。仍

是常态的导师制，学员挑导师，和去年最火的《中国好声音》模式大同小异，所不同的是对抗之时要导师和学员同台高歌。鉴于这个原因吧，请的都是大师级的导师，唱作俱佳的，尤其是唱现场都是特别擅长的，那些个只能在录音棚里灌唱片的一概不考虑。

大概因为能和导师同台，学员们都表现得兴奋高亢，导师也是使出浑身解数，整个舞台每次都是要沸腾起来的节奏，仿佛现场演唱会一般。很多脍炙人口的歌曲一首接着一首响起，但是听着听着，我突然对那些已经熟透了的歌曲感到了一丝陌生，侧耳倾听，原来是因为大师们盖为显示自己的能力非凡，一般都把歌进行了改编，谓之"编曲"。每首歌都被编的与原来的曲调有很大不同，却又要在副歌或者尾音部分回归到原来的歌曲位置。

其中以陶喆最甚。陶喆是著名的音乐人，会唱善写，相当有才，基于这个原因吧，他的歌曲改编最令人费解。和学员菩菩同台演唱王力宏的《你不在》，愣是把一首充满活力的好歌改成混乱的乡下菜场。和女学员奕丁合唱的《梦醒时分》被穿插在一首英文歌中，惨不忍闻。

其实，为什么非得费这个劲去重新"编曲"呢？难道大师们不知道，每首歌在词曲作者呈现给大众之前，必定也是改之又改，润之又润，以原作者最为满意的状态出炉的吗？况且，有些歌是不能随意改动的，比如李宗盛的《梦醒时分》，非得有这样的曲子才能表达歌词那个意思，经过陶喆一改，穿插在英文歌中，唱速以比正常速度快几倍，女歌手还莫名其妙飚高音，除了疯狂外什么也没了。

往深里想想，很多事都是这样的，曹雪芹的前八十回《红楼梦》永远是瑰宝，高鹗续的那四十回堪比野草，不如不续；古董哪个角度看都藏有玄机，今人翻做的无论像到什么程度，终究是蠢笨。能成为经典流传下来的东西必定有其不凡之处，这是后人怎么

237

改也超越不了的，既然超越不了，为什么不去肯定、琢磨，去更好地演绎呢？

世人常常喜欢按自己的意思去修改以前的东西，文字如此，书法如此，歌曲也如此，但是几乎没有成功的。

所以，这条路从开始就是错的，根本不用花那个心思去"编"，之前编的就已经是最好的，更重要的是想着怎么样把先前的更完美的去呈现，唱歌是这样，做人做事无不如此。

刘维韬

我们的离伤

这是 6 月，这是毕业季，这是青春与热泪为主题的季节。

最近微博上、微信上都是各种毕业礼。有高中毕业生的红毯秀，有毕婚族的校园婚礼，大学城的各大院校更是大手笔，毕业晚会的规模堪比演唱会。一时间，无数状态，无数刷屏。

谁不曾毕业过，谁不曾离伤过。看着 90 后们的毕业礼，不禁想起了自己的大学毕业。

嘹亮的军歌、整齐的队列，军校的毕业典礼总是一成不变。全体集合，院首长宣布毕业命令，各系主任传达分配去向，各学员队安排离校计划。有条不紊，一丝不苟，即使在离别的时节，军人的纪律也没有一点折扣。

而我们这四年的战友情、同窗谊呢？似乎压抑得很深，不轻易表露，不轻易落泪。在送站班车驶出校门的那一刻，在火车启动的那一瞬，这份永远不能忘记的情，突然决堤，突然爆发。

还记得第一趟班车发车的时候，那班车上是分配去川藏一线的同学，由于途经学校所在的车站的西南方向列车都是在傍晚到站，这批同学刚刚吃过毕业会餐，就匆匆收拾行李奔赴各一线部队。暮色四笼，车轮缓缓前行，车上车下的同学紧紧地抓着手，泪水早就润湿了操场，呜咽声在我们训练过无数次的跑道上回响着。时间一点一点地过去，无数的双手依然紧紧相握，在场的院首长不得不行使他的指挥权："各学员队干部集合队伍，汽车连立刻发车！"

望着班车的背影，所有的学员队已经不成队列，抽动的双肩、挥舞的双手，我们永远是兄弟姐妹！

度过无眠的一夜，第二天中午，西北方向与东南方向的同学也要同时离开这座生活了四年的城市。12点前后，两个方向的列车在同一个站台同时发车，曾经无数次一起踢球抢饭、一起幻想未来的好兄弟好姐妹们，不要再流泪，泪水属于昨天，潇洒挥挥手，我们分守祖国的两端，我们的心永远不分离！

时光荏苒，白驹过隙，十四年前的今天，一如在昨天。毕业典礼时，将军们慷慨激昂的发言，今天终于有所感悟。是的，离别的时刻，北上、南下、东进、西征，我们是祖国的好儿郎，我们为祖国守边防，无论身在何方，我心从不彷徨，因为，有你，我的好战友、好兄弟、好姐妹在身旁！

两个万达

松江万达商业中心开幕，成为全城一时热议的话题。对于家门口的顶级商业巨舰，老百姓自然欢呼雀跃。对于投资人来说，万达意味着土地升值，意味着金钱流淌。而对于那些经历过甲A时代的老球迷来说，万达还意味着更多。

甲A联赛，可以说是打响了中国体育事业转型的第一枪。1994年，经济领域的南来春风，也吹开了足球运动的改革帷幕。甲A联赛，这个有点德国味（或许是当年施大爷带来的理念），又有带着中国特色职业足球初级阶段独有色彩的新赛制，于是乎锣鼓齐鸣，粉墨登场。

当年的大连万达队，还只是大连本土房地产企业，闯入中国足球这片新天地，虎气冲天，连夺头三年冠军，成为甲A时代的第一批成功者。三座奖杯，成为当年大连执政者推崇的城市名片。斗转星移，万达队早在21世纪之初便转卖他人。那个时代的大连万达队只存在于60后、70后老球迷的记忆里。

现在的万达，早已冲出大连走向世界，是世界顶级商业地产开发商，是创造无数富翁的梦工厂，而我们的中国足球，却如魔咒般无法走出衰败的命运，从当年的打平就能闯入世界杯，到现在让人不忍直视的亚洲杯战绩，走向世界无异于痴人说梦。地产商的万达、足球队的万达，此消彼长，让人无限唏嘘，无言以对。

21世纪，或许是近代以来中国发展最快的时代；21世纪，如万达般的商业奇迹，在中国已是俯拾皆是。创造物质财富，对于现代中国人来说，似乎唾手可得，而如中国足球这般，虚火而实衰的精神文化，却触目皆是。

历经清民两代的南京总统府，大半成了1912酒吧街，曾国藩、李鸿章、洪秀全、蒋介石、宋子文，这些历史的身影，在霓虹艳影下，在宣泄呐喊里，大概已无处可寻。后海深深，恭亲王周旋于两宫八大臣之间的身段，意救爱新觉罗氏而终无力可为的叹息，今朝的酒客也早已漠视。

有人笑言，如果足球列入高考项目，则十年之内，中国队必夺世界杯，也有人叹曰，足球若与计生工作一样一票否决，英超西甲几无与我竞争之可能。而文化，难道就只有靠名利的刺激，才能存活于世吗？

　　两个万达，两个身影，渐行渐远。唯愿多年以后，仍可再聚首，把酒话当年。

张园勤

新西兰旅行剪影

在惠灵顿，听风且吟

风都惠灵顿果真如此。能量以一种自然的方式，既不温和，也不猛烈地包裹着这座小小的海滨城市。这是世界上最小的首都，小到用不了一个小时就能沿着城市的外围走上一圈，而且，人口密度也无法和我居住的大都市相提并论，尽管步履比起新西兰乡间小镇上的人要快一些，但依然是慢悠悠的，这里真是"慢活人士"的天堂，其实整个新西兰都是如此。

慢活，是一种生活态度，是优质的人生体验。但许多大城市里的居民，比如东京、纽约以及香港，人们的节奏总是匆匆的，通勤、上学、探病、看戏，都是日程本上被标上了时间记号的事件，人就是执行者，如同机器人一般计划、落实，哪怕没有任何喜悦与憎恶，依然还是不折不扣地把这一项项事件完成，然后晚上用笔划去，这一日便圆满地完成了。这是很多城市人的真实写照，往往是工作中的规矩，做着做着便渗透了生活中的每一个方面，这是自我认同的无能化倒退以及自我价值感的贬值，在工作和生活中慢慢地迷失自己，只是为了物质，为了名利，为了所谓的更好的生活，却过着卑贱的没有灵魂与独立思考空间的城市犬。

在惠灵顿的海边广场，有着数量刚刚好的游客，明媚略有些晃眼的阳光，碧蓝的晴空以及清澈无污染的海水，伴随着那吹乱一头发的风，便将整个人绷得紧紧的线条软化了。坐在板凳上的是一个年轻的母亲，带着三个年龄不一的孩子，穿着清凉的夏装，戴着遮阳帽和墨镜，就这么倚着椅背斜斜地坐着，看着碧海蓝天以及飞来飞去的海鸟，整个画面如同静止了一般。他们也在生活，只是此刻的生活如同静止一般，倘若生命用来如此奢侈地挥霍，那也该是一种无比的享受。

听风，它的呼啸与低吟，它的强弱让人感到悲恐与喜乐，这样绝妙的听觉享受，四季皆能触碰。惠灵顿的风，就像是这座城市一种流动的韵律，吹开了云朵，吹走了雾霾，吹走了夏季的炎热与冬日的严寒，只是这样的风实在太清澈了，一如这里的海水。有时候我看着天上飞过的海鸟，总是羡慕它们长着颀长而宽厚的翅膀，借用气流便足以托起整个身躯，自由地俯视着这座城市。

新西兰的城市，有一种繁盛文明过后的恬静与颓败，建筑物多为一层或两层，而转让与出售的商铺又比比皆是。在发展中国家频频比拼世界第一高建筑的时候，这里的人似乎更乐意过一种接地气的生活，多数民宅不超过两层，曾有人开玩笑说，人家地广人稀，造房子不用往空间发展，只要有足够的占地面积就行了，对老人小孩和狗来说，一个低层而开阔的建筑，加上前后两座漂亮的花园，周围的邻居都在几公里，甚至十几公里开外，有什么比这种居住环境更好的条件了呢？所以，令人艳羡的是不用在一两个平方米的电梯里每日地上下买菜和倒垃圾，也不用开了浴室的窗户就能和对面

房子里的邻居打一个尴尬的招呼。尽可以在自家的院子里摆上一堆你在钢筋水泥森林里想都不敢想的好器具，比如烧烤炉子和给孩子们玩耍的蹦床。

我从来没有去过任何一个首都像惠灵顿那样小而美好，尽管几乎可以用"萧条"两个字来形容。如此，因为它的清洁、宁静、缓慢，反倒让人感受到了一种美好的秩序。有序，且遵守，应该和人口数量关系不大，这一点东京是一个非常好的反证，只是东京没有那么大的风，把一颗不安分的心吹得晃了又晃。

小花、大狗、碎石路

对于孩子来说，异国自驾游旅行是跟着父母一夜接着一夜睡不同的地方，每天吃一样的食物，见不一样的人。他们矮小，看不到雪山有多宏伟，湖泊有多壮美，却总能看见路边美丽的野花，宿地人家温和的大狗，还有踩起来沙沙作响的碎石路，更妙的是这条路还能用树枝，或者徒手挖出个大坑来。这对于久居城市中的中国儿童，真是要了命的诱惑。

在胡卡瀑布度假村（Huka Falls Resort），孩子们当真把这里当成了一处大自然的游乐场。他们可以从下午玩到黄昏，再从黄昏玩到夜晚，就在我们住的小木屋外面的车道上，远处是群山和草场，但他们全部的注意力却集中在这条由碎石铺成的小路上，拔下了每一株从石缝里冒出来的小草，然后又拨开石子，挖出坑来，把这些可怜的小草重新摆放进去。孩子的世界无法理解，他们觉得兴奋异常的游戏，在我们看来不如屋前那株落了满地果实的苹果树充满了诗意。

在惠灵顿，靠近码头的海边，有着一个不大的儿童游乐场，设施很齐备，人却不多。有一座非常华丽的滑梯，城堡一般矗立在塑胶场地上。占领它，是每一个孩子的第一反应，四岁的玩低处的滑梯，那个七岁的却怎么也不敢玩高处的滑梯，奈何看着人家光着脚丫的当地洋娃娃，路走得还跟跟跄跄，却已经勇敢地爬那个最高处的梯子，没有看到他的父母有多担心，甚至都没有看到太多的当地人在照看着自己的孩子。倒是我们这一批异国游客看得捏出了一手冷汗。

中国的父母总是不敢放手，这样的育儿方式不知从几何起，或许就是因为独生子女政策导致了大人开始触发敏感的神经，毕竟一家一个，得当宝贝护着才行。这点我深有体会，因为我就是第一代独生子女，我的家人到目前为止，对我的养育还没有完全脱手。

因为是历时半个月的自驾游，雄心壮志以及贪婪的大人们总是想着什么地方都想去，孩子们的很大一部分休息时间都在车上的安全座椅上度过。被安全带绑上十一个小时并不是一件趣事，好在只要告诉他们"等一下你们就可以去挖土喽"，蠢蠢欲动的小家伙们立马又乖乖地重新坐好，打盹或者玩游戏。好不容易到达目的地，开车的大人们都已疲惫不堪，他们却能迅速找到乐子，开始了各种千奇百怪的玩耍，直玩到母亲出来扯着嗓子喊回家吃饭，依旧恋恋不舍，回头望望那一堆泥巴和野花，ipad 再好玩，也不过是屏幕一块，任何可触摸的实物稍稍在他们的世界停留一下，都远比所有的电子保姆美妙得多。

每经过一个小镇，无论人口多么稀少，总有一处设施完备的儿童游乐场，铺着厚厚的木屑和树皮，没有塑胶那种刺鼻的味道。设施并没有多么有心意，却都是坚固耐用，成年人上去折腾也完全没有问题。我看到了一个滑梯的制作铭牌，上面刻着 1995 的字样，想来也接近二十年的老设备了，却依然让孩子们玩得兴致勃勃，从每一个接缝处的润滑油和新刷不久的油漆来看，它们有着良好的维护。

在基督城住宿的丁香花园，是一处私人宅邸，主人养着一条温

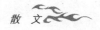

和的金毛犬，能和陌生人友好相处，对孩子充满了善意。这条狗让随行的三个孩子，包括一个婴儿感受到了旅行中莫大的喜悦。尽管只借宿了短短的一晚，但孩子们临走时却对那条狗恋恋不舍，甚至央求大人养一条一模一样的狗。随行的大人很高兴，因为总算搬出了那充满了狗味、房间装修得像吸血鬼老祖宗的洋房。

露营，与自然的私密接触

在新西兰很多国家公园以及郊外，总能看到很多露营点，一块路标、一副木质的户外大桌椅就是其鲜明的标志。

露营这种形式对于户外运动爱好者并不陌生，但在很多西方国家这就是周末全家娱乐放松的休闲方式之一。在新西兰，你看不到豪华的轿车，但却能看到很多其貌不扬的房车，这一类房车通常都是租车公司的，但也不乏私家车。车里有基本的野外生存设施，有着多种功能区域，甚至还有水槽以及两个卧铺，整个车的体积却并不像美国人推崇的那种大型房车那样，像一辆旅游大巴那样笨重。它们的外形如同一辆加高加长的商务车，有个略显突兀的车顶（里面的空间用来睡人），通常都是中老年夫妇一起出游。把车停在指定的露营区域之后，便开始烧火煮饭、垂钓以及晒日光浴。

在每一个露营地，总能看到一种规格统一，用厚实的橡木或者黑松木做成的户外餐桌，配上两条板凳，都被牢牢地固定住，这套桌椅自身的重量若想搬动起来估计也要花不少的力气。通常住房车的露营者都会选择在这张巨大的木头餐桌上用餐。

露营，英语意为 camping, 其词根 camp, 即帐篷的意思，以往对露营的理解就是找个野外，搭个帐篷，白天打猎钓鱼，晚上就烧堆篝火，煮一锅汤，望着远处暗影绰约的山脉，拿出个酒壶喝上几口，这是自然生活的真实写照。

我知道这样原始的露营在自然主义徒步者中间依旧风靡盛行，但更多的现代人选择开车出行，比如之前提及过的房车，或者干脆就是普通的家用小轿车。

在新西兰，经常能看到一辆辆其貌不扬的私家车，油漆暗淡，车款老旧，却能看到后视窗口铺满了洗晾的衣物，在一路阳光的追射下蒸发水分，还有后视镜上用鞋带系牢的湿漉漉的鞋子，借着车辆疾驰产生的风力，可以迅速把鞋子风干。这些都是露营者的证据，这样的证据比比皆是，比如从开了一半的车窗内隐约能看见的一个 10 加仑的水桶，或者是一口擦得锃亮的平底锅。他们或许正去往某个国家公园的露营点，抑或是正在返家的途中，收获了满满一车的野趣与满足，重新归入城市生活。

野营，是一种古老的休闲方式，它有着最原始、最天然的趣味。

我在 Macdonald Creek 的露营地看到一个年轻的母亲，带着两个孩子，一个六岁，一个四岁左右，母亲动作迅速熟练地将一个帐篷搭了起来。男孩子在不远的溪边，用塑料玩具装着土石，他戴着小小渔夫帽的样子，像极了广告中的小主角。看着他专心致志地玩耍，我忍不住上前用相机定格了这个画面。然后也进入那条半干涸的小溪，观察那些河床上的鹅卵石以及缓慢流过的溪水。这个场景更让我想起了日本庭院里那种充满了禅意的盆景，在堆满雪白沙石的地方，摆放着一根枯木，或者仅仅只是更大的几块石头，而我们，此刻这盆景中的活物摆设，在不经意间，为这大自然的造景做了一次小小的贡献。

露营，是享受天地的一种更彻底的途径，它无关乎物质，更是精神和感官的享乐。我们的出生，本身由充满了未知能量与物质的世界赠予，而我们终有一日重新归入这未知世界的起源，循环往

复，如果可以的话，完全可以将露营视为另一种宗教信仰，只是大自然是神，露营者是膜拜者，每一晚贴地的睡眠，每一刻野外的经历，都是一次朝圣，你是否愿意成为这样的信徒呢？

没有围墙的学校

在新西兰的库克山脚下，有一所学校，离这个国家最美的山景酒店不过 1 公里左右，却和前者昂贵的房价形成了鲜明的反差。碎石路的岔口有一块铁皮牌子，上面写着 Mount Cook School，望过去却并没有任何像样的房舍，我一度以为这只是一块以前的牌子，或许之前这里有一所学校。

远远地望去，看到四五个当地青年正在练习走绳索，旁边还躺着两辆自行车。我在每一个城市的海滩及开放公园里都看到过这样的走绳索练习，这些人将来是不是都致力于高空行走呢，极限运动在新西兰还是非常风靡的，世界上第一个蹦极的地方就在这个国家，所以这里的年轻人热衷于户外运动和探险，是情有可原的。

就在这群年轻人更近一些的地方有一所小小的平房，完全就是中国那种活动板房的样子，甚至和用集装箱改建的简易工棚类似，我完全不相信这是一所学校，尤其是作为一所有着两千七百多名学生小学教师的身份，这么小的建筑物居然承载着重要的教育功能。直到我看到了玻璃门上贴着的各项规定以及屋内各类教具之后才确定，这里的确是一所学校。

新西兰时值夏季，所以学生们都在放暑假，尽管这里早晚的温度不过八九摄氏度的样子，但不可否认的是，人家的确是在放暑假。学校没有大门，没有围墙，只是像一处普通的民宅，玻璃门外摆放着一张木质的长桌，上面堆满了各种各样的贝壳和矿石。我看到了新西兰盛产的一种贝壳，泛着金属暗绿的色泽，只是没有那些在旅游纪念品商店里出售的个头大、颜色鲜艳。我想象着某个孩子正坐在那把褪了色的木头小椅子上，认真地听老师讲解这种生物的习性，而身边的女童则用放大镜查看这某块火山岩石内小虫的化石。

徒步，是一种温柔的修行

只是临时的决定，然后就急匆匆地出发了，大家都有准备，而我只换上了一件轻便的羽绒服。我们的目的地是新西兰汤加丽罗国家公园中的一条徒步线路，可以看到一到两个美丽的高山湖泊，当然都散落在火山口附近。

我们的起点位于一座城堡酒店，在通往山区的路上，两面有私人住宅，外面的草坪上随处可见灰色的野兔，旁若无人地跑来跑去，很是可爱。进入徒步步道之后，便开始有些压抑了，道路是用碎石铺成的，在陡坡的地方用很厚的木板进行了加固，甚至还有颇为精巧的台阶，所有的材料都是天然的，没有水泥，没有柏油，没有人工的树桩，尽管简陋，却非常应景，这或许也和新西兰人的环保理念有关，最大限度地保持自然及事物本来的面貌，减少人类的改变及破坏，因此无论哪条步道都是隐形的，站得稍远一些看，就完全淹没在大自然的风景中，没有痕迹。

在这样风景如画的国家公园徒步，对心灵来说无疑是一种极大的放空，洗濯得如同远方碧蓝清澈的天空，没有任何瑕疵。人的灵魂仿若是天地间游弋的一尾瘦鱼，身无半两肉，却似千金重的丰腴。双脚压踏着脚下的土地，无论是柔软的苔藓，还是尖利的砾石，都会带来一种脚踏实地的感觉，让飞行过久、航行过远的人有种如释重负的轻松感。

乔进礼

第一次旅行

虽然出生于大平原，却一直感慨于小时候生活的封闭。上小学时所去过最远的地方，就是只有十几里的镇子；读初中时最远就是跑到县城，而且还是因为奥数比赛仅仅去了一次；读高中时，因为学校是在县城，所以去过的最远地方，我也就是县城了。所在的地级市，连一次都没去过，后来想想真是令人痛心疾首。

那时，我的心中有一个渴望，那就是看一看山，看一看海，远离这光秃秃的一马平川。所以，高考结束，填报高考志愿时，我只想能跑得远一些，再远一些，差一点报了海南的一所大学。终究是对外面的世界心怀恐惧，所以选择了山西的一所大学，因为山西有亲戚在，虽然离我的大学，有千里之遥。

就这样，步入了大学的殿堂，我去过最远的地方，就成了大学所在的太原。刚开始看到周围的大山，在朝阳的照耀下，西山闪着金色光，而太阳处于西方时，西山又尽显苍茫，所以在上大学的前半年，我就一直保持看夕阳的习惯。其实，看的也不是夕阳，看的是夕阳照耀下的大山。

那一次冬天，刚刚下了一场大雪，我朝东山望去，只见那原本光秃的大山，在白雪的覆盖下，竟然显现出了惊人的美。我好像受到了某种召唤一样，翻过学校东面的围墙，踏着荒地的白雪与枯草，一步一步地扑向东山的怀抱。一路上，我攀越了无数的矮围墙，跳过无数的沟沟坎坎，艰难而欣喜地向东方走去。

当时的我好像只有一个想法，想看看那个苍茫的大山之上，冒着袅袅炊烟的人家，究竟是住着什么样的人？是不是像小说中、童话里那样，住着白胡子老人，身边有许许多多的小动物。当然，我并没有爬到山上去，所谓望山跑死马，我看着那小屋和炊烟，只走了几个小时就累得筋疲力尽，仍然没有丝毫的距离拉近感，因为天色渐晚，我只能往回走。

这件并没有完成的旅行，成为我的一个心病。在日后的若干年里，我多次梦见自己一个人，踏着积雪和荒草，一步一步地向东方走去。当然，梦里的情景，远比现实中要丰富得多。记得有一次，我在梦中发现了一个神奇的村落，那里的房子都很矮小，也很精致，我竟然在村子里发现了一些已经亡故的人，其中就有我逝去的母亲。

大二升大三的那一年暑假，我刚刚失恋，很想用一次旅行来缓解我内心的痛苦。思来想去，此刻自己已经厌倦了大山，好想看看八百里洞庭，那浩淼无际的水，还有洞庭湖上的碧叶红莲。当然，我选择这次旅行，还有另外两层意思。

一是我深恨自己的阅历浅，第一次一个人来学校，就因为无知而遭遇了一些麻烦。自己一个人出去旅行，如顺利则是经验，如不顺则是教训。二是很想看看当时那个心上人的家乡，究竟是一个什么样的地方。湖南茶陵县，是否如电视上或者书籍上所讲的那样美丽——青山绿水之下，有稻农赶着青牛，在水田里耕种。

当时我身上只有 500 块钱，心中算了一下来回车费，如果自己一直不住旅店的话，应该问题不大。于是乎，先跟着室友，来到了他的家乡湖北随州，在湖北待了几天后，我又从随州坐车来到株洲。途中看到了我心目中的八百里洞庭，又看到了沿岸的荷花，以及远远望去的岳阳楼。当时我真有一种不虚此行的欣慰感。然而，事情的发展，并非如此顺利。

从株洲买票去茶陵时，我以往狭隘的经验给我带来了极大的麻烦。因为，我以为从商丘到我们民权县，路程大约一个多小时，路费才不过 10 元钱。同样是地级市株洲，到所属县城茶陵，怎么着也不会超过 20 元，时间不超过两小时。然而，大大超乎我的预料，株洲到茶陵的路费，竟然要 48 元钱，这大大超出了我的预算。

说实话，当时我根本不知道，那个心上人的家，在茶陵县哪个镇哪个村，只知道她在茶陵一中读过书。我也从没想过要找到她，只是凭着潜意识的指引，来看看究竟是什么样的水土养育了她。

到了茶陵之后，我首先来到了烈士公园，有几座高大的坟，耸立着大理石的碑，碑文记述了烈士的生平事迹。我来到烈士公园时，正是夕阳西下的时刻，有许多当地人在这里乘凉。葱郁的大树上清脆的鸟鸣，使我感到非常惬意。

我躺在被晒热的石板上，感觉一路的颠簸与劳苦得到了很大的缓解。渐渐地，我睡着了。等醒来之后，忽然发现明月当空，四周连一个人也没有。我赶紧掏出手机一看，原来此时已是 9 点 30 分了。我看着四周斑驳的树影，听着一些古怪的鸟鸣，心里面闪过一丝恐惧，再也不敢待在这里，于是向茶陵一中走去。

在路上，随便吃了一碗盖浇饭，我就坐三轮车到了茶陵一中。那时我还很年轻，守门的保安看着我背了一个包，还以为我是学校里的学生。所以，没有问就让我进去了。进去之后，看着学校里的大树和草地，以及各个楼里的灯光，我心里充满了安详、踏实的感觉。

我躺在操场绿地上，绿地的余温尚没散尽，躺在上面非常舒适。看着天上的星星，感觉一眨一眨的，好像离自己很近，我似乎回到了童年，与父兄一起，躺在放庄稼的场里，仰望天上繁星。这是一幅多么温馨的画卷，渐渐地我又进入了梦乡，至于梦的内容，现在我已经忘却了。

也不知过了多长时间，我忽然被一阵喧哗声所惊醒，睁开眼睛一看，原来一群一群的学生在操场的绿地上做广播操，有的离我只有几米之遥。原来，此刻天已经亮了，东升的太阳红红的，正在驱散薄薄的凉雾。我躺在众人之间，感到非常不好意思，赶紧收拾起背包，离开了茶陵一中。

离开学校之后，我漫无目的地在茶陵的街道上行走，好想找一找家乡卖的水煎包和炸油条，然而走过了一条街也没有看到。我感到非常沮丧，最后在一个街道的转角处，发现一个中年妇女推着一个脚踏三轮车，上面打了宁陵馍招牌。我感到由衷的惊喜，因为在数千里之外的湖南，竟然能看到自己家乡的名字，竟比他乡遇故知还要令人兴奋了。

我怀着激动的心情，买了两个馍，但是听她的口音，有点不像我们宁陵的腔调。由于我说的是普通话，估计她也没有把我当成老乡。此刻太阳已经高高升起，放射出刺眼的光芒，天气也渐渐热了起来。我掏出手机一看，发现有一个未接来电，我以为是朋友的号码，于是就回拨了过去。

谁知竟是一个男人的声音，说我中了10万元大奖，当时我哥哥在患精神病，如果真有10万块钱，对我来说真是雪中送炭，我几乎高兴的要奔跑起来了。但是我心存疑问，因为他们要让我交

300 块钱的手续费，说是要用于扣税。我将此事告诉了三姑父，并说明了自己的疑虑，三姑父说："别是骗子啊？不过也就 300 块钱，也可以试一试。"

当时，我卡里仅剩 300 元，身上还有不到 100 元。于是，我按照对方电话里的指示，一步一步地操作了下去。其间，年幼无知的我，还给心上人打电话，想要分享我的喜悦。只是我的心上人，对我并无多少感情，我的喜悦未必能感染到她。

怀着这样期待的心情，我又回到了株洲，准备拿着这 10 万块钱，回家给哥哥治病。到株洲后，准备买回郑州的票，谁知发现身上的钱只够买到武汉。我想还是先买到武汉再说吧，反正随州的那个同学离武汉也不算远，万一需要帮助时，他也能赶过来。我夜间坐上火车，天明到了武汉，此时我的手机没电突然关机了。

我无法联系到随州的同学，但是却记得那个中奖的电话号码，通过一个小卖部的公用电话，我拨通了那个中奖电话。谁知，那个男人一听我是谁，立刻挂了我的电话。我开始变得绝望，一遍遍地拨打他的电话，最后那个电话又接通了，直接来了一句："我骗你呢，笨蛋！"我才确信自己是遇到了骗子。

夏季的武汉，是多雨的城市，此时外面已经下起了瓢泼大雨，我饥寒交迫再加上心情沮丧，显得十分落魄。小卖部的阿姨是一个热心肠的好人，知道了我的遭际后，免费让我吃了几块糖和一根香肠，并且告诉我说："旁边有个汽车站，里面有许多往郑州的汽车，你可以问问他们，能不能把你捎回郑州，到了郑州再给钱也行啊！"

此时，我已走投无路，只能听从阿姨的建议。接近中午的时候，雨下得小了些，我找到了武汉前往郑州的汽车。起初与司机商讨的结果并不理想，没有钱无论如何也不让我坐车。情急之下，我想到了我的手机。这款看起来还算新的摩托罗拉手机，是我花 400

元从一个学姐手里买下的。

　　于是，我就跟司机商量，将这款手机转让给司机。不知是我的遭遇，还是我的诚意打动了他，抑或兼而有之。这个司机同意把我拉到郑州，而且还给了我 100 块钱，这足以让我顺利地回到了家。

　　这就是我的第一次旅行，以充满幻想的憧憬开场，以十分窘迫的结局落幕，从中学到了很多。之后，再一个人出门，心中已多了些底气，心想再困难，也不会比那次更差。现在，我已经另娶他人为妻，我们的孩子也快出生了。回想起自己的这次旅行，更多的是少年时的莽撞与情怀，此时看来更像是一个故事，而非一段经历了。

诗词
SHICI

谭俊升

诗十首

早　梅

独立寒冰里，百花犹梦中。
东风来盼顾，羞作一枝红。

画　竹

亭亭玉女立，起舞小蛮腰。
隔窗相问讯，君何把像描。

松江图书馆赛诗会口占

银花玉树朔风寒，赏雪吟诗意盎然。
喜看春芽遍地起，满天星斗落云间。

一览楼

耸立云间望海浮，神书耀眼历悠悠。
江南胜景繁如锦，一览胜过黄鹤楼。

半亩园

拳石蟠藤占满园，小楼四照傍水边。
少年不解赏山水，只忆临窗一面缘。

小北庵怀张大千

从来古刹出高僧，此处曾留小画童。
五十春秋成巨匠，华亭遗韵味无穷。

杜甫草堂

浣花溪畔桂飘香，翠竹苍松掩草堂。
三入其门瞻圣迹，舟中犹自读华章。

晋 祠

唐槐周柏郁葱葱，三殿巍峨气势雄。
晋叔谊高传百代，姬姜仪态属天工。

上海世博赞

巍巍东方冠，皇皇上河图。

万国展国宝，皆为世上无。

新奇高科技，充满实践区。

文艺大会演，浦江洒明珠。

生活更美好，城市是坦途。

畅圆百年梦，众惊世界殊。

吴四一

咏松江新建国家出口加工区

中枢策令飞鸿至，顿促云间展翅翔。

故土庭园添锦绣，新城楼阁愈辉煌。

质优出口营销旺，利惠加工运作忙。

待到世贸繁盛日，腾冲万里国增光。

欢庆大学城落座松江

荟萃人文上海根，新城盛世报佳音。

联翩高校华亭汇，浩荡优生丽舍邻。

学子宏图方未已，英才领地率先临。

高瞻远瞩唯明策，科教兴邦赖育人。

夕游佘山月湖

金波夕照恋鱼鸥，且驾轻舟共泛游。

放眼山巅松未老，抒怀水面月如钩。

新湖一镜心潮涌，秀塔千年意境悠。
若得余生长伴守，何需闹市觅春秋。

寄语某君

轻歌曼舞忘晨昏，酒绿灯红醉愈深。
一掷千金炫大款，竞抛万贯耀豪门。
骄奢自古昭明诫，贪贿由来种恶因。
世上如君今比比，南柯梦觉试扪心。

读《松江府志》

千畴沃野揽春光，峰泖幽奇缀此方。
久慕新鲈飨魏主，争传美玉出昆冈。
挥麈点将台犹在，就义南冠草尚香。
自古云间灵气继，精英今日应弘扬。

习诗偶得

蹉跎往事何处寻？月上层楼且登临。
盆花渐萎香如许，杯酒长新醉未沉。
白发黄丫咸挚友，青山碧海皆知音。
书生无用平常事，诗文相伴亦倾心。

鹧鸪天·嫦娥揽月之歌

　　故国他乡宇宙游，风驰电掣驭神州。无关后羿输灵药，幸有精英竞技述。斟桂酒，醉琼楼，人间天外话今秋。得揽明月银河畔，告慰炎黄誉寰球。

瑞鹤仙·遥献台海亲人

　　喜春归两岸。渐柳绿花明，风光无限。仰神州海畔，总情盈宝岛，遥相怀念。团圆伴侣，庆乔迁，欢欣皆羡。畅直通，接踵航班，行旅观光称便。　　皆盼，众心所向，乐业兴邦，家安人健。和平发展，并肩共克时艰。求大同，总祝双赢如愿！慰炎黄，圆梦中华，沧桑无憾！

蝶恋花·致嫦娥

　　桂酒飘香卿欲醉，遥念吴刚，玉兔还相对？故国遨游千百岁，苍穹碧落难成寐。　　盛世嫦娥堪告慰，天上人间，今有神舟备。广袖且舒迎客舞，英姿潇洒蟾宫会。

柏才兴

船家孩子

船家孩子不用问，
和水攀亲：
水生、水宝、水根，
水珍、水花、水英……

船里长大，
水里打滚，
都有一副好身材，
一身好水性。

捉鱼摸蟹，
样样都精，
放学归来，
捧着半篮河鲜进门。

撑篙摇橹，
水上穿行，

风浪里走路，
比岸上还稳！

阿奶嗔，
是河中精怪；
阿爷骂，
是水中猢狲。

船家的孩子呵，
水乡的宝，船家的根，
人，像水一样平实，
心，像水一样清纯！

许近仁

板壁峰

被时光剥离了兴奋的神经
五千年，又回到
豆荚爬满的故里

太阳敲钟的时候
狮身人面，嘶叫一声娘、一声爹
绿叶晃动三百元钱
要我安度幸福晚年

一线天，是寻梦？是探幽
一滴溶液，骆驼穿过苏州祖先
西行丝线
要把日渐新装的村落穿回原来的样子
计算淌过的非凡时间

不是要狮身在泥泞中回放一次滚
不是要太湖石、白珊瑚在明镜中再反光如旧

不是今夕何年，多少春秋已作古尘

新排档随二〇一三年已经结束了

鹿没有造访

骆驼跟叫一声爹、一声娘

清晨，它只拉着一根鱼刺

载宫阙的吴风、载西去的越叶。然后

举起用祖母头颅骨做的钵和杯子

引来神鹰敬酒

橙　汁

清晨，漫一股

来自世纪丹田里的全部氤氲之气

晕染流水线

这是一条古老的捣瓢取汁的轩辕工艺

流淌十月遍红的日子，沿着心模

蘸着眼神，激活餐桌脸

我沉迷其中

莫惊扰小毛驴的落寞丝路之履

莫惊扰还在尽孝的前世祖训的滴川日记

莫惊扰因为多看一眼而退回前堂的一圈圈血珠

因为他们，心被铸醇，浓度超过酒的呼吸保卫战

不肯把腰弯下去

守住《史记》木槽里的
我和你

牛背石

承一千年太阳的芒刺
承一万年汗渍混合的血液
劳累一个村庄的一世疼痛
倾倒在脊背上

衔花拈草的鹰，跟着行李走远了
伏在背上的瓦房，只把影子留在家乡
而你，低垂饱啜的头
从早先背一块石，燧石取火
从早先背一堆火，淬炼那些铁
从早先铁打成犁，从月亮里买回犁
犁了五千年悲怆时光

万亩林外有一条支干线
我厌那里的声音太响
不如城里来的观光客，天天
抚摸背，小幸福，五尺来长
黄昏里，犁完疤痕时光

三山岛

三面水玻璃
把天空和岛围起来
把草茎、黄昏、人性笼罩其中
山爪子，疼痛支点

山的骨骼怀揣影子行走
一阵思想把三道防盗门松开
把精心设计的一张脸，原生态揳入
内心的斑斓在石壁雕刻咒文
果林、轳辘车、烟霭是现实主义者
漫集体幻象的路、虹、
鱼，打通无尘航线。凿通心
北山、行山、小姑山的三个兄弟
眨了三下眼皮，心灵隧道
在心川更远的地方命名鹰
在世纪交替的云雾里抬高太阳
在嘴唇饱含火焰中焱升负离子羽毛和仙人球
星星祖露，坚持一块湿地、一块林地
给树多赐水，给爱多赐甜
给风多放月，给琴多响脆
现实主义者，微笑是风
黄花和蝴蝶卷成一团

山枣林

山枣该红都红了
连蝴蝶都难分到的凡·高红粉
是太阳用过的粉
鸣叫，鸟雀垫高了尺寸

潜伏于内心深处的蠕动
一会儿枯坐，一会儿侧身
啄不破的树林掀动，每一叶
努力离太阳最近

枣树是个等级社会
高处的甘愿受冷，甘愿站在风中
保护细微的皱纹，让风赶路
理想主义的牵挂，温暖多少
金粉涂满沟沟壑壑
维持树平衡。抗击鹰的侵占

我可以告诉你
我首付了三分之一鸟鸣
鸣叫安宁，鸣叫安静
整个山林把灯照下来
一盏一盏的雕刻成
苏中民"星"工程

只要你喜欢，
它的睫毛一千八百根
只有一根不脱落
在场的中国梦、半醒半眠
黑夜里浴火重生

黄忠杰

松江九歌

犁歌韵律

千年的弯犁，酷似天上一轮弯月，深深地插入一个个初春的泖田，破译了松江农耕文明的讯息。

激越而匆忙的脚步声，把沉沉的岁月唤醒；甩响在田野里的牛鞭声，给一片故土着满了绿色；蛙音嘹亮，唱开了禾苗的节节超拔声；飞在蓝天上的鸟儿不停地叫着布谷布谷，唤来了一个个秋收的忙季。勤劳的日子精选了希望的良种。

这片寻常的土地上，故乡人用双手和汗水，苦心经营地打理着这片贫瘠的田园，播种稻麦瓜豆，收割如碎地阳光。年年岁岁，用黝黑着色，用粗糙点缀，贫血的田地注入了新的活力，编织起一条条人生的经纬。

那田间的犁歌，正如村姑的胸襟，颤颤悠悠。

山涧浅音

一轮晨光播撒着万千金线，延伸的山涧由此走向遥远。

上苍使了一个小兴致，轻轻一比画，使九峰十二山的山路细密纵横，错落有致，成就了它的基本曲调。溪畔、浅道、草丛、山石，静静凝视。在遥想烂漫山花的心事？在倾听雨声水声？也许是，也许不是，只见它用特有的古调把这晨光里的剪影给凝固。

给了谁？没有答案。它依然幽流，把一股股清泉送到四面八方，每个角落。清澈在它的心里，清泉灌在山里，汩汩的浅音弹奏起一曲曲动听而优美的幽幽山水调。

山姑们的捣衣声、孩子们的戏水声，把它身上的清澈款款地摇碎，波光一闪，把周围看热闹的草丛、山花浣净了点点尘埃，然后嫣然一笑，纵横里留有着它那一个个遥远的梦。

转而，它如含羞草一般的梦，悄然远去，那浅音一路悠悠远远……

村落哼曲

清晨，轻纱一般的薄雾帐幔渐渐地笼罩着村落，晨炊的烟霭袅袅升腾在村庄的上空，悠然的小曲在我耳畔响起……

当一股股清新的空气和一轮迷人的霞光慢慢交融时，氤氲的雾幔遮住了村落……簇拥着村落的麦苗，扬起绿波；金黄的油菜花上，几只小蜜蜂唱开了春歌；散落的村花，把春阳摇曳得若隐若现。春燕低飞，昆虫轻吟，让我不经意间吟出了"此景只应天上有"的佳句。

晨光撒满了金线。这村落，静静伫立，在想着自己的心事？偶尔，用笨拙的倩影凝固了光影，留给了谁？只有静默以对。一会儿，蝈蝈、喔喔、梆梆……的声音，开始把这小曲儿奏响。一声声捣衣声，摇碎了一河清水，村落里匆忙的脚步声，把悠然动人的村曲悄悄地捎走……纵使遥隔千里的都市烟尘层层透视，清新万千。

九峰吟诗

比鹰儿飞得还高，比云朵更悠然，一首首九峰诗歌擦拭出岁月的旋律。

凌岩、钱惟善二位元代诗人用汇集的诗歌吵醒了冥冥中的九峰十二山，吟诵出两个声部的九峰山诗，粗壮的气音，磁性的心律。山峰、沉雷，划破宁静的夜晚，唤醒沉睡的山地……让元代的松江人为之一愣。

多种优美的旋律，在松江人的心头曼妙盘旋，拂出春的羞涩；徐缓的美调蜿蜒如河，流出了山河起伏的波浪。

吟一吟，理一理，便理出十三世纪诗歌艺术的根系。虽是《诗经》的后生，但，这掷地有声的诗歌，居然撕开了浓浓的山雾，使松江山水湍急地流淌，携出一片山容的羞涩而又有快乐的表情。

哦，那九峰山诗，拴住了前来筑巢的一只只孤燕去怀春。

风铃私语

享受孤独，是风铃的一种心情。

清风过耳，悬在空中的风铃以涅槃的姿态旋舞，裹着一种沉稳的浪漫；淅沥的雨落，唤起风铃的私语，与市井的喧哗交融在了一

起，共同感受着红尘的斑斓。它们遥望岁月，不约而同地停下来，看一下花开花落，瞅一眼杨白柳绿，听一回老歌新唱，转而，或是席地而卧，或是守着孤独，或是自由放任，或是抒写诗意。

如诗如画的胜地，是谁在彻夜谈笑风生？

守望千年的西林寺、方塔，依然静立，眺望着天地凝神思考；沉醉在那优美的古城中，如痴如醉，只有风铃的回音。

此时，人世的薄雾悄悄在周围降落，灵魂在冉冉升起。

古镇悠调

夕阳在古镇上流连，也许是在赴黄昏之约。

古镇好景致，鳞次栉比的民宅临河长长排列。一条和市河平行的大街，砖砌的，中间嵌了尺余宽的条石。临街店铺，热热闹闹，河埠深情望水，女人们洗衣刷碗，聊着的家常飘向对岸。陈旧的民宅窗口，人头攒动，时有放下拴绳的水桶，一甩绳子，悠悠然地提上满天星光，揽来了一个个难忘的日子。

我的美好记忆贯穿着古镇的岁月，连着驶着或泊着的舟船。我爱看墨鸭捕鱼，两边的船舷上栖着十几只长喙黑羽的墨鸭，只见渔夫用竹篙一挥，墨鸭纷纷下河，一会儿，长喙间夹着一条条摇头甩尾的鲜鱼，一吐进鱼舱，满河响起一阵欢笑。一声声鱼满舱之悠曲缠绵着这古镇，让人感受到最初城市的韵味。

古镇上的一座座石拱桥，矫健而不失优雅，让帆船自愿收落篷帆，深情地目送游人一路远行。高挂的风帆时静时动，把我的企盼一下身临到了"孤帆远影碧空尽"的艺术意境里。

荷塘小曲

故乡的荷塘星星点点，一到八月，荷花荟萃，盛会连连。头顶荷叶，披上喜悦，斟上豪情，灿烂的夏色，比烈酒还醉。

宽大的荷叶，艳丽的荷花，热情相邀。拨一身淡静悠扬，便能弹响系着心的琴弦。那荷叶、那荷花，叶绿花艳，高洁而不染。荷塘风曲，动听而悠扬，与情感比一比真诚，与心灵比一比圣洁。荷塘上，一群群美丽的姑娘，抱着醉态，与美丽壮阔相媲美，把一个个日月深情相送。

我凝视绿叶，喜爱花，崇高的向往、飘逸的心香、高洁下的爱情，有滋有味，回味无穷。忽然，我的心头飘过这样的诗句："接天莲叶无穷碧，映日荷花别样红。"

小巷笙歌

弯曲的小巷，晚风款款。这时，一曲曲笙歌自信地撩开雾霭的亲吻，把仅存的一丝希望藏于小巷里的家家户户。

宁静的小巷，行走着一个老人、一个小女孩，老人安逸地吹着一支笙，长长的背影远离着喧嚣的人群，小女孩心神向往地望着天看着地，他们甘愿为这小巷，带来那份悠远的笙歌，纯净、清新、绵长……

长长的小巷，坑坑洼洼，一个如诗般的小女孩搀扶着一个老人，慢慢地、细细地在小巷里穿越着一个个岁月，尽情地吹着这动听的一曲曲笙歌，感染着小巷里的人群，把一个个古老的爱情，人生的苦难、快乐的心情，在笙管中吟唱，被小巷的夜月长长渲染，依然令人迷醉。

哦，小巷的笙歌，拴着远走他乡的一个个小巷人去怀春、去钟情……

新城音乐

新城音乐，轻柔悠扬，撩人心醉。

我脚下的一个个音符很快融入了新城的旋律，清新恬然，柔和动听，一幅纯真而静美的诗情画意渐渐嵌入我的心中。

那似高似低、曲径委婉的高楼脊线，犹如无数的起起伏伏的曲谱，被那一阵阵春风微微拨动着、弹奏着，很快齐奏起动听的优美音乐。那动听的音乐一路播扬，穿梭于景象，撩拨着草地，仿佛是优美的华尔兹、热烈的青春圆舞曲、和谐的晨光乐奏曲……曲调是那样的舒缓，如同细细流淌的溪涧，轻盈得如同款款飘逸的云彩。

那动听而优美的乐曲并非天籁之音，而是来自于千千万万松江人欲同春曲的亲切对话，来自于一群群男女老少欢乐的贴耳情话。

热闹的绿街花园，匆忙的脚步声、友好的问候声、欢快的谈笑声，交融在松江市民动听的旋律里、美好心灵里，抑扬顿挫，高昂激越，有意象，有张力，是那样有动感、那样有质感。

王迎高

大美云间 (组章节选)

新浜山歌

跪在泖田里的叙事诗，气集于胸、朗朗上口、异口同韵。

划在水面的曲艺声，音调高亢、旋律起伏和绵绵余波。

爬三江四河的双腿，"摇一橹过一浜，两岸杨树压猛猛"。

一曲长篇《庄大姐》反刍倒背如流和一串骊珠。

一句"水淋带滴生活做"源自脚下的探本穷源和耳熟能详。

从劳作中积累出的调子，落地有弹性，挂在舟楫如帆行云流。

十锦细锣鼓

在一面破锣里打磨昆腔和日出而作。

用一枚鼓梗敲出轻重、着落、点板和元宵灯会。

吹出一根竹的丝音、社戏、七月十五庙会和端午竞渡。

一把胡琴奏出吴音的厚、薄、圆润橹声，一只木鱼唤醒生命短促和需要声响。

一本光绪十三年的手抄本，再现一段历史曲谱的音色、音质、一专多能和勒上脱下。

车墩丝网版画

在一块乡愁的板块上，涂擦一根根蚕的九峰和藕的三泖。

在一张情网间，吐出体液、月光、泽、粘和二百目以上了然。

让积淀和淳朴感光，亮出沧海桑田、根一颦一笑的遒劲，亮出锦绣华丽、情的炊烟。

一块方巾，一块会说话的画布；一张墨稿，一张从肌理、从骨子里渗出的蛙鸣和斑斓。

沙漏说："那些厚、那些念、那些蜿蜒，在你面前也会穿透意愿，流动成胶状质感和漆的黏膜。"

小满田庄

小的盈溢面积，小的幸福指数，小的满坑尺度就够了。

小的谦受益、满园春色、踌躇满志，斟上酒，举起一杯小枉大直和知足小聚。

小的麦粒灌浆和满仁，沟渠才物致于此，粮仓里才宾朋满座。

小的春蚕结成丝，亲情才延绵不绝和粘手，一亩三分地才有体暖被窝、厚道孝敬和二十四节气的严丝合缝。

田间地头的饱满全席，从小满开始。

松江"老来青"

早熟的孩子懂得用品质色泽人生和黏而不腻。

一粒籽实脱去糠衣，就是一粒水净、一片地净、一阵空气净和婴儿香。

一把粳熬成粥，是一勺月光；烧成饭，是一碗才高八斗；磨成粉，是一锅宁为玉碎,不为瓦全。

在软糯之中，一口"老来青"是一口敬老慈稚和青出于蓝。

仓桥水晶梨

枝上挂满乳房的人，内心的一脉玉透嫩白了肉质和汁多味甜。

这个人根系发达，喜光喜温，在乎生津、益肺、止咳、顺气、下火和润喉。

这个人用"百果之宗"抽出膳食纤维、交梨火枣、哀梨蒸食和晶莹水头。

这个人漂白岁月后，用地理名称交出自己的姓氏。

松江黄桃

黄皮肤的人软中带硬，甜多酸少、香脆肉厚和韧。

骨子里亮出金黄、橙黄、炎黄，捧出千卡与千焦为"吉祥"，献出个大为"寿"、"福"和"运"。

用杏腮桃颊溢出果胶缘分、李白柴米、桃红油盐、致蜜天长和

浓艳日久。

心中存储阳光的人，满脸都是幸福模样和蜜意。

佘山兰茶之一

水中的芭蕾鞋、纤手，可以饮的《平复帖》和《文赋》。

巴掌大的茶园里，一垄垄钟灵毓秀长成涉茶行文和袖珍文思。

一棵棵静心、静神和"内省修行"长出思想莲芯，翡翠色泽和一芽一叶的朵嫩。

在你的杯中，一片片"雀舌"候哺，一根根"碗钉"竖起羞涩，一只只"鹰爪"挂着相识和缘。

一盅佘山茶，一盅涤去心尘，一盅鹿鸣燕舞，一盅袅娜情柔和初展芳龄。

佘山兰茶之二

放下所有的重，碧绿才在一杯舞步中绽放朵朵兰花和缓缓炊烟。

拥有众多的慷慨、善的高火和心馨，十八棵茶树才引出石臼里的凤凰水与日长夜大。

在八十五度的冲泡中，那些手工炒制的指尖温柔，枝上生长的片瓷，不焦不枯，幽香持久和醇厚。

莲说："举起一叶扁平和芽峰，是为了在你的'明前'和'雨前'撑开胸腔里的肺腑之言与肝胆相照。"

佘山兰茶之三

在一杯水中淡去名利，洗去纤尘。

在一片叶下渗出肺腑蛙声和肝胆之液。

在一根竹鞭盘出一个"茶"字的人在草木间。

在一股兰香里闻出无争、无夺、浮生若梦和相逢不易。

在一壶水的池台，那些衣袂飘飘的举重若轻，因水而重生。

佘山兰茶之四

把月光藏在胸襟的人，在一只瓷里，溢出一棵树的细嫩抚摸和茂盛牵挂。

把秋波融入肌肤的叶，在一杯温柔中，竖着惊蛰的耳朵、春分姿色和明前、雨水的婀娜。

这些人掏出九峰十二山的境界、云霞、雾岚、气韵和顺。

这些叶压平身躯，将自己揉捻成一碗水的绿茵和一根松萝的习性。

这些人释放嘘寒问暖，这些叶撑起一把把纸伞，露出半身旗袍的腰肢。

这些彼此，心齐，体近，在水中踮起脚尖，将苦涩饮尽后拧出甘甜。

叶榭软糕

真心喜欢你的人，糯而不粘，甜而不腻，储而不馊和馨香祷祝。

一担糯米磨碎、发酵、晾透、细筛、火蒸后，将自己雪白成能

食的玉佩。

一屉粉把酸度泡开，加入豆沙、枣泥、薄荷、桂花和菊花，格成外方的软语温言，内圆的心慈面软。

含在口里的暖，才是亲情味道，才是嚼在齿中的春暖花开、膏泽脂香和善。

张泽青龙饺

一棵青龙草春成糊，挤出体稠；一束薄稻脱糠、碎身，捻成粉团。

一只只齿形花边，春分腾云，秋分潜渊，"朝为田舍郎，暮登天子堂"后，排成龙状和斗折蛇行。

一件件绿袍，亮成滴露翡翠；一节节形骨，脉成蜿蜒肺腑、起伏肝胆和"临风栊触几番思"。

一只青龙饺，一只小时候的馋和耳熟能详，一只聚在一起的洗耳恭听和福。

马弄口豆腐干

能细咀的韧性、咸香和黄金甲。

一位豆娘完成妊娠尺度后，从胸脯里挤出汁液和月子过程。

一位豆娘将白糖、瓣酱、黄酒、精盐、香辛料拌进一日三餐，将生活切成丝、片、丁或连刀块。

一位豆娘滤渣、煮浆、过卤、上扦、晾干，将日子过成平坦、匀称、弹性、细腻和有咬劲。

沥去水分，精华才风味独特和绵醇厚道。

佘山笋豆

被康熙赞不绝口的笋加入豆粒后，就成了一朵兰花的香和一份五谷的味。

要想让一棵竹鞭冒出鲜嫩文化和高节骨脆，只有经过佛香泉的熏、洗心泉的淋和三冷泉的鸟语和焖煮，

登高远眺时，一个人就是一粒豆，就是一座三圣亭、涌月台和修道者塔。

一群人就是一盘荟萃和烹制，就是一条曲折九峰、蜿蜒三泖和即使肌肤起皱也能挽起衣袖的雨后春笋与红豆相思。

草场浜红菱

波翅，浪翼，舟的舞鞋、情的锦囊和丹。

将诚淀粉成嫩白、甜脆、水灵和不用涂脂抹粉。

吃在嘴里的甜言蜜语，浸在瑶池的如鱼得水，恋在脸颊的桃花和俏艳。

这是萍水相逢后的心心相印、心息相依、唇红齿白和言行信果。

这是胭脂裹心、雁来点红、鸳鸯戏水、麟趾呈祥和陪着你一起慢慢长成硬角和月落星沉。

爱一个人，不管你绿鬓朱颜或骨朽胖瘦。

枣泥酥

一枚枣将自己洗净，煮透，剥皮去核，捣成细蓉。

一包糖在一百度的沸腾中化成粘你的稠、浓黏和耳边软语。

一袋面拌成糊，捏成团，擀成条，浇上油，压成薄，包出圆。

一粒粒芝麻撒出北斗七星、吉祥图案和满。

一只锅用三成热的十八般武艺，炸出生活的外皮酥松、内香的柔情蜜意和暖。

九亭酱菜

让一根萝卜亮出半盏雪月，一条黄瓜相亲一见钟情。

让一把姜芽翘出二郎腿，一碗蒜头告别哈欠，扭动小蛮腰。

生活的卤泡里有岁月的甜酸苦辣、肥嫩脆爽和齿颊生香。

婚姻的缸罐内有丁的告诫、条的弹性、块的静心、丝的人脉、片的无不可酱。

餐桌上总是需要一道酱腌的菜肴，调味成风味口感和炊鲜漉清。

叶榭卤蛋

佐到吃了还想吃的，是一只以卵击舌和咸风蛋雨。

平凡中煮出香浓，嚼出韧劲，烹出燕窝的涎酸，一碗家常菜才显山露水。

生活里笃实，破壳，深入色香味，感受浓油赤酱，做明白事。

那个将羊水凝固成月光的人，即使每天看到，还是独具醇美和百读不厌。

麻 糍

　　一个家一个国的模样，一颗心一份亲的内馅。

　　一粒糯米从乳房挤出黏性云朵和水雾，一粒豆沙将骨髓磨成入口即化和半亩良田。

　　一群芝麻汇聚成众星拱月和过河卒子，一勺糖将传统口味地道成甜而不腻。

　　一只麻糍、一碗早餐蛙鸣、一杯午后秋蝉、一碟家乡的晚霞，熟悉的触手可及和软。

李宗贤

末代知青自述

感谢思南中学 1976 届毕业分配小组组长董爱山老师，他让我当上了末代知青。

——题记

一

这句话总是我讲述自己传奇故事的开始

——我属于长征农场二十五连末代知青群体

听起来有点像末代皇帝溥仪的意思

溥仪后面还气泡般冒出个洪宪皇帝而我后面知青再无后继

如果没有知青经历我就没有信心说自己的故事

留在城里的青年不叫知青这并不是说他们无知

毕竟组长没把他们分配到大有作为的广阔天地

他们只好做做城市青年领着三十六元或三十二元起薪

在南京路或淮海路荡荡马路在城隍庙看看园林景致

在大光明电影院或国泰电影院看看电影孵孵冷气

去复兴公园马克思塑像旁坐着

或去外滩防洪堤边趴着堤墙谈谈恋爱或者友谊

当年我真有些羡慕他们可以荡马路可以谈恋爱快乐无比

现在却是他们羡慕起我来但他们再怎么羡慕也没意义

没有人能把他们分到大山分到草原分到热带雨林里

分到红土地黑土地分到知青曾经待过的那片神奇的土地

他们只好眼睁睁看着我独具了知青生活的一份传奇

眼睁睁看着他们的儿辈接着是孙辈像在听人类史前史

听我讲述遥远年代知青生活神秘的点点滴滴

我不用讲逊克县逊河公社双河大队金训华的英雄事迹

也不用讲黄山茶林场陆华等十一位知青的壮烈故事

也不用讲我楼上二阿哥在大兴安岭山道上

碰到狼碰到黑熊的那些令人兴奋的遭际

我只讲知青中普通人的故事——我的故事

二

我看起来并没有故事

在英雄存在的年代传奇存在的年代

在大地裸露着原生态的年代

我真的没有值得叙述的经历

但无声漫过的岁月之潮让我成了沧海桑田前原生态的胎记

我是末代知青标本如同一枚三叶虫化石

我经常看到三十八年前那个我感觉恍若前世

我乘着双体客轮望着白背白肚的江鸥忽上忽下地翻飞

我要去到长江口的崇明岛上做知青了

我在南门港上岸然后乘上农场来码头接船的车

我和车一起进入军营一般格调的二十五连营地

营地贴着欢迎标语空气中散发诱人的乡村气息

陈德明书记干部服的左胸袋上别着两支钢笔

少剑波似的披着军大衣洋溢着军人的干练和活力

他代表连队给我们这批新战友致了欢迎词

很有说服力地给我们展示连队生活的清新沁人心脾

三

我年轻的联想力把连队视作了

电影《决裂》中的共产主义劳动大学松山分校

我在连队里虽然看不到井冈山的青翠竹子

但宿舍前小河边那冬日的一排芦苇摇曳着衰黄的穗子

在腊月的寒风中迎春般表达大地的芬芳情意

——城里的水泥地上我从来无法感受大地的情怀

我的内心天然有一种和大地呼应归去的情缘

我见水见土见到静静的大自然就喜悦就心怀感激

我走在连队糅着稻草茎的小泥路上感到脚踏实地的惬意

我和童家华、钟志端住在小河边402号红砖瓦房宿舍里

我们抽着烟谈人生谈理想当然也会打打牌让边角时间流逝

我们朝迎日出看河面冰层融化时水气蒸腾

我们夕送日落望天边霞光沉没时暮云合璧

我们有时也会仰望满天星斗思念长江对岸的家人

我们还会唱哥哥姐姐们偷偷唱过的那首《知青之歌》

但我们的生活热情并没有低落和沮丧压抑

我更是对广阔天地中的火热生活如饮醇酒般痴迷

四

我握着铁锹奋力掘土担着簸箕奋力挑土在队伍里踏步稳实
我渴望手掌磨出江大年似的老茧肩头磨出压得担子的硬皮
我试着自己的膂力想着自己的成熟壮大和男儿的威仪
男子汉干活决不能输给铁姑娘队这是我心中的铁律
我挑着土兴奋地快跑似乎在把地球移过来移过去
我们一起挑着土兴奋地快跑真的把地球移过来又移过去
我们挑着挑着太阳就从东面跑到了西面
我们的影子也便从西边移到了东边
我们在东面挖出了一个塔里木盆地
我们在西面堆出了一个黄土高原并顺坡架上板梯
我们臂力腿力有些软软乏乏几乎竭尽了青春的力气
但可爱的新陈代谢一夜间就又修复出我们龙腾虎跃的身姿

五

一九七七年末飘雪的凌晨雪地里踏着我们知青坚实的足迹
战友们肩扛手提着铁锹和大号竹篾簸箕开赴鸽龙港浚河工地
身高一米八三戴眼镜的钟志端身着灰色龙头细布面的中式棉衣
头戴雷锋帽脸戴医用口罩把自己护得严严实实
他刚做知青走在队伍里就形神兼备被叫作白求恩同志
一个上海佬十八岁了为了疏浚鸽龙港不远百里来到二十五连
我们逗嚷打趣一路上弥漫着新老战友的真情实意

我们来自上海各区说着纯正或不太纯正的上海闲话

二十五连让我们大杂处大交流大融合无间亲密

青年人谁不爱这热闹新鲜可以广泛交友的劳动集体

大家在土地的接纳下尽情挥洒劳动的热情和浪漫主义

钟志端挥洒过度累得胃出血病假回城调养将息

知情者说为防沉重的土筐滑向搭档女生

钟志端竟半蹲着走矮子步保证扛棒平衡以致累得连连喘息

这种无条件呵护女生的男儿品质使末代知青们深怀敬意

六

队长似乎能透过棉袄和毛衣

看到我坚硬鼓突如小鼠窜动的肱头肌

他没让我和女生搭档扛土而叫我站于河心打锹头

队长慷慨而准确地给我以男人的莫大荣誉

我知恩图报奋力下锹自觉提高劳动的频度和强度

我迅速掘出一块块巧克力般纯净的黄泥

我汗流浃背肌肉酸疼朔风吹冷热汗也把肌肉吹得麻木

这时最想洗个澡换身内衣身体干干爽爽活儿再累感觉也快意

但哪有条件啊我们只能难受着让汗湿的内衣粘巴着背脊

虽然远远扯不上枪林弹雨出生入死的惊悸话题

但我敢说浑身汗湿的感觉着实令人不堪持久忍受

即使有豁出去的勇敢和勇气也还是无济于事无法屏蔽

劳动带给人的心理戒备不是累而是皮肤如软体动物般湿腻

我曾经对河边茅草盖顶的简易工棚充满希冀

我窥得无人想在里面就着 200 光灯泡擦擦身上的汗渍

再烤干被不断汗湿的内衣但这只是热望而已
我一心以为这地上垫着草褥的温暖工棚该是书记休息的宫室
后来知道这温暖的工棚是专给病弱职工提供的歇息之地

<h2 style="text-align:center">七</h2>

书记迎着《智取威虎山》里飘来的雪花正在工地各处巡视
工地上高音喇叭凑巧正朗诵着诗歌《书记您在哪里》
诗歌分五段问了五次书记您在哪里
我自诩略通属文之道笑着想其实三次就一唱三叹足以点题
我站于河心打锹头时书记曾特意踏着跳板走下河坡
他看出来我一锹土足有二十斤重夸我是干农活的好把式
我青春的力量得到连队最高领导的评价和鼓励
这无疑对我一生的自尊自信自立自强做了牢固的奠基
书记在河边在堆土场在炊事组在宣传组
和队长组长们谈工期进度谈最朴素的激励机制
我的劳动屡屡得到嘉奖获赠加餐券多吃一只红烧猪蹄

<h2 style="text-align:center">八</h2>

我们兴奋地把黄土挖出堆高把土挑来运去似乎在创世纪
我的胃也就兴奋地要日进五餐撑得偌大令自己羞耻
读大学时我每餐总觉吃不饱瞒着同学跑回食堂去加餐
想起母亲说的薛仁贵吃三个人的饭量能干十个人的活计
我就心中坦然后来再没有不好意思
歇工时我拄着铁锹曾遥望鸽龙港河道笔直伸向东北方向

我曾想我的知青岁月大概也会这样青冥浩荡不见底

但是高考录取通知书让我的知青生涯戛然而止

我的知青岁月并不漫长但却已撑满了我的美好记忆

疏浚后的鸽龙港像一枚精致的河道模型沉潜于我的心底

我青春的美好段落和它一起永久珍藏在鸽龙港的清波之下

珍藏在末代知青的峥嵘岁月和二十五连的集体记忆里

当年如果不离开二十五连我的脚底大约会长出根系

做过知青我可以骄傲地宣布我是大地之子

你们把我拔出泥土一定能看到我根系上二十五连的土粒

我伤怀于当年的连队营房已无处寻觅

我多想成为一棵大树在那里枝繁叶茂深情守立

我每次叙述末代知青经历时总感到有凉凉的东西滑落腮边

那一定是当年鸽龙港河水做成的清亮泪滴

宋顺弟

最后的落日 (组诗)

心 火

我就是住在屋内的一堆火

有时伴你阅读到深夜

有时助你忘情唱爱

你累了，倦了，睡了

我依然璀璨，依然照耀

没有合眼的书籍、粗犷的笔

直到你日出醒来

甩手将我吹灭

我迅即从你的视野隐逸

当夜卷土重来

你又兴高采烈地把我点燃

我就是那红彤彤的一堆火

热情高涨，性格刚烈

随你走出诗意的房间

化为大自然的发光体
像灯盏，像火把，像星辰
在海上航行，山道蜿蜒
在天空行走，悄无声息
在你的岁月里燃烧
让你看清周围的存在
去远方寻觅

我就是离家归家的一堆火
当你历尽风雨，远道而归
我又烘干你淋湿的棉衣
烤熟僵硬的饭菜
你坐在我的旁边添柴
冷峻，柔美，孤单
我身形百变，无处不在
安放在你的心间
随你的心房起伏澎湃

最后的落日

那一天傍晚，多么辉煌
赤红的火球
烧透西方，我赤红的灵魂
登上这最后的落日
祖国在晚霞里
在翔鹰的注视下

越发美丽，越发兴旺
我的肉身坐在山巅
凝望黄昏的辉煌

我的头发迎光而立
如荒滩上的芦苇
在最后落日的照耀下
金光闪闪
如狮子威武的鬃毛
在江堤上折射光芒
我是草，静默而立
我是自然之子
与狮子在同一个荒野
向最后的落日绽放欲望

我就是最后的落日
最后落日的灵魂
在黑夜来临之际
升向天堂
俯瞰滚动的星球
那美丽辽阔的祖国
人丁兴旺，山河起伏

我就是最后的落日
火神的头颅在西天燃烧
千山沉默，万水流淌

我的肉身坐在山巅凝望

彤红透亮的云层

像炭火覆盖远方

不唤而来的暮色将我包裹

我就是最后的落日

最后落日下那黑色的影子

坐在悬崖峭壁之上

像狮子翘首西方

我就是那最后的落日

跃入最后的深谷

倒映水中

行走茫茫海上

天空传来五千年龙的歌谣

那一天傍晚，多么辉煌

落日彤红，雄鹰飞翔，歌声悠悠

梅 芷

铁屋子

是谁打开了潘多拉魔盒　让它们
在城市的空隙和楼顶上行走
和日月的脚步、外滩的钟声如影随形

这些幽灵无所不在　并渗入
有形无形的存在　我将城门紧闭
做最后的防守　但失去补给的孤城
眨眼之间崩溃　更多的敌人
涌入城池以及它的心脏

其实我们期盼的城池和铁屋子是没有的
那些奔跑和凝固的房子也是无形的
栅栏、墙壁、窗户又有何用
霾成了我们不能拒绝又不得不接纳的宿命

真正的铁屋子在经年累月的锻打和锤炼中
无比坚固　无比厚重

"绝无窗户而万难破毁的"

麻醉至深的人啊　骨头酥软

血液凝滞　再无力量放飞理想和希望

"熟睡的人们　不久都要闷死

从昏睡入死灭"

桃花潭

汪伦的姓氏星星一样撒落

在这片土地　从那些眸子里

我分明看见一汪深深的潭水

洁净、澄澈，没有俗世的污染

桃花潭边依旧停泊着舟楫

等待的已不是诗仙李白　而是

仰慕追随他踪迹的一代代后人

岸上也无踏歌声　千年前的歌声

承载的情意任你想象

不远处是青山绿树　桃花

吹落在已逝去的春风里

但我相信桃花潭水种植着万亩桃花

灼灼其华的是人间胜景　潭水是

取之不尽的酒　李白沉醉在其中

至今他没想游上岸

方　向

一条航线　连接着
久别重逢的拥抱　连接着
喜极而泣的幸福　将遥远的
思念触摸为真实　使期盼
有了血浓于水的归属

失联　失连　肉体失去了光阴
思念失去了抚慰　故乡和游子
失去了血肉相连　张开的手臂
拥抱的是绝望和泪水

一个意念改变航行的方向
一个方向决定了人生所有的走向
所有生命的泰山镇不住一次抉择
一根向死的羽毛　邪恶的幽灵
抱紧善良的天使折翅在死亡的深谷

只有大海知道曾经发生的一切
用深邃、辽阔的胸膛接纳所有
一遍遍将罪恶淘洗
并日复一日抚慰那些
无家可归的破碎的灵魂

明黄色的油菜花开到天涯

波涛乘着南风越过堤岸涌向大地
涌向田野　涌向村庄　涌向道路
涌向江南的每一个角落

每一朵浪花都是一朵火苗
每一朵火苗燃烧着她所有的能量
这是她对春天说的所有的话
这是她对春天吐出的所有的丝

没有什么能阻挡　她们阳光　向上
蓬勃着　壮大着　漫山遍野挥洒着太阳的金黄

只要你打开门和窗　她们就争先恐后地挤进去
只要睁开眼睛　她们就涌入你的脑海
即使静谧的夜晚　你的梦是金黄色的明亮
——蓝天　白云下明黄色的油菜花开到天涯

将半生的舟楫泊在老屋的窗下

河水是每家每户门前或屋后的田园
水里是游动的可以收割的作物
一样的承接阳光的温暖　清风的疏朗

一样的清新茂盛　长势喜人

水是流动的　船是流动的
将清凉的鸟鸣　嫣红的花香载来
将希望和梦想的星光载来
点亮了木楼花窗前安静的眼眸

人是流动的　古街深巷
在悠长的青石小路上流连
在卧波的彩虹上伫望
从你走向她　从今天走向明天
从此岸的向往走进彼岸的梦境

我是你千年前走失的游子
当我从清风桥下摇橹而来
就此在临河的老屋前停下
将半生的舟楫泊在这儿

周民军

关于城市的量贩式短章

一

无数次走过这条街。沥青路面经历了酷日暴晒和雨水倾注，依然承受住记忆的柔软与岁月的坚韧。梧桐树枯了又荣，胖了又瘦，见证了弄堂里的小姑娘褪去蝴蝶裙，穿上洁白婚纱，透过婚车的车窗，她的回眸如同春蚕抽丝般绵长……

拐角处，有位长发飘飘的吉他手在歌唱："亲爱的请停下脚步，月光下我们喝一杯红酒，看城市变幻，看人潮分流，看明天报纸的绯闻又是一场爱情秀？"有个熟悉的身影驻足聆听，她俯下身子，扔出来的是硬币还是戒指？

华灯初上，人们脸上流淌着不一样的情绪……

二

细雨洒在橱窗上，撑伞的女孩盛开在玻璃中，她的红鞋子就是一朵在水光潋滟中移动的安祖花……曾经的雨巷，丁香一样幽香的姑娘，如今直发黛眉，步履匆匆，身线圆润而性感，吸引着无数湿润而又熨烫的目光。

你不知道她的姓名，来自何处，去往何方，只是因为在人群中多看了一眼，你时不时地将她牵挂，像期待月食一样期待再次偶遇。

那样的雨是浪漫的，欲望的菌丝质地优雅，而忧伤是天生的灵芝。

三

手机铃声响起："昨天你去哪儿啦，想不想现在就回家？"歌声中，接听的人轻轻滑动手指，嘴角浮现出一丝会心的微笑。此时，如果我是那个打给她的人，我会说些什么呢？

"你是一个幸福的人，在这个苍茫的蓝色星球上，至少还有一个人惦记着你，用声音耕耘两亩心田。"看着逐渐远去的你，我的手指情不自禁地摸向口袋，手机像一只乖巧的波斯猫躲在口袋里。

四

低头族们生活在微信中，他们编织一个世界，同时也在解构一个世界，我真想用一声急刹车的尖叫，让他们抬起头来……

五

乘电梯从十楼下来，看着红色数字的变化，心里暗暗揣摩：当电梯门打开的一刹那，我是否应该主动伸出手去，去握住第一双伸过来的手，不管是骨节粗大的，还是绵柔滑爽的，是彼此试探的，

还是百感交集的，抑或是无限憧憬的……电梯门缓缓打开，一位提着菜篮子的大妈牵着她的小外孙，她肯定腾不出手来与我相握。可是这又有什么关系呢？电梯里有一段时间肯定弥漫着我们各自的气息。

六

广场舞在初夏的傍晚准时亮相。音乐是《最炫民族风》，欢快、热烈，适合一种有节制的豪迈，秧歌调里揉进了城市的小摇滚。领舞的是位身材曼妙的少妇，神情娴静，举手投足都透着专业的精准，动作蕴蓄而内敛，手臂舒展出民族舞的韵味。

当我驱车从广场经过，一瞬间，我似乎看见一位"飞天"在城市的灯光下，无意中闪现出瑜伽的情态。

那是天地静恒的美丽，令人屏息凝视。我忘不了，那惊鸿一瞥。

七

最可喜的是阳光温煦的日子，中央公园青草漫坡，纸鸢翩飞。越冬的树木经历了春风的洗礼，正在为夏天准备繁绿的嫁衣。湖面波光粼粼，那些富有乡野情趣的雕塑点缀在芦苇、菖蒲、萱草之间，引得湖面上的水凫扑翅撒欢。

小孩拽着大人的手，东摇西晃，好像喝了纯酿的米酒，他们的心比大人更容易沉醉，更愿意在风中让身子飘起来。那就放开他们的手，让他们飘起来吧。

八

地面上花团锦簇的，可别忘了，在地下还有一座照亮黑暗的城市——地铁犹如年轻而充满活力的血管，为地上的城市输送着养分。

人们步入地下，像一粒粒种子播撒下去，然后又从另一个地方吐蕊绽放，一张张面孔好像"湿漉漉的黑色枝条上的许多花瓣"，重新感受阳光的抚慰。这多像一个穿越的游戏，折射出人类某种梦幻情结。

当你在地下穿行的时候，地面上的人们还时不时地抬头仰望，有时真会看见一架银色的飞机在蓝天里航行，尾后拖着长长的白线，难道是泛起的浪花？

九

来吧，现在请你坐下来，喝一杯琥珀色美酒，任时光在身旁静静流淌。现在请你说说十年、二十年后的生活理想。"我会依然生活在这里，或许心事重重，或许鬓丝染霜，或许手心里还是攥着那支画笔，而城市的一些角落会爬满扶芳藤……我会在一个明亮的晌午，坐在微暗的客厅里，等待某人摁响门铃……我的摆满锦带花的阳台上蜷伏着一只城市的流浪猫……"

窗外飞过一只小鸟，我不知道它在嘀咕着哪个族类的语言，很好听，像一个喜讯的传播者……

李 潇

时间里的鱼 (组章)

对 岸

鱼在河里洗澡，河在时间里洗澡。

岸上，奔跑着蓝色的风。

哥哥在对岸，把嫂子修补好的渔网扔在一边，赤手空拳从河里打捞口粮和即将流逝的时光。他从不去镇上采购现代捕捞工具，除了必要的盐和铁。他健壮地行走，唤醒了大堤下苗圃里的花草、蝴蝶和蜜蜂。

妹妹在对岸，把蝴蝶结、小人书、诗歌草稿和闺房里的小秘密摊满一地，放纵着阳光肆无忌惮地照耀。

我穿着新鞋子、花衬衫，撑一把遮阳伞，在大堤上来回走动，独自练习发声。我没跟小伙伴去练合唱，那个著名的指挥身上有一股和着雪茄的奶油味，虚假的灯光和话筒里失真的声音，常常压得我骨头很痛。

河堤上有一条不甚清晰的小径，几株碧绿的小草踮着脚，看见我向对岸使劲地挥动手臂，只是发不出声来。

我渴望到河的对岸去。对岸有我的亲人，有我寄放在那里的整个童年。

时间，并没有走远

大海的波涛在心里汹涌，情节与思绪同时在眼前起伏。

季节的轮换，一个接一个，让人揪心的消息，是手指间流逝的光阴啊。

你在思考，也在追问：时间的模样和它逃离的方向。

一张孤独的脸上，映着一个人的身影，我在游人如织里看到了宁静，在车水马龙里听见了自己的心跳。

其实，时间并未走远。我终于在皱纹、白发和佝偻的影子里，在强大的心与羸弱的躯体对比中，看见了时间纯真的模样。

不远处，有一树正在积极绽放的玉兰花，玉兰花下站着一位袅娜的姑娘。

春天的鱼

美丽的春日午后，我遇到了一条鱼，一条迟到多年的鱼。

离不开水的鱼、风华正茂的鱼，我曾驾驭并且歌唱过的鱼！

她正向我径直游来，浪花四溅。你看！她头戴绿草环，满身兰花香，翻转、雀跃。我从她的舞蹈里看到了鱼肚的白和一身的矫健。为了迎接她，我把泳姿化为一道闪电，把整个春天打包，作为我给她的见面礼。

从此，我将遁入大水的内部，与这条春天的鱼共舞和合唱。

把所有的岁月化为无痕，把所有季节的冷暖舞成一首春天的交响。

那一朵蓉呵，她一直都醒着

那是一朵沉睡十多年的蓉，那是一朵曾让我打坐花的深处不断怀想的蓉。

在这绵绵秋雨中，在我不经意的回眸处，她醒了过来，我丝毫没有做好与她重逢的准备。

看着她婀娜的模样，听着她绽放的声音，闻着她素雅的气息，竟有些不相信自己了，原来她一直醒在我的心底，看着我的成功和失败，陪着我一起喜悦和伤悲。是我在自己的忙碌和浮躁中，粗心地把她丢在雨帘的外面了。

在梦的深处和夜的尽头，我最初的那一朵蓉，一直在静静地绽放，把孤独绽放成了一种叫作永恒的花朵。

在这一次偶然的回眸中，我清楚地看见了蓉的花蕊上，有一丝闪电般的颤动和一种稍纵即逝的美。

雨中偶得

征兆早已消失，比如物价飞涨，比如世事不妙。就连下雨都不肯给人们一个准确的预报。

被堵在楼梯口，我才看见路上行人飞奔，地面雨花盛开，汽车浑身湿漉漉地睁着大眼睛，在十几米外无辜地看着我。

我刚从雨缝里钻进车，暴躁的雨恼羞成怒！立即用雨点做的豆子、石子猛砸车身。我发动汽车，挑衅似的在雨中慢驶。快到目的地时，咆哮的雨终于接不上气，被我狠狠地甩在身后，雨伞始终没有撑开。

遇雨而没淋到雨，失败的只是雨伞和它的主人，看雨不同于遇雨，遇雨与淋雨有别。正如看照片不如怀念，怀念不如凝视，而凝视又不如与你一起在雨中漫步。漫步时，我要把雨伞往你那边挪，宁愿让雨水吻湿全身。

给我一个准确的征兆，给我一个与你一起淋雨、变湿和变老的理由！

仰望夜空

谁都知道夜晚的天空和充斥夜空里的所有内容，它包括行星、流星、恒星、飞机和一些夜间飘动的灵魂、思绪。

搬个凳子，搬一块砖头，坐下来吧，我要和你谈谈关于夜晚和夜晚的天空，你不是还有三件紧迫的事情要做吗？别急，夜还在深处呢。与我谈话这件事情结束之后，你的所有事情就做完了一半，并且东方会向你展示它的鱼肚白。

心里腾出一些空间，把仰望这件事装进去，一些职业的毛病和习惯性的皱眉叹惋和趾高气扬将不治而愈。

夜空，空，还是不空？就看你是否愿意走出去抬起头看一看。星星们最喜欢和人捉迷藏，它们就躲在你的不远处，笑吟吟地等着你的眼睛和你那动人的仰望。

谁能在夜深人静的时候仔细仰望夜空，谁就能从夜空里读出一个真实的自己。

风　声

风声从玉兰的香气里传来，从车顶、从耳畔、从天空深处传

来……有一些，落在我早已显出漏洞的身体里，呼啦啦地响。

雨是最忠诚的随从，一路记录足迹，并清理尘埃。

我已蹚过了来一场说走就走的旅行的河流，但我仍踌躇要不要再说一句想说就说的话。比如说，我偏不说爱；比如说，我要带着你去海边，就着夕阳，听涛声。

涛声是另一种风声。风声里，海涛看见我背负一条矫健的鱼，与一艘豪华的邮轮并肩遨游。灯塔站在岸边，向我们挥手致意，似乎并没有，含情脉脉。

古 铜

迷失于森林的树

蜂 鸟

像一枚设计精巧的首饰，像被神捧着的一小朵光芒。

蓝天之精灵。

一种干净的生活，被羽毛挺举于风中，高于尘埃之上。

千百次履险如夷的啜饮，完成低调的微醺。

这分明是一种渺小的豪迈和无畏。

用世界上难度最大的飞翔，抵达最小的甜蜜。

目击者·戏

大地隐藏眼泪。

从大海里，取出一滴水，把它放大，就能看到里面的苦涩和盐分。

脸谱之盾，除了隐藏角色的身份，并不能抵挡人

世的悲欢。

那些目击者，无不卷入漩涡。

那些眼泪制造者，同时承载贩运和终结的使命，同归结局。

落幕之后，诸多情节依旧如影随形，无法脱身。

仅仅为了流淌千古之痛。

造物在人世专修一条红尘之河，在肉身，在韶华，在姻缘，在恩仇，在颓老，在骨灰。

渡一朵花之美，却不供一苇之航，而以抽打，而以灼烧，而以辗轧，还覆之以春泥。

上苍仁慈，早给人间指明归途。

燃烧和凋零，皆是大道。

蝉

一只蝉，在黑暗的炉里，炼它的肉身。

从高温的梯子，拯救它的灵魂。

窑变。

把旧我完全否定，褪尽杂质，终将轻盈而透明的薄翼炼成。

而歌唱如灯。

灯在命在，命亡灯灭。

歌声绽放。

一次以命相搏的射击。

游子吟·家书

有时候。我提不动这支笔，它像一棵树，深深根植于万亩自责之中。

有时候。手中的笔像个哑巴，它掐自己的喉咙，滴血，但无声。

有时候。要写的话太多，写着写着，就写到纸的外面，一直写到秋风的刀口上。

一场微霜，下在月光里，模糊了纸上的春秋。

多年来，手指常常失眠，在远方。

夜色也常常失眠。它目睹一条河想念源头，滴水成冰。

有时候，手指又会在半夜惊起，如受蜂蜇。像惶恐的小兽，无安身立命之所。

它感受到一些刻画骨头的声音，断断续续，像蚕咀嚼桑叶。

咬出天际的鱼肚白。

白露为霜。母亲独坐深秋，把咳嗽当成一门重要的功课，日夜温习。

一种远，并非天涯，望不穿的，是一颗泪中的盐。

有一声唤，像一颗卡壳的子弹，哽在抽搐的千山万水之外。

乌云压顶

如果不是思贤公园三排水杉使劲撑住，这压下来的乌云会把一只乌鸦压扁。

现在，这只乌鸦还在往树荫深处撤退。

它仿佛不想参与这场与雷电有关的暴雨。

它身上扛着足够多的黑色，它敢于担当，它用全身来扛这黑锅。

像那些暗处的勇士，身份微不足道，却担当着天下大义。

雨说下就下，风雨雷电一齐君临，像一桌麻将，缺一不可。

它们像毫无节制的赌徒，孤注一掷。

输光乌云里的水，输光声音，输光光芒，输光它们自己。

我不知道一只乌鸦的身体里有多少风雨雷电，它沉默地把自己浓缩成一滴黑。

我担心它会把自己压得喘不过气来。

但是我的担心明显多余。

雨停的时候，它只轻轻一飞，就窜上了树梢。

倾 听

一整晚，耳朵里一盘磁带旋转，把一条河的波浪反复播放。

那是一个小孩在我的身体里哭泣。

他每次梦见妈妈的白发，都会被自己哭醒。

今晚我找不到那个哭泣的小孩。

城市灯火辉煌，空无一人。

天空大得像草原，任夜色奔跑、汹涌。

我驾驶一支烟，独坐时间的孵化器，陷入苍茫。

一道闪电加另一道闪电，叫缘分

乌云把蛐蛐种在枯草的深处，却把花季放入尘世的搅拌机车。

那美，开在昙花的北面，南面是刀斧手。

饮食男女，被风吹散的羽毛。

随着旋转的骰子，领受不可预料的伞状气泡。

蜜蜂抛锚于无法自拔的香气。

雨季擦出的亮光，被另一道光绊倒。

互相纠缠，互相转换，深陷难解难分的胶质沼泽。

好了，不放过悲哀，也不放过幸福，认命前世的宿敌，冤家路窄。

两道闪电。

既互相照耀，又互相抽打。

在城市

有如树迷失于森林。

城市里，一些孤独被另一些孤独淹没。

一片森林走不进一棵树，一棵树走不进自己的缝隙。

身体里有一阵沙尘暴，模糊了木质的年轮，模糊了树的身份。

一棵树想爱抚另一棵树。

就像一只鳄鱼爱抚另一只鳄鱼，那是鳞片的寂寞对鳞片的忽悠。

相遇随时都有，像永别时刻都在进行。

抱住自己的身体，却把身体里的火焰丢失。

桥洞下

他抛弃了阵雨，也抛弃了远方。

卖知了的人，躺在桥洞下。

桥上面车辆飞驰，幸福和繁华都太快，无法捕捉。

他捕捉到的，是知了的声音，从一只只篾笼里溢出。

这些声音像教堂里的圣唱一样纯粹。

而他的身体里，充满了宁静，充满了蝉蜕，心跳和鼾声都被省略。

宁静，是一只喑哑的蝉。

雾　霾

一个巨大的罩，从天空倒扣于大地。

灰尘织成的，被废气浸染的，免费的帐篷。

每个人都是它的作者。

我们都有资格住在它里面。

谌贵芳

慢下来 (组诗)

> 让时光慢慢地工作，慢慢地流成一条宽阔的河流……

——题记

狗叫声

坐在窗前，
我听见，窗下有狗叫声传来：
"汪、汪汪、汪汪汪……"
仿佛是车辘辘辘辘进了黄昏，
找不到回家的路。

天黑了，主人还没有回家。
狗的叫声不大，但一阵比一阵陡峭。
震落了机警、花香和皎洁的月色，
只剩下黑暗的黑，以及孤单的孤。

潮 汐

一股潮汐，汹涌而来，
淹没了，一个人的晚餐。
我使出十二分的力气，想拍走它。
可我小小的巴掌抵挡不了它的辽阔。
我呼吸急促，终于控制不住，内心的摇晃。
我赶紧掏出手机，用短信，
写下内心，低矮的哭泣。

听着歌，眼泪就流下来

吉狄马加的歌《让我们回去吧》，
单曲循环了一天：
　"回去吧，回去吧。"
所有潜藏着的欢乐和悲伤，
从小鸟的身体里，
扑棱棱地飞向远方。
内心里是不是真的想要回到出发时的地方，
我，不知道。我只是，
一听到这旋律，眼泪就禁不住地流下来……

夏天开始的地方

夏天开始的地方，
锁眼里升起一朵潮湿的玫瑰花，

天堂的父母飘落在燕子的空巢中。

小区里，孩子们拎着袋子，背影弯曲。

夏天开始的地方，

有我，一声沉重的叹息！

虔 诚

一座灰暗的人间大厦。急需——

一场特大暴雪来覆盖，覆盖成——

一座静穆的教堂。

每个人都是虔诚的信徒，

接受上帝的教诲，聆听天堂的声音，

内心平静，面目安详。

窗 外

风起，贴着地面吹来。

仿佛在地上寻找着什么，东一头西一头乱撞。

乌云打着响鼻，在天边奔跑。

天地立刻陷入巨大的黑暗。

一道闪电，劈将而来，

它昂首，凌空踏向大地。

踩开万物的容颜。蓦地：

暴雨倾盆，清洗着所有事物。

不一会儿，雨停云散，

万物伸着懒腰从黑暗中醒来。

我喜欢的黄昏是这样的

春天了，城市的黄昏，

依然漂浮着浮躁、喧嚣和饱胀的欲望。

十字路口，绿灯闪烁，

行人和车辆如过江之鲫，

掀起的浪头，一波未平一波又起。

我喜欢的黄昏是这样的：

落日高高悬挂，晚霞静静燃烧。

城市一点点隐遁在黄昏落日里，

成为大地温暖的眠床。

时光贴

让我渐渐地入睡，让我慢慢地醒来。

不必熬夜，不用闹铃，

带着微笑入睡，在微笑中醒来。

入睡是为了更好地醒来，

醒来是为了更好地入睡。

时间的誓言将越来越薄，

薄到透明，渐至虚无。

慢一些，再慢一些

体内的钟摆，请走得慢一些，再慢一些。

慢到我能慢悠悠地，起床、刷牙、洗脸、吃早饭，

慢到我能笃定定地，备课、上课、跟学生交谈，

慢到我能听着汽车音乐看沿途风景，不用把油门踩到 80 迈，

慢到我有美丽的心情，做家务、读书品诗、看电视、陪孩子。

还有看天上的云卷云舒，听门前的花开花落。

每一处空间，都需要时间来经营。

每一处时间，都需要空间来置放。

我只是想，每一天，都能，静静地，静静地，

眯一小会儿眼，

感受，风——轻轻地吹。

生命是有限时间里的欢唱

恍惚中，

我来到一个桃花盛开的地方，

那里有低矮的建筑，有曲折的山路，

低垂的云朵，在蓝蓝的天空下散步。

斜阳里的河面上，滚动着一层又一层金红的波光。

一群牛羊在河边低头吃草，青青的草，嫩嫩的草。

转角处，一群孩子从斜阳的光晕里向我们漫过来。

他们吹着柳笛，扑腾着河水，

眼神干净，面容透亮。

就在那一刻，整个空间的光影、线条、声音，

甚至气味都散发出无法抗拒的亲切和温暖。

生命是有限时间里的欢唱，

愿每一刻都欢唱成刹那的永恒。

王崇党

不二 (组章)

当我最终躺成汉字"一",我就可以说一不二。

——题记

一个人

我看见一个人。

一些时候,他与光线交换着光明或黑暗;一些时候,他与植物交换着生机或颓废;一些时候,他与动物交换着欢快或惊惧;一些时候,他与别人交换着欲望或幻灭……

再远一点,我发现他只是徒劳地与身旁的浮尘交换着身影。

他长得像我,又像所有的人。

一扇门

我沿着山坡阴影的边缘行走,像一条叶片上蠕动

的虫子。

阴影小一点，如同我在啃食叶子；阴影大一点，如同叶子在生长。

如果我走进阴影，我就成了阴影；如果我走进光明，我就成了光明。

我是一扇门，只要角度合适，我就能自如地在门里穿来穿去。

一双筷子

事实是，我们乘坐的列车，一生都疾驶在一双筷子上。

事实是，筷子也在恋爱，但和谁成双入对都是偶然。

事实是，筷子打击在鼓面上，说出的是自己内心的话。

事实是，筷子不会再发芽长成大树，我们也同样不能。

一把铲子

一个人在火苗上温暖地躺着。一把铲子端起煤炭往炉膛里送。

铲子有长长的磨得光滑闪亮的柄。

长长的光滑闪亮的小路上，一个少年活蹦乱跳地走着，像天性顽皮的孙悟空。

他手里舞动着削过皮磨得光滑闪亮的长棍子。

一汪春水

水面开始上涨了，一直涨到了树梢上。

向上的路有千万条，唯有这条路让一汪春水如此风生水起。

春水涨起来了，那些浪花、帆影、鸥群也都亮了起来。

我已路过一汪春水，但我不走远。我会在退潮后，回来捡拾那些沙滩上留下的漂亮贝壳。

一棵树

一只伸出地面的手掌，在光影里打着手语。

有人从树上取出手杖，有人取出弓箭，有人取出棺椁……

我从树上取出一头无畏的狮子，悠闲地在树下踱着步。

一个婚礼

一个盛大的集体婚礼正在举行。

雾霾太浓太大，新郎们无法揭开新娘们头上的灰盖头。

一株植物

透过滤光镜看日食的时候，我隐约看出天空是一株枝叶茂盛的近似透明的植物，一切都在它的枝条上生长和凋零。

我也是，从空的枝条上生出来，再回到空里去，如同从来没存在过。

一道伤口

人一生下来，就是在这个世界上撕开了一道伤口。

接下来，人就是拿着自己这枚针，用光阴的线去缝合这道伤口。

一双眼睛

最初，我眼里没有丝毫恐惧，只有好奇。

后来，从一双眼睛里，我看到过一只山羊的恐惧，看到过一头牛的恐惧，看到过一条狗的恐惧……

作为食肉动物，我吃它们成长。

一天清晨，我醒来，那些恐惧也从我眼里醒来了，流泪、嘶叫、狂跳也都醒来了。

张 萌

就像蝴蝶遗落在风里 (组诗)

夜 晚

好比是两只蟋蟀
从身体里慢慢抽出
古旧的琴

夜的浓墨
被拉成细长的
丝

草丛
或者幽暗的角落
成为余音旋绕的部位

一口枯井
咳出隐约的声响
月亮惊醒在冰凉的疼痛里

我说的是
夏日村庄
某个风吹草动的夜晚

就像蝴蝶遗落在风里

我有朝霞的绚丽，也有暮色的阒寂
春天太短，鸟鸣太轻
漫步巷子，看人群蜂拥而至
又遽然散去，就像蝴蝶
遗落在风里

在这里，没有人知道我从哪里来
将到哪里去
我只是沉醉其中，等待夜幕缓缓
拉下来。三月的夜色里
一江春水收留了星辰的微凉

遇 见

月光照亮修辞的光芒
这个夜晚注定会出现在我的诗歌里

街头，我与一束丢弃的红玫瑰不期而遇
霓虹透过树枝

安慰着残留的花香。风吹拂
一阵凉意贴着地面
钻进我的裤管

寂寥的街道上，路灯
瘦成模糊的孤单
谁的窗口被风摁灭，深不可测的黑
涌上来

一阵风，用力掀起散落的花瓣
单薄的身子随风翻转，回旋
深夜的孤独披着灰色的外套

如同闪电，勒住了峡谷的痉挛

雪亮的斧子屏住呼吸
露水的光芒
闪过刀锋

阳光晃过树梢，鸟巢安静
雏鸟的睡眠在温暖的羽毛里
发出樟树的香味

当一阵不知名的鸟鸣窜过云霄
斧子已揳入一座森林的
心脏

河流战栗

如同闪电，勒住了

峡谷的痉挛

落　叶

像一个出来串门的人想要回家

像黑夜里幽远的叹息滑过纸背

像轻声的啜泣溅在芭蕉的掌心

像忽明忽暗的烟头被猛地掐灭

像断线风筝跌落在石头的缝隙

像秋风里赶路的人打了个趔趄

像灵魂终于失去了抵抗的力量

像一双手突然松开了命运之门

即　景

月落无声

没有鸟啼，霜还在远处酝酿

窗口是夜晚唯一的取景器

垃圾箱边上的猫如此安静

喂它的人刚刚离开

窗台上，一群蚂蚁奋力搬运着
比夜色更浓重的生活
逶迤的月光铺成回家的路

一排蝙蝠
倒挂在屋檐下的黑影里
多像我心头抹不去的暗疾

月光翻过窗口
我坐在银色河流的中央
细数胸口的涛声

吕玉萍

外婆：我童年的守望者（外二首）

记得夏夜扇底的风
冬夜怀里的暖
你是暖

记得竹园中的嬉戏
雪地里的撒欢
你是欢

记得一枚橄榄的美
一块柿饼的甜
你是甜

你是我童年的守望者
时间的河缓缓流过
那些散落的记忆
如颗颗卵石
色彩绚烂

你是我童年的守望者
岁月的风轻轻拂过
那些美好的往事
如片片花瓣
馨香弥漫

失　落

曾经
在一片蛙鸣中恬然入梦
在鸡鸣犬吠中睁开双眼
细数梦里的悲欢离合

如今
电锯锋利的尖刺
汽车刺耳的鸣笛
将梦硬生生割破

祖祖辈辈生活的那片土地
或富饶或贫瘠
只要播下种子
就能收获希望

告别胼手胝足的辛劳
在城镇的水泥森林中憩息

却是无所适从的失落

那里也有泥土的味道
那里也有青草的气息
却看不见一丝丰收的喜悦

回家的呼唤

漂泊他乡的古字画
你们可曾忆起藏经洞的模样
寂寞、斑驳的墙
注定了一场漫长的等待

流落异国的古字画
你们可曾听到敦煌的呼唤
温暖、渴盼的目光
凝聚着几个世纪的殇

远走天涯的古字画
你们可曾记得回乡的路
终有一天
我们要把你们一个一个迎回家

袁雪蕾

灵犀诗选

时光马

效忠于太阳，也倾心于月亮
时间的神驹，披着海水华袍
插上白天和黑夜一对翅膀
扇动万物体内的飓风

无人能系住它的辔头
也无人能赶超到它的前面
拦截光阴去路

它在星空大树下
引领世代儿女梦魂不息地劳作
煮熟头顶华发当作青草供养流年

这无形的马蹄和省略了音阶的嘶鸣
驯服了一切野心

唯独那个在静坐中退回前世的人

抱得来生的自足

涅槃者

季节暗含哲学

她正在不断地革新自己

红装一瓣瓣脱落，舍利一颗颗孕育

世人都欢喜缘起

看她蝶泳和梦呓的样子

田田的裛裟舞一池碧水

不如看她端起秋风的涟漪

一饮而尽漩涡的酒杯

枯萎只是个过程，圆寂也不是结局

必须匍匐到水面之下

才能听懂她的心韵

看清淤泥里洁白之火汇聚

并为之修筑，安居的城池

坐忘书

往左一些，狮子的睫毛就会烧焦

往右一些，鹦鹉的喉咙就会下雪

众生目光的尺子里

我的移动影响了谁

轰隆隆地起舞，也把自己转伤

我愿意从此在原地打坐

脸上的秩序、身上的盔甲

斑斓的云图和火辣的日历层层脱落

蚂蚁每天急切地从我的头顶爬过

而我把一个坑、一口井

坐成莲花形状

红线论

横看，它有江水的绵长

抽刀难断的幸福编制

竖看，它有瀑布的落差

踩高跷的人跌碎于陡峭悬崖

它如此实在

套牢恋人的壳、肉、浆汁令人窒息

它几近务虚

月老的手臂从未伸出夜色宫墙却泛起满天繁星

如果你卓越不凡

理应在起点明晰未来

蝴蝶、夜莺、雄狮、母虎、妖精

都是它牵出来的坐骑

而你的眼泪也在末梢找到乐趣

看清它是环形

于是你把自己旋转成一股灯芯

在大水里点火

星空叹

纵然夜夜观星

也无法突围此生之局限

那些星星，公转和自转都井然有序

而我们，不愿意绕着别人公转

一旦自转又立即迷失方向

再比如说，同样是光线

天文学以光年为单位测量天体

攻心术用目光做尺子掐算同类

一想到这些

卑微羞耻的泪水滚落一地

哭罢自己，夜空更加深邃

相信定有未来之人

了然赤子之心如同熟知黑洞真相

虽然至今，黑洞似棺木一角

在盲人眼中从来不曾存在过

月光美人

瘦成弦月或者胖成满月

都是美人

头戴风信子在云海禅坐

如果继续瘦下去
会不会化作流水从日历缝隙漏走
如果一直胖下去
天地的蚌室孕结这一颗珠圆玉润
要献给谁

她巧妙地在忽胖忽瘦中
交换思想与潮汐
请为她备好花园和天涯
请为自己备好琥珀杯和飞天翼

石　速

快的时候我是烈酒白马
慢的时候像豆浆蜗牛
时空大水里
有中流砥柱，也有直流电阻

当我呼啸着铁血
剑客般划出晴空霹雳和彩虹
仿佛耗尽所有胆汁
此生的太极才刚刚开始

一块万籁俱寂的镇纸
飞旋着宿命的钥匙
退往内心宫殿去点灯

你一定要仔细用灵犀辨认

才得以临摹我的惊鸿腰身

观 寺

鸟语缠绵不绝似香火

菩萨的静默灰一样厚

钟声里禅定的莲花是不动产

蒲团上弯曲的膝盖瞬息迁流

三千跪拜装不满一只漏空的瓦罐

拿什么去观照与填补

修行是苦的，樱桃是甜的

池塘中的小红鲤

吞食叶梦和花影如吸饮般若波罗蜜

吐出一串串

水晶木鱼

顾雪莲

春天里（组诗）

新春贺词

春天，祝你阳光万两，幸福五车

祝悲伤者找回钥匙，破译植物向阳的密码

祝失败者爬起来，继续抵抗生活的坏脾气

祝失眠者饮下月光。月亮清瘦的身影

将游子领回母亲温暖的屋檐

祝稻草人站成一个排，看护的庄稼按军队编制

祝猫头鹰的雷达快过闪电

小鼹鼠继续在地下城堡修建盘山公路

祝小蘑菇从草根者的头上长出来

世上的孤儿、弃儿、流浪儿都有爱的保护伞

祝农夫的篮筐摘满彤红的苹果

渔夫的船舱装满漏网的鱼

祝孤单与爱情不期而遇，泪水和欢笑结为连理

祝每一盏灯在阳光下积蓄能量，漫漫长夜

将黑暗的道路铺满黄金……

发芽的春天

如果我是一只蜗牛

你捧起的卷心菜就是我的家

我的祖国版图辽阔

一亩田野，一片树林，你沾满泥巴的老球鞋

你赤脚丈量着大地

额上加重的尘埃，是我头顶的乌云

你种下一粒汗、一滴泪，发芽的春天

阳光鞭打你的背

我从叶面翻到叶背，从树根爬到树梢

整整一天。大地从干枯到湿润，也只是一天

你身体落下的无数场雨，打湿了我的心和房子

风捎来炊烟的消息

你挑出的太阳，催你

把锄头扛回家——

春天的誓言

让终年的雪山心软，像冰激凌一样融化

让白云抹上晨曦的胭脂，在湖水的镜子里梳妆

让忧伤者找回失踪已久的彩虹

让种子脱掉棉衣，从泥土的被窝里钻出来

让草木、丛林、小兽孵出鲜嫩的羽毛

让整座山峦别上红杜鹃的发夹

让禁足的江河，重新奔腾着跑向大海

我左手持剑，挥出去是闪电
我右手持鼓，捶下去是惊雷
我要给大地一个热烈的亲吻
大自然的睡美人们，请快醒来
蚯蚓，请到田埂的舞台上扭秧歌
青蛙王子，请到荷叶的甲板上练习跳水
带着我的小南风，带着我的柔情雨
我奔到哪儿，哪儿就绿起来，就活起来——

当我写到春天

当我写到春天，写下希望
笔尖绽放花朵，词语长出翅膀
一滴墨汁潜入湖水，游成蝌蚪、青蛙
白纸上天涯无边，草木葱茏
放牧出成群牛羊

当我写到春天，多年前春天还在路上
云间大地面容憔悴，春风不厚
吹不出稻香万里，青山蜿蜒
河流手脚纤细，远方触不可及
它声音喑哑，丢失了浪涛的好嗓音
尘土里的父老乡亲，内心又蒙上多少尘埃

当我写到春天，多年后春风吹又深

大地容光焕发，五谷丰登

浪花迭舞，河流跳跃着奔向大海

泥土里伸出蚯蚓，也伸出地铁的长龙

田野上开出花园，遍地火树银花

平地竖起高楼，也竖起彩虹的天桥

云间繁花似锦

村庄的蓝布棉袄，换上了城市旗袍

因为春天，我像一只候鸟

前半生，在离乡的路上

后半生，在回乡的路上

春　妆

扔掉眼影、口红、眉笔

立帮漆一样的粉饼

我要给自己另绘一个春妆

聘春风做美发师，裁剪

垂柳一样笔直的秀发

摘梨花桃花于青瓷，晒干、碾粉

一罐做粉底，一罐做腮红

取临于激滟湖面的柳叶

修一弯柔情似水的黛眉

睫毛一定选含羞草，你递一个秋波

她就羞落了整个春色

那从枝头跌落的圣女果呵
在你手心，娇嫩欲滴
是我欲语还羞的——红唇

徐凤叶

光阴：意念的碎片

一

母亲，坐在月下，浆洗夜色。一点一点，搓白了光阴……

二

呵，春天给了所有的花一种美丽的姿态！当太阳的油膏涂满赤裸的胸膛，他也有了骄傲耀眼的金色花束。踩着日子这辆破旧的三轮，春天的芬芳正在他的体内行走！

酒精，扯起一面血色的旗，紧紧缠绕住，拾荒者雪白的头颅。在挤满垃圾的废墟上，他试图撩起春风，擦干净肮脏的生活。才将身体折起成四十五度谦卑的方式，这捆老柴，就被夹裹着葬在了去往春天的路上。

一只鸟倨傲地看着这一切，发布了黑夜就要来临的讯息。

347

三

夜睡了，一朵玫瑰清醒着；灯熄了，一星欲念点着了。一条蛇，用她绯红的信子，吻上我的唇。瞧！女人，我们一样冰冷！

疲惫的走兽，额头烙着月牙的伤，每一个都有灵魂泛白的疤。真实沉默得像块石头，它的上面，虚伪开出了妖娆的花。跪着生活，站着死去，灵魂还在人世流连，身体早已化为腐朽。

松开板结的伤口，将语言的花瓶摔得粉碎。她滑腻柔软的身躯，紧紧攀附在我耳边，告诉这个世界多么荒谬。

四

灵魂的一丝战栗，像滚雷辗过苍穹。在一朵花内心不安的痉挛中，迅速传递，从茎到叶，依次舒展。

忧伤眨了眨眼，泪痕铺展开追寻春天的道路，每一条都通向分离。

依次合拢，从叶到茎，迅速传递。在一朵花内心不安的痉挛中，灵魂的一丝战栗，像滚雷辗过苍穹。上帝微微颔首！

五

狂奔，赤足散发，在生命苍凉的秋。

像一道霹雳，划过沉沉的暗夜。血与火，蓬勃出永昼的白光。点燃眼中的热望，一路灼烧到饥渴的心脏。越是退缩，越是热烈，越是逃亡，越是接近。来吧，命运的狂澜，让这霹雳，滚沸冷酷的心！

逃亡在黑夜，谁也不曾，听到我身体里流淌着的孤独，奔涌怒吼。

六

在我辽阔的思念里，寂寞是一匹独狼。用锋利的爪子，剥开层层覆盖的皮肉，直到还原生命，一副骨架的本来面目。

双手长满厚茧，如何熨烫多皱的心事？我们缠绕的孤独，那堵灰色的墙和草垛上的青色记忆，覆满苔藓的鲜嫩生气。而今夜，漏过树隙的月光，与淌过指缝的时光一样冰冷。苍白、肥腻的奶油色，让人忘了人生的瘦削。只在影子的消长间，丈量光阴的深浅。

站在岔口，害怕向右的路，唤醒，潜伏的孤独。

七

站在时间的荒原上，许久许久……

风的手轻轻垂下，月亮忧郁的目光从幕帏后升起。直到露水打湿了胸膛，燃烧过的心脏吁出尘世的炊烟，直到青苔吻上脚背，黑，迅速淹没春天手持的玫瑰，染我的眼以夜的深沉。夏天深绿的背影，缠绕着绝望。桃花开在眉心收敛成秋天的朱砂，又静静颓败了荒原的模样。太阳落在黄昏以西，夜被深雪覆盖，冰冷减缓了疼痛抵达身体裂变的高度。我们并肩躺着，穿过时间尖锐的齿轮。

四季散漫地走过，一端挑着太阳，一端担着月亮，在生命的轮盘上顺时针奔跑。

乔晓琼

鹧鸪天·十二群芳谱

一月·迎春

乍暖新春燕未还，喜逢灿萼似金莲。草青山黛柔风许，影瘦花稀子夜寒。不畏苦、莫思难，芳菲凋落我荣鲜。萧荒野陌留踪影，神韵清幽遍岭山。

二月·杏花

二月相思别样同，谁家小院染绯红？俏枝揣梦偷偷语，玉蕾含羞怯怯容。逢雨露、沐春风，冰绡层叠数千重。香融艳溢清姿貌，醉了天仙珠蕊宫。

三月·桃花

妩媚桃绯入梦苔，香融艳溢粉红腮。舞姿飘逸娇娇美，容韵清纯灼灼来。留闹市、遍天涯，不沾华丽远尘埃。掐来偷簪青丝绾，羞煞金陵十二钗。

四月·牡丹

最是倾国粉黛妆，仙姿卓越赛群芳。雍容华贵杨妃醉，国色天香伯虎狂。留画笔、裱厅堂，古今传诵赋篇章。洛阳岁岁宾朋满，了却心头情未央。

五月·石榴

一树相思似火红，庭前拥簇艳香融。翠枝托起层层叶，娇蕊情牵瓣瓣容。观云海、问苍穹，人间自是有情衷。生生世世牵君手，共赴桃源情意通。

六月·荷花

菡萏亭亭逐递香，清姿逸逸醉鸳鸯。远观翠袂风摇影，近看红衣蜓吻芳。花蕴泪、藕丝藏，情思万缕籽柔肠。万般难舍离别际，情到深时怕转凉。

七月·蜀葵

艳丽缤纷一丈红，乡间小陌影常逢。秀枝滴翠身姿雅，素叶吟芳幽韵浓。蝴蝶过、任熏风，深红浅紫色相融。文人墨客歌诗赋，虽是凡卉自不同。

八月·桂花

缕缕幽香润涩喉，四时交替复金秋。花仙月老娇姿媚，梦中芳魂俊逸柔。繁似锦、灿如绸，吴刚月里也生愁。人间天上佳时共，莫负真情付水流。

九月·菊花

幽径馨香飘满园，身轻沾露舞翩跹。东篱潇逸陪君子，南山清灵伴玉仙。存傲骨、绽芳颜，金花醉酒重阳天。不贪权势怜孤客，留下芳名今古传。

十月·芙蓉

粉黛燕脂染翠山，娇颜带露惹君怜。梅兰仙卉称君子，竹菊今古入画坛。烟漠漠、月阑阑，素秋向晚付华年。一生开落东风眷，辛苦孤芳破小寒。

十一月·茶花

院落黄昏丹赤红，此花上品滇山中。粉黄紫白清灵色，万绿丛中绝妙容。回首处、露华浓，花期半载傲苍穹。人生常有千千结，何必寻烦问始终。

十二月·梅花

玉骨凌寒漫疏狂，芳菲独占首诗章。庭前檐下花瓣落，折下寒香梅点妆。明月夜、泻华霜，横斜疏影照云窗。一枝寄赠春分讯，梦里清江醉墨香。

如梦令·风景这边独好

晴日风流云小，几点海棠贪早。飞鸟掠湖边，惊散一池鱼少。休吵、休吵，风景这边独好！昨夜熏风窈窕，试问海棠多少？帘卷玉楼空，紫燕红泥青草。休吵、休吵，风景这边独好！　红杏枝头莺早，细雨云边湿了。燕影入帘飞，轻剪一池悠草。休吵、休吵，风景这边独好！碧水清溪垂钓，野陌馨风花俏。比翼燕双飞，枝上黄鹂音妙。休吵、休吵，风景这边独好！

水龙吟·登滕王阁感怀

飞檐迎客重霄，烟波浩渺西山雨。南昌故郡，洪都新府，殿阁极目。接地衡庐，迷津舸舰，赣江北去。瞰水天一色，落霞孤鹜。子安序，芳千古！　物换星移几度？浪淘沙，风流无数。鸣銮佩玉，翔鸥斜影，凭栏凝伫！胜迹登临，遐思无限，人今何处？念天涯倦客，当时明月，照怜南浦。

吴 安

落英 (外一首)

万重绿中
掠过一张娇媚的笑颜
轻盈地飘　翩跹地舞
柔柔地拥进泥土的芳香

原本　可以将这份甜美
融为人们口中许久的赞叹
为何轻易化为瞬间的背影
消失在无声无息之间

是你　不愿束缚于绿叶的纠缠
还是你　心急于飞向冥冥中的归途
竟是这么的匆忙
把灿烂定格在一刹那

从此还有谁能够替代你
将曾经的美丽传说

延续在传记故事里
回味在缥缈的哀伤中

<h2 style="text-align:center">雨</h2>

你是谁的眼泪
闪烁出晶莹剔透的光
如流星一般从天际滑落
一同滑落的
是否还有
一颗同样晶莹剔透的心

你是谁的丝线
细细绵绵地缠绕
闪电的针穿过银亮的丝
细细密密
缝补着的
是关于谁的过往云烟

你是谁的思绪
在无边的天宇间游荡
穿越了时间和空间
最终
却如何
在苍白的现实里搁浅

淅沥淅沥的轻声叹息里

融化了心底的梦

洗尽的铅华

不知

在何处

又开出别样的花

寓言

YUYAN

方崇智

石头的传奇

　　探险队开着越野车，在戈壁滩上前进。突然，车轮被东西卡住，无法前行。司机下车一看，是一块足球大小的石头。他一边搬开石头用力抛开，一边骂道："嗨，一块该死的挡路的石头！"

　　车上有个奇石鉴赏家，看见滚出的石头与众不同，连忙跳下汽车，抱起石头，左看右看。他兴奋地说："这是一块奇异的地球石！瞧，整块石头天生椭圆，而且凸凸凹凹，简直就是一个微缩的地球！"说着，他像抱孩子一样，把石头抱上了汽车。

　　汽车上有个地质学家，捧起石头审视了很久很久。然后，他向鉴赏家许以高价，买下了这块石头。回到城市，地质学家在研究室里将石头剖开。原来，里面藏着一块巨大的宝石。

　　有个珠宝商人，看到了这块璞玉浑金，大喜过望。他又用巨款买下了宝石，请工匠雕琢成灿若日月的明珠。然后，将它敬献给国王。因此，商人非但获得了无数的钱财，而且被封为权倾一方的大臣。

国王对明珠无比珍爱，将它镶嵌在皇冠之上。从而，受到大臣们的顶礼膜拜。

很多年以后，沧桑变化，朝代更替，国王皇冠上的明珠，被陈列在博物馆里。人人见了都惊叹不已，在留言簿上写下了许多观感。

一位宇航家说："这块宝石，可做成火箭的箭头，将宇宙飞船送入太空，让人类遨游天宇。"

一位文学家说："这颗明珠的命运，可以写成一部传奇的文学作品，震撼人心，流传千古！"

一位哲学家说："原来，人类对世界的认识和开发，是可以如此无穷无尽！"

我，一个寓言作家，在参观了博物馆以后，忠实地记下了这个故事，将它告诉今天的孩子！

生命的真谛

摄影家给一株植物拍了四张照片：壮硕的苗，艳丽的花，丰硕的果，傲霜的枝。然后，他把照片挂在墙上，再加上一个大大的问号，转身离去。

有个孩子走来，问他的爸爸："这四张照片，究竟有什么含义？"爸爸仔细地看了看，感慨地说："这四张照片，恰如人的一生：童年、青年、壮年、老年。它告诉我们：人生的每一阶段，都有它特定的使命，我们必须遵从天命，顺应自然！"

一个艺术家走来，对四张照片看了又看，久久不肯离去。他感叹着说："您瞧，生命的每一阶段，都有它独特的美：苗的活力，花的魅力，果的内敛，枝的沧桑，它们各具特色，各显光辉，谁也无法替代，这就是艺术的真谛啊！"

……

后来，不知过了多久，也不知是谁，在四张照片的后面，写下了四个大字："生命之歌！"

剧本

JUBEN

汤炳生

济人急难

远山。近水。树木森森，百鸟争鸣。

在移动着的如画的风景里镶嵌着一座小镇。而后，画面定格在一户大户人家。

一阵短促暴雨后的景象：屋檐下仍滴着水珠，地上积起不少雨水。八岁的李修缘在廊下逗着八哥玩，嘴里喊着"八哥，八哥"，八哥在笼内跳跃着学喊"八哥，八哥"，李修缘开心地笑着。家人李静走来。

李　静：小主人，要让八哥能说好多话，你就更开心了。

李修缘：可它只会说这一句。

李　静：慢慢地教它，日子长了，它什么都会说。

李修缘：真的？

李　静：那当然。

此时，街市上热闹起来，此起彼伏的说话声不断传进院内。李修缘打开门，只见走过门前的两个稍有年纪的人摇头叹息。

甲　男：唉，自己卖自己，看着也心酸。

乙　男：她也是万不得已呀，你没听说逃荒要饭到这儿的吗？

赶去看出卖自己的人很多。李修缘好奇，也随着人群来到十字街口。这儿围了一大群人，李修缘好不容易挤了进去。只见一个十二三岁的姑娘，衣衫褴褛，头发蓬乱，脸色蜡黄，跪在地上，面前摊着一张纸，纸上写着："出卖自身。"边上一个老者跟围观的人介绍起姑娘来。

老　者：她叫金英，带了个十岁的弟弟逃荒要饭，不料弟弟身患重病没钱请医。她要饭要到我门上时，央我写了这几个字，要出卖自己为弟弟治病。我看着可怜，在这儿帮着吆喝，在场的仁人君子哪位能成全她的手足之情，多谢了，多谢了！

围观的人群一阵骚动，你一言我一语地说"谁买得起呀，自己的孩子都养不活呢？""就是买了她，她的弟弟怎么办？"有的掏出几文钱放在金英的面前，摇摇头走了；有的洒下同情的泪水；有的则把刚买来的馒头送给金英。

老　者：谁行行好，也就积德了。

李修缘眨巴着眼睛看看在场的人。

此时，走来一个四十多岁的富人，身后跟着一个家丁。他们挤进人群，富人用折扇抬了一下金英的下巴。

富　人：哼，这姑娘长得还真不错。

金　英：那你就买下我吧。

富　人：我买下你做什么呢？

金　英：我能种地、烧饭、缝补衣裳，我还能做其他好多好多的事。

家　丁：如果是种地、要缝补衣裳的人能买得起你吗？

富　人：哈哈哈哈！

家　丁：我们家主人要买你就要你伺候他，你会伺候人吗？

金　英：我会，我会。

家　丁：主人，捡个便宜货，日后做个小妾，你看——

富　人：哈哈哈，买你要几两银子？

老　者：这位贵人既然肯帮忙，15两吧。

富　人：什么，就这么个黄毛丫头值15两？

老　者：姑娘卖身也是出于无奈。

富　人：出于无奈就敲我竹杠吗？

围观甲：她弟弟病好了还得要钱过日子啊。

围观乙：她是人不是牲口，15两挺便宜的。

围观丙：人在难处就算帮她一把也是一桩善事。

家　丁：那你们帮啊，便宜你们买啊，我们家主人的钱是偷来抢来的吗？

老　者：别别别，那——这位贵人能出多少银子买她？

富　人：6两，卖就卖，不卖拉倒。

围观者起哄，纷纷指责富人，富人折扇一挥。

富　人：那好，你们买吧。（欲走）

老　者：慢，慢，听听姑娘怎么说。

金　英：行行好，就15两吧。

家　丁：多一文钱也不出。

金英掉下大滴大滴的泪珠。

富　人：怎么，你不想救你弟弟啦？

家　丁：你看，这么多人就我家主人能买得起你，错过这个村可就没有这个店了。

金　英：我——卖。

人群中又一阵骚动。

围观甲：这简直是乘人之危。

围观乙：有钱也该帮帮落难人，怎么心就这么黑！

家　丁：讨价还价是常有的事。

富　人：（对家丁）叫她写卖身契，然后给银子。

金　英：（起身对老者）老人家，请您给我写一个卖身契吧。

老　者：（无奈地）好吧！

李修缘：慢，这姐姐我买下了。

众人见是个小孩，哄笑。有人认出是李善人的儿子。

围观甲：修缘，你要买她？

李修缘点头。

围观乙：你父亲知道吗？

李修缘：父亲不在家。

围观丙：这可是大事，你可做不了主。

富　人：你买下她做你的大媳妇，哈哈哈。

家　丁：（对众人）小孩子说话不算数，他是说着玩的。

李修缘：我说话算数，15两银子买她。

围观者喝彩。

围观甲：（对富人）你比小孩都不如。

富　人：（对修缘）你能拿出这么多银子吗？

围观乙：他父亲原来是京营节度使，有名的大善人，你说有
钱没钱！

富　人：（对家丁）我们走。

金　英：小少爷，你真的买我吗？

李修缘：买的。不，不，不买。

围观甲：修缘，你说话真的不算数。

围观乙：你这可害了她姐弟俩了。

李修缘：我去拿银子。（欲走）

老　者：慢走，你回去跟谁要银子？

李修缘：跟我母亲要。

围观甲：那你还是买啊！

老　者：你把金英的卖身契带回去，也好向你母亲要银子呀。

李修缘：不要，我马上就来。

李修缘飞快地往家里跑。

后厅。李修缘向母亲述说遇到金英的情况。

李夫人：听你这么说，她姐弟俩是举目无亲，给了她银子又到哪里去请郎中呢？

李修缘：那怎么办？

李夫人：这样吧，你带点碎银叫那姑娘把他的弟弟先安置在客栈里，然后再帮她找郎中。

李修缘：好。

李夫人叫丫鬟给修缘一点碎银。

李修缘和金英说着话。

李修缘：你弟弟在哪里？

金　英：在一座小庙里。

老　者：我们快把他接到客栈里去。

围观甲：我去。

围观乙：我也去。

金英拿了馒头领路，后面李修缘、老者等人跟着。

金　英：小少爷，我的卖身契还没写呢。

李修缘：不用，我只是帮助你给弟弟看病，走吧。

画面上：山、树、花草。脚下的路在向后倒退。移动的脚步。远处，一座破败的小庙。

金　英：我弟弟就在这庙里。

小庙越来越近。上书："龙王庙。"当脚步跨进庙门的时候，惊飞了几只蝙蝠。里面墙坍壁倒，蜘蛛结网。蓦然，金英急速惊恐地喊："弟弟。"

李修缘：你弟弟在哪里？

金　英：（指着墙角）他原来躺在这里的。（喊）弟弟，弟弟……

金英在庙外四周找了一遍，连连喊着"弟弟"。众人也在庙前庙后寻找，仍不见金英弟弟的踪影。

围观甲：会不会给老虎吃掉了？

围观乙：嗯，难说。

李修缘：老虎吃了，怎么连一点血迹也没有？

老　者：小少爷说得对。可是他又到哪里去了呢？

金英悲伤地大声痛哭。

围观甲：是不是饿了，出去要吃的？

金　英：我弟弟病得爬也爬不动了呀！

围观乙：再说，这周围又没有人家，到哪儿去弄吃的！

李修缘：姐姐，哭也没用，我们还是回去吧。

金　英：回去？回到哪儿去？

老　者：先找个客栈住下再说。

金　英：弟弟没有了，我也不活了！

金英把头往墙上撞去，被众人拉住。

老　者：姑娘，你这又是何苦呢！

围观甲：就是。就算你弟弟没了，也得跟爹娘说一下。

围观乙：就说你没有照顾好弟弟。

金　英：我娘早就没了，我爹带着我们姐弟俩逃荒染上瘟疫也死了。现在，现在这世界上就剩下我一个人了，呜呜……

李修缘：姐姐别哭，说不定你弟弟被好心人救下了。

金　英：就是好心人救我弟弟，我弟弟也不可能丢下我不管呀，再说我是为他去卖身的。

老　者：这倒也是。

李修缘：姐姐，我们回去再说吧。

围观甲：对，待在这儿也不是个事。

金　英：现在，活不见人，死不见尸，我对死去的爹妈如何交代呀，呜……

老　者：唉，这就是命，走吧。

众人扶起金英往外走，金英抹着眼泪，一步三回头地看着小庙，又哀哀地叫了声"弟弟——"山谷回荡着"弟弟——"回去的路上，李静气喘吁吁地跑来。他见了李修缘和其他人诧异万分。

李　静：小……小主人，你，你怎么跑，跑到这儿来了？

李修缘：叔叔，您到哪里去？

李　静：员……员外让我去那座龙王庙，等……等人。

李修缘：等谁呀？

李　静：等一个叫金英的姑娘.

众人围上来。金英流着眼泪万分不解地走到李静面前。

金　英：我就是金英。

众人七嘴八舌："员外叫你等她干什么？""怎么知道能在龙王庙等到她呢？"

李　静：（向修缘）她真是金英？

李修缘：她就是金英姐姐。我们正从龙王庙过来。

李　静：你们去龙王庙干什么？

老　者：找她的弟弟金生，谁知——唉！

金英又哭了起来。

李　静：（惊喜地）小主人，快回去，快！

李修缘跟着李静飞快地奔跑。老者边跑边喊："跑慢点，我跟不上。"金英边跑边喊："（对李静）叔叔，到底出了什么事？"

李　静：告诉你，你弟弟在我们小主人家。

众人突然停了下来。

李修缘：金生怎么会在我们家？

李　静：到家就知道了。

众人又惊喜地飞奔起来。

李家大院。一侧小屋的床上躺着金生。郎中拎着医药箱急匆匆地走进去为金生号脉开方。金英上前欲喊，被李员外制止。

金　英：郎中先生，我弟弟的病……

郎　中：你弟弟劳累饥饿，不堪风寒，以致病倒。幸亏及时治疗，吃上几服药就会好转的。

李员外：姑娘你就放心吧。李静，封五钱银子谢郎中先生。

李员外从医生手中接过方子给李静。

李员外：你马上去抓药，快去快回。

李修缘：父亲，您怎么会跑到龙王庙去的？

李员外：说来也是缘分。我在回来的路上，正好一阵大雨，便进庙避雨，这样就遇到了金生。回来后又听他说有个姐姐要卖身为他看病，我又让李静去等她。

金　英：（跪下）谢员外救命之恩！

众　人：员外真是大善人！

李员外：（对众人拱手）现在没事了，有劳几位辛苦。李静，给他们一些碎银。

众人坚辞不要。李善人说着什么，又叫李静将银两给他们。众人谢李员外。

李员外：你们都回去吧。

老者、围观甲、围观乙等人向大门走去。

李员外：修缘啊，你怎么带了人上龙王庙去了？

李修缘：不是我带他们去的，是他们自愿跟我去的。

李夫人从后堂出来。

李夫人：修缘心地善良，乖。

李修缘：父亲说过，济人急难，心慈为本。

李员外、李夫人高兴地大笑。